KB114092

주무르면
다고침!

주무르면 다 고침! 7

강준현 현대 판타지 소설

초판 1쇄 찍은 날 § 2019년 5월 9일
초판 1쇄 펴낸 날 § 2019년 5월 16일

지은이 § 강준현
펴낸이 § 서경석

총괄팀장 § 노종아
편집책임 § 김대용
디자인 § 고성희

펴낸곳 § 도서출판 청어람
등록번호 § 제387-1999-000006호
등록일자 § 1999. 5. 31
어람번호 § 제1-3020호

주소 § 경기도 부천시 부일로 483번길 40 서경B/D 3F (우) 14640
전화 § 032-656-4452 팩스 § 032-656-4453
http://www.chungeoram.com
E-mail § chungeorambook@daum.net

© 강준현, 2018

ISBN 979-11-04-91988-6 04810
ISBN 979-11-04-91881-0 (세트)

※ 파본은 구입하신 서점에서 교환하여 드립니다.
※ 저자와 협의하여 인지를 붙이지 않습니다.
※ 이 책은 도서출판 청어람과 저작자의 계약에 의해 출판된 것이므로,
무단 전재 및 유포·공유를 금합니다.

MODERN FANTASTIC STORY
강준현 현대 판타지 소설
7
주무르면 다 고침!
도서출판 청어람

주무르면
다고침!

목차

46. 콜라보레이션

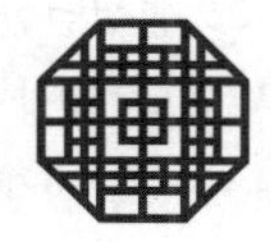

—황달이 심해서 한의원을 찾으셨나 봐. 한데 한의사 선생님이 이상하다고 당장 큰 병원으로 가보라고 했대. 그래서 근처 상급 병원에서 검사를 했는데 췌장암이라고 나왔어.

"수술은요?"

—거기선 못 한대. 현성병원이나 한강대학병원으로 가라고 해서 네가 생각났지 뭐야.

"잘하셨어요. 일단 병실부터 바로 알아보고 바로 연락을 드릴게요."

—고맙다. 그런데 이왕 부탁하는 거 한 가지만 더 부탁해도 될까?

"당연하죠. 말해봐요."

—혹시 너희 병원에 현성병원에서 옮겨간 이상윤 선생님이라

고 아냐?

"친하다고 할 순 없지만 잘 알아요."

—그래? 그럼 어머니를 그 선생님한테 맡아달라고 부탁 좀 해주라. 우리 구청에 선배 부모도 췌장암이었다는데 다들 수술을 못 하겠다고 고개를 흔드는데 그 선생님이 해냈다고 하더라.

암센터 사람이 아닌 이상윤을 선택했다는 건 의외였지만 그의 수술 실력이 발군임에 틀림없었다.

"근데 그 친구도 이곳에 있어서… 부탁은 해볼게요. 지금은 어제 밤샘 근무 후 자고 있을 테니 결과는 두세 시간 걸릴 거예요. 일단 병실부터 알아보고 바로 연락드릴게요."

—진짜 고맙다.

"그런 소리 마세요. 형이 고시원에서 나 챙겨준 게 얼만데요. 기다려요."

전화를 끊고 민규식에게 연락을 했다. 몇 번 전화벨이 울리고 그가 인자한 웃음과 함께 말했다.

—허허허! 한 선생이 웬일인가. 요즘 허 회장을 치료한다더니 무슨 일이라도 있나?

"안녕하세요, 원장님. 다른 게 아니라 친한 형 모친이 췌장암 판정을 받았답니다. 그래서 우리 병원에 입원을 하려는 모양인데 병실이 없나 봅니다."

—허어~ 그래? 암센터야 항상 바쁜 곳이긴 하지. 잠깐 끊지 말고 기다리게.

그가 내부 전화로 누군가와 통화하는 소리가 간간히 들렸다. 그리고 잠시 후.

—특실과 1인실이 하나씩 남아 있다더군. 1인실을 직원 가족 특가로 내어주겠네.

"고맙습니다, 원장님. 그리고 바쁘실 텐데 번거롭게 해드려서 죄송합니다."

—우리 사이에 서운한 소리 말게. 대기자 명단에 있다 하니 연락할 걸세. 다른 부탁은 없나?

"참! 한 가지 더 있습니다. 환자 보호자가 이상윤 선생이 수술을 잘한다는 얘길 들었나 봅니다."

—무슨 얘긴지 알겠네. 한데 이 문제는 일단 환자의 상태를 확인한 후 다시 얘기하는 게 어떤가? 담당의를 이상윤 선생으로 지정하면 이상윤 선생이 한동안 서울로 올라와야 하거든. 최악의 경우라면 모를까 암센터에 실력 좋은 의사들이 포진되어 있으니 너무 걱정 말게.

이상윤이 암센터 소속이고 서울에서 근무를 하고 있다면 문제가 없지만, 지금은 이도저도 아니기에 여러 가지 곤란했다.

막말로 암센터 의료진 모두를 무시하는 행위가 될 수 있기에 조심스러울 수밖에 없었다.

두삼도 금세 이해했다. 조금만 생각해도 안 된다는 걸 알면서 그런 부탁을 한 자신을 책망했다.

"…제가 생각이 짧았습니다."

—괜찮네. 형이라는 이와 꽤 친한 사이인 모양이군. 내가 신경쓰도록 하겠네. 그 형이 자네 말을 기다리고 있을 테니 진행 상황을 봐서 다시 통화하세.

"네, 원장님. 서울 올라갈 때 찾아뵙겠습니다."

민규식과 전화를 끊고 노대우에게 연락했다. 잠시 통화 중이던 전화는 5분 후에 연결됐다.

—고맙다. 방금 입원하라는 연락을 받았어.

"잘됐네요. 상윤이에게 치료 받는 건 복잡한 일이 있으니 힘들 것 같아요. 그래도 원장님이 신경 쓰기로 했으니까 너무 걱정 마세요."

—원장이 신경 써준다니 병원에서 꽤 인정받는가 보구나?

"원장님이 사람이 좋아요."

조금 더 얘기를 하다가 입원을 위해 병원으로 가봐야 한대서 통화를 끝냈다. 그리고 월요일 날 노대우 어머니의 검사 기록을 받아볼 수 있었다.

"도통 모르겠다."

노트북으로 MRI, CT 촬영 사진과 영상을 살펴봤지만 어떤 게 암이고 어떻게 진행됐는지 알 수가 없었다.

보는 것 역시 훈련이 필요한데 제대로 된 교육을 받은 적이 없으니 아는 게 이상했다. 원장님도 자신이 보라고 보내준 건 아닐 터.

저녁 근무지만 어차피 조금 있다가 뇌전증을 치료하고 허 회장 집에 가야 했기에 일찌감치 병원으로 갔다.

"한 선생이 이 시간에 웬일이야?"

자신과는 반대로 움직이는 서용건 선생이 물었다.

"이상윤 선생에게 물어볼 것이 있어서요."

"이 선생은 수술 들어갔어. 한데 뭘 물어보려고?"

이곳에서 알게 된 서용건은 약간 꺼려지는 구석이 있는 사람이었다. 뭐랄까, 자신을 마땅치 않아 한다는 느낌으로 쳐다본다고나 할까.

하지만 막연한 느낌 때문에 그를 터부시 하는 것도 이상했다.

보여줄까 잠깐 고민했지만 현재로서는 그의 의견이 필요했기에 사진과 영상을 보여줬다.

"췌장암이네."

"단번에 알아보시네요? 전 봐도 모르겠더라고요."

"깨끗한 사진과 췌장암 사진을 번갈아가면서 보다 보면 금방 알 수 있어. 한데 한 선생이 이 사진을 왜 가지고 있는 거야?"

"아는 형 어머니가 아프다고 해서 서울 병원에 소개시켜 줬거든요. 원장님이 공부하라고 보내주셨나 봐요."

"한의사가 왜 양의학을 공부해?"

"아무래도 한의학이 부족한 부분이 많잖습니까."

"…한의사가 한의학이 부족하다고 말하다니, 한의학협회에서 알면 엄청 뭐라고 하겠군."

"사실이니까요. 그리고 양의학보다 나은 부분도 분명 있으니까요. 하하!"

서용건이 약간 이상하다는 눈빛으로 봤지만 빤히 인정하는 부분을 아니라고 말하는 것이 더 웃겼다.

두삼은 사진을 보면서 물었다.

"선생님이 보기에 어떠세요? 수술이 가능할까요?"

"내가 보기엔… 글쎄, 췌장만 놓고 보자면 어정쩡해. 진짜 문제는 담낭, 위, 소장 등까지 번졌을 가능성이야. 현재로써는 연다고 해도 그냥 닫을 가능성이 높아."

"…그렇군요."

"…전문가가 보면 다를 수 있으니… 힘내."

두삼의 표정이 많이 어두워서일까. 서용건은 어정쩡하게 손을 올리더니 팔을 툭 건드리며 위로했다.

그때 피 냄새를 풍기며 이상윤이 다가왔다.

"뭔데 그런 똥 씹은 표정을 하고 있어?"

"…그런 표정을 알게 똥을 씹어봤냐?"

"꼭 씹어봐야 아는 건 아니지. 가만……."

이상윤은 노트북의 사진을 보더니 갑자기 그곳에 집중하기 시작했다. 그리고 심각한 표정으로 한참 동안 검사 기록을 확인하다가 불쑥 물었다.

"누구?"

"아는 형 어머니."

"불행 중 다행이네."

말하는 본새는 마음에 들지 않았지만 무엇을 말하는지는 명백했다.

"…상황이 많이 안 좋냐?"

"응. 내시경 검사를 해봐야 자세히 알겠지만 99퍼센트 이상 포기하라는 얘기가 나올 거야."

"그러는 넌?"

"나라고 다를 거 없어. 다만 몇 가지 조건만 맞는다면 도전해볼 수는 있겠지."

"조건?"

"장시간 수술을 버틸 환자의 체력. 위급한 상황에서 환자의 바이탈 사인을 잡아줄 마취의. 내 손발처럼 움직여 줄 의료진."

"그 정도 조건이면 다른 분들도 가능한 거 아냐?"

"얘가 아직 나에 대해서 모르네. 내가 그 정도 필요하다면 다른 사람들은 그 배의 조건이 필요할 거야."

'잘났다!'는 말이 나오려다가 목에 걸렸다. 일단 아쉬운 사람은 자신이었다.

"알았다. 지금은 새로운 결과가 나와 봐야 안다는 거네. 봐줘서 고맙다."

"그렇지. 완벽한 나도 사진과 영상만으로 내부를 다 볼 수 있는 건 아니니까."

"…한 가지만 부탁해도 될까?"

"하지 마. 난 수술 구경하러 가야 해서."

도저히 잘난 척하는 걸 들을 수가 없어서 싫은 소리 할 거라는 걸 알았는지 후다닥 도망갔다.

그의 뒷모습을 보다가 고개를 절레절레 흔들곤 검사 기록을 보며 중얼거렸다.

"후우~ 내시경 검사 결과가 좋아야 할 텐데."

기적을 바라본다.

* * *

기적은 없었다.

정확히 이틀 후 내시경 검사 결과가 나왔다.

—…위치가 너무 안 좋단다. 수술은 포기하고 항암 치료를 해

보는 것이 마지막 방법이라더라. 그 역시 가능성은……. 씨발! 이제 겨우 자리 잡고 효도를 해볼까 했더니만… 두삼아, 어쩌냐? 크윽!

노대우는 결국 울음을 터뜨렸다.

두삼은 어떤 위로의 말을 해야 할지 몰랐다.

배영옥의 암을 고친 적이 있긴 했지만 사실상 운이 좋았던 치료였던지라 자신이 살펴보겠다는 말을 하는 것도 조심스러웠다.

한동안 그의 울음소리를 들으며 정리를 마친 후 입을 열었다.

"형이 말했던 이상윤 선생에게 내시경 검사 결과를 보여줄게. 그니까 일단 마음 단단히 먹고 기다려 봐요."

—…눈물이 이렇게 나냐. 미안하다. 하소연할 데가 너밖에 없더라.

"우리 사이에 무슨… 모른 척했지만 형 공무원 시험 떨어지고 옥상에서 우는 것도 다 봤어요."

—…자식이 쪽팔리게…….

"아직까진… 알아보고 연락드릴게요."

희망을 버리지 말라고 말하려다 입을 닫았다. 희망을 말하기엔 상황이 좋지 않았다.

전화를 끊고 병원 메일을 확인해 보니 내시경 검사 영상과 사진, 기록이 올라와 있었기에 노트북에 다운로드를 받아 병원으로 갔다.

이상윤은 다행히 응급실에 있었는데 심각한 표정으로 모니터를 보고 있었다.

"심각한 환자라도 왔냐?"

"아니. 네가 그제 말했던 환자 검사 결과."

"네가 어떻게……?"

"얘기를 들은 다음 내 진단이 맞았는지 궁금해서 암센터에 연락해서 부탁했지."

"그래서, 네 진단이랑 비교해서 어떤 것 같아?"

"얼추 비슷해."

"수술이 가능하다는 거야?"

"글쎄, 현재 보이는 것만 생각하면 위, 담낭, 담도, 소장, 대장, 간을 절개하면 될 것 같아. 다만 열어봐서 검사 결과보다 더 심각하다면 닫아야 해."

"…해줄 수 있어?"

이번엔 얼마든지 거들먹거려도 참아줄 생각이었다. 한데 그는 잘난 척도, 거들먹거리지도 않았다.

"당연히. 한데 내가 말한 조건은 기억하고 있지? 그 때문에 솔직히 고민이야."

"환자의 체력, 마취, 의료진이라고 했잖아. 원장님께 말씀드려서 최고로 붙여달라고 하면 되지."

"이미 의료진은 정했어."

"벌써?"

"난 수술을 할 때 내가 할 수 있느냐 없느냐를 먼저 생각해. 머릿속으로 그려지거든. 그려지면 상관없지만 그려지지 않으면 그땐 누구와 함께할지 생각을 확장해. 이번 경우는 후자야. 반드시 필요한 사람이 두 명 있어."

"그 사람이 누군데?"

"일단은, 너."

"나?"

"못 하겠다는 소린 하지 마. 말했듯이 네 도움은 필수적이야."

"…내 실력을 알고 하는 소리냐?"

"짐작하고 있어. 네가 생명 유지시켰던 환자들을 샅샅이 살펴 봤거든."

이상윤이 알았다고 해서 문제될 것은 없다. 이제 일부러 말하지도 않겠지만 감추지도 않을 생각이다.

"좋아. 내가 필요하다면 당연히 참여해야지. 나머지 한 사람은?"

"…그게 조금 문제긴 해."

"누군데?"

"현성병원에서 레지던트를 하고 있을 거야. 작년에 3년 차였으니 올해 4년 차겠네. 퍼스트로 그만한 애를 본 적이 없어."

"퍼스트를 아무리 잘해도 교수만큼 잘할 수가 있나? 차라리 펠로우 중에 한 명을 쓰는 게 낫지 않아?"

"내가 다음에 뭘 원하는지 아는 것처럼 쉽게 도움을 주거든. 어떻게 그렇게 아느냐고 물어봤더니 그냥 본능적으로 안대."

"그럼 그 친구한테 하루만 부탁하면 되는 거 아냐? 근데 무슨 문제라고… 혹시 그 레지던트 여자냐?"

문제라고 하니 문득 떠오르는 것이 있어 물었다.

"…응, 여자야."

"찼냐?"

"…차, 차긴! 그냥 잠깐 안 맞았을 뿐이야."

"속궁합이? 아님 성격이?"
"…둘 다."
짐작이 됐다. 좋게 헤어졌다면 절대 문제라고 말하지 않을 것이다.
"너 나한테 빚진 거 있지? 이번 기회에 갚아라."
"싫어! 다른 부탁이라면 모를까 이번 일은 안 돼! 그리고 너한테 빚졌다고 생각하지 않아."
"고맙다며?"
"이젠 희미해졌거든!"
"…빨리도 잊는구나. 패배감이나 빨리 잊을 것이지."
"누가 패배했다고……!"
"됐다. 말해봐야 입만 아프지. 근데 그 친구가 꼭 필요해? 웬만하면 다른 사람이랑 그냥 하지?"
"적어도 7시간, 길면 두 배는 족히 수술해야 해. 물론 그 친구가 있을 때 가능한 시간이고."
"휴우~ 반드시 있어야 한다면 어쩔 수 없지. 그 친구 전화번호는 있지? 내가 연락해 볼게."
"옛날 전화번호는 있는데 바뀌었을지도 몰라."
"그럼 이름도 가르쳐 줘. 안 되면 현성병원으로 연락하면 되겠지."
아쉬운 사람이 움직여야 했다.
이상윤에게 레지던트의 이름과 전화번호를 받았다.
한시라도 급했기에 바로 연락을 했다.
한데 계속해서 울려도 받질 않았다.

"일하는 중인가, 아님 바뀐 건가?"

병원으로 연락해 보기로 하고 막 끊으려고 할 때였다. 연결음이 사라지며 잔뜩 피곤한 젊은 아가씨의 목소리가 들렸다.

—…여보세요?

"아! 안녕하세요. 혹시 백희정 씨 계신가요?"

—전데요. 누구세요?

다행히 전화번호를 바꾸지 않은 모양이었다.

*　　　*　　　*

교대 시간보다 2시간 이른 6시에 병원에서 나와 서울로 향했다. 출근 시간이라 만남의 광장 이후에 조금 막히긴 했지만 루시가 빨리 달려준 덕분에 8시 조금 넘어 집에 도착했다.

아직 한 달도 지나지 않았는데 오랜만이라는 느낌이 드는 건 하란이 보고 싶었기 때문이리라.

루시에게 도착 시간을 들었는지 주차장으로 들어가자 하란이 기다리고 있었다.

두삼은 인사와 함께 그녀를 꽉 안았다.

"그리웠어."

"나도, 오빠. 근데 병원 냄새 난다. 먼저 씻어. 아침 준비해 뒀어."

"여행은 잘 다녀왔어?"

아쉬운 표정으로 그녀에게서 떨어진 두삼은 집으로 향하며 물었다.

"응. 오빠가 돈 보태줬다고 하니 더 좋아하셨어."

"그저 맛있는 거 드시라고 조금 보탰을 뿐인데, 뭘. 여행 경비를 내가 낸다니까."

"그럼 부담스러워 했을걸. 그건 우리가… 흠! 나중에 해줘도 되네요."

하란이 살짝 얼굴을 붉히며 말했다. 왠지 무슨 말을 하려 했는지 알 것 같았다.

그에 심장이 두근거린다. 그녀의 허리를 끌어당기며 물었다.

"방금 결혼한 후에 하라고 말하려 한 거 아냐?"

"…아니거든!"

"아닌 게 아닌 것 같은데?"

"…손이 어디까지 올라와!"

부끄러운지 손을 살짝 치는 하란. 두삼은 느끼한 표정을 지으며 말했다.

"오랜만이잖아. 얼마나 참았는지 알아?"

"됐거든! 씻고 밥 먹고 잠이나 자. 밤새놓고 무슨……."

"루시에게 운전 맡기고 잤어. 그리고 12시에 백희정 씨 만나고 내려가 봐야 해."

"현성의 레지던트라는 아가씨 말이지? 근데 그녀가 허락하면 수술해야 하는데 내려가려고?"

"미안. 뇌전증 환자랑 허 회장 치료를 미룰 수가 있어야지."

"에고~ 일 중독자 남친을 둔 내 잘못이지. 그래도 자. 대신 내려갈 때 같이 내려가자."

"논산으로 내려오려고?"

"한동안 병원 근처 호텔 머물려고. 왜? 싫어?"

"그럴 리가! 나야 당연히 좋지. 그래도 그건 그거고 지금은 지금이지. …같이 샤워할까?"

"방금 했는데……."

말끝을 흐리는 그녀와 함께 샤워실로 들어간 두삼과 하란은 한참 후에야 밖으로 나왔다.

아침을 먹고 또다시 뜨겁게(?) 사랑을 한 후에야 현성병원 앞 약속 장소인 이탈리아 레스토랑 '피렌체'로 갔다.

"일행이 올 테니 식사는 좀 있다 주문할게요. 일단 레몬에이드 한 잔 부탁할게요."

12시에 식사를 같이하기로 했지만 레지던트가 정확한 시간에 올 거라는 기대는 하지 않았다.

아니나 다를까 12시 40분쯤 지나자 급한 목소리로 연락이 왔다.

—죄송해요. 갑자기 일이 생겨서 늦었어요. 아직 피렌체에 계시나요?

"네. 괜찮으니 천천히 오세요."

—이해해 줘서 고맙네요. 10분쯤 걸릴 거예요. 전 라자냐와 마르게리타 피자, 콜라 부탁해도 될까요?

"그러죠."

주문을 하고 음식이 나올 때쯤 면 티 차림의 여성이 헐레벌떡 들어왔다. 그리고 내부를 쓱 훑더니 자신의 자리에 다가왔다.

"한두삼 선생님?"

"맞습니다. 반갑습니다. 백희정 선생님."

"하아~ 하아~ 안녕하세요. 일단 숨 좀 돌려도 괜찮을까요? 단숨에 달려오느라 힘드네요."

"그러세요."

벌컥벌컥 물을 마시는 백희정은 살폈다.

단정하게 묶은 머리에 오밀조밀한 이목구비, 키가 다소 작아 어려 보이긴 했지만 상당한 미인이었다.

물을 마시고 숨을 돌린 그녀는 정중히 사과했다.

"후우~ 이제야 좀 살 것 같네요. 첫 만남부터 이런 모습을 보여 드려 죄송해요. 어제 수술한 환자가 갑자기 어레스트가 와서요."

"레지던트를 해보진 않았지만 이해합니다. 얘기는 식사를 하면서 하죠."

"이상윤 그 자식… 그 인간 친구라고 해서 싸가지가 없을 거라고 생각했는데 아니네요?"

"최근에 친구가 됐지만 그리 살가운 사이 아닙니다. 드시면서 얘기하죠."

혹시 얘기의 방해가 될까 정확히 선을 그었다. 마침 음식이 나왔기에 먹으면서 본론을 꺼냈다.

"어제 말씀드린 건 생각해 보셨습니까?"

"수술 말이죠? 솔직히 아직 고민 중이에요."

"병원 문제라면 저희 병원 원장님이 현성에 연락을 할 겁니다."

"그 때문만은 아니에요."

"그럼요? 상윤이랑 상종하기 싫은 겁니까?"

"복잡해요. 얼굴을 보면 귀싸대기를 날리고 싶으면서도, 한편으로는 만나서 왜 갑자기 마음이 바뀌었는지 알고 싶어요."

"그럼 둘 다 하면 되잖아요?"

"막상 시도를 하려니 질척거리는 것 같아서요. 뭐랄까, 조금 비참한 느낌?"

"…무슨 느낌인지 알겠군요."

주해인에게 이별 통보를 받았을 때 두삼의 심정도 비슷했었다. 만일 섬이 아닌 서울에 있었다면 찾아가서 질척거렸을지도.

"선생님도 경험이 있으신가 봐요?"

"연애를 경험한 사람이라면 한두 번쯤 겪게 되는 일이 아닐까 합니다."

"그럼 선생님이라면 어떻게 하셨는데요?"

"전 그냥 잊었죠. 섬에서 공중보건의를 하고 있을 때라 만날 수도 없었거든요."

"섬에 있는데 일방적인 이별 통보라니 나빴다."

"…하하. 그런가요? 상윤이는 어떻게 했는데요?"

"하룻밤 자고 나더니 갑자기 이별 통보하더라고요, 나쁜 새끼!"

"진짜요? 그날 싸웠어요?"

"아뇨. 분위기는 엄청 좋았었어요."

"이야~ 그렇다면… 쓰레기네."

원나잇을 위해 사귄 척을 했다, 라는 말을 하려다 더 자존심을 상하게 할 것 같아 말을 바꿨다.

"맞아요! 정말 쓰레기 같은 짓이었어요. 마치 제가 창녀가 된 기분이었다니까요.”

식사하는 내내 이상윤에 대한 성토가 이어졌다.

원래 연인들의 일은 두 사람에게 모두 들어봐야 아는 일이다. 그러나 일단은 눈앞에 있는 사람은 백희정이었기에 그녀 편에 서서 얘기를 했다.

욕을 하면서 화가 좀 풀렸는지 식사가 끝마칠 때쯤 그녀가 진지하게 물었다.

“한 선생님이 저라면 어쩌시겠어요?”

“글쎄요. 이런 일은 본인이 직접 선택을 하는 게 가장 후회가 없을 거예요. 그리고 솔직히 수술을 부탁해야 하는 입장인지라 솔직한 말을 할 수도 없고요.”

“그런가요? 그럼 이러면 어때요? 수술 도울게요.”

“진짜요? 그럼 병원에 정식 요청을 하겠습니다.”

“굳이 그러지 않으셔도 돼요. 그냥 하루 휴가 쓰면 되니까요. 4년 차라 괜찮아요.”

“펠로우를 하려면 병원에 밉보이면 안 되잖아요?”

“날 펠로우로 안 뽑으면 병원 손해죠. 저 같은 사람 흔치 않거든요.”

자신만만한 건 이상윤이랑 비슷하다.

어찌되었건 목적을 달성하게 되었으니 의견 정도야 얼마든지 말해줄 수 있었다.

“개인적인 생각이니 참조만 하세요. 제가 볼 때 희정 씨는 아직 상윤이를 아직 잊지 못하고 있어요.”

“…그런가요?”

"미련 때문인지, 아님 화가 나서인지는 저도 모르겠어요. 다만 제가 볼 때 그렇다는 거예요. 그러니 만나서 확실하게 마무리를 짓는 것이 나을 것 같아요."

"헤어지라는 건가요?"

"현재의 어정쩡한 상태를 마무리하라는 겁니다."

"어정쩡한 상태라……."

백희정에 대해서 말할 때 이상윤의 표정과 이상윤에 대해서 말할 때 백희정의 표정에서 묘한 기류가 느껴졌다. 물론 그것이 사랑인지, 미움인지, 연민인지, 미련인지 알 순 없었기에 더 이상의 말은 아꼈다.

백희정 또한 무슨 생각을 하는지 말이 없었다.

민규식과 이상윤에게 각각 연락해 백희정이 허락했다는 걸 알렸다. 그리고 내일 10시에 수술을 하기로 한 후 백희정과 헤어졌다.

"와~ 진짜 대박 예쁘지 않냐? 저런 여자랑 한 번 자봤으면 소원이 없겠다."

"아서라. 네가 감당이나 할 수 있겠냐? 옆에 있는 스포츠카도 못 봤냐? 이미 임자가 있을 거다."

"어떤 새낀지 모르지만 존나 행복하겠다."

"존나 부자겠지."

건물 옆에 있는 주차장으로 가는데 두 명의 남자가 지나가면서 방금 전 본 여자에 대해 얘기를 나누며 지나갔다.

저들이 누굴 보고 하는 얘긴지 단번에 알았다.

애인이 예쁘다니 한편으론 으쓱하면서도 잠자리 운운하는 말엔 살짝 기분이 상했다.

미인 애인을 둔 남자의 숙명이랄까.

주차장으로 가자 하란이 차 옆에 기대어 서서 스마트폰을 보고 있었다.

"오래 기다렸지?"

"아니. 밥 먹고 방금 전에 왔어. 소화도 시킬 겸해서 걷고 있었어. 일은 잘 해결됐어?"

"응. 내일 10시에 수술하기로 했어. 근데 내일 같이 내려가는 게 어때? 내려가도 할 일이 많아서 밤에나 다시 볼 텐데."

"난 신경 안 써도 돼. 한가할 때 구경 다니면 돼. 그리고 오늘은 다방 가지 말라고 가는 거거든. 아무리 손만 잡는다고 해도 좀 그래."

"…그래."

하긴 아무리 일 때문이라고 해도 애인이 다방에 아가씨를 만나러 들락거리는 걸 좋아할 여자가 있을까.

하란과 함께 논산으로 향했다.

도착하자마자 하란을 호텔에 두고 병원으로 갔다.

"서울에 가서 늦는다더니 일찍 오셨네요?"

커피를 들고 휴게실로 향하던 전 간호사가 의외라는 듯 말했다.

"생각보다 일찍 끝났어요. 티타임인가 본데 천천히 마시고 시작해요."

"티타임이 아니라 선생님 뵈러 미국에서 손님이 오셨어요."

"미국에서요?"

미국에서 올 만한 손님을 떠올려 보지만 없었다.

의아해하자 전 간호사는 설명을 덧붙였다.

"선생님이 아는 분이 아니라 뇌전증 때문에 온 사람이에요."

"아하~ 예약 환자가 아닌 모양이군요?"

"네. 조나단 엄마가 올린 SNS를 보고 찾아온 것 같더라고요. 휴게실에 있는데 지금 만나보시겠어요?"

"겨우 알아듣는 수준인데요. 전 간호사님이 해결해 주시면 안 될까요?"

"재미 교포 통역가를 데리고 왔어요."

"그래요?"

통역가를 데리고 왔다니 잠깐 얼굴을 보는 것 정도 괜찮을 것 같았다.

휴게실로 들어가자 세련된 옷차림의 금발의 여자와 그녀의 품에 안긴 인형처럼 생긴 아이, 두 명의 경호원, 그리고 통역가로 보이는 재미 교포 남자가 있었다.

"안녕하세요, 한두삼입니다. 절 찾아오셨다고요?"

"안녕하세요, 소피아 부시예요."

통역가를 중간에 두고 대화를 나눴다.

"듣자 하니 SNS를 보고 찾아오셨다고요?"

"그래요. 제 딸 로레인이 뇌전증이거든요. 그래서 평소 그에 대해 많은 검색을 해요. 그러다 우연찮게 보게 된 거예요."

"그렇군요. 한데 어쩌죠? 치료를 받으려면 예약을 먼저 하셔야 합니다."

"알아요. 내년 6월까지 꽉 차 있더군요. 한데 로레인은 내년까지 기다릴 수가 없어요. 뇌전증이 심해지면서 점점 이지를 상실하고 있거든요. 내년이면… 낫는다고 해도 정상적인 생활은 힘들 거예요."

'한 명쯤 늘리는 건 문제가 아닌데…….'

인형처럼 생긴 아이의 얼굴을 봤다. 뇌전증의 후유증으로 얼굴에 생긴 딱지들이 마음을 자극했다.

예약이 절대적인 것은 아니다. 중증 환자의 경우 병원에서 더 빨리 배치한다.

그럼에도 불구하고 그러한 사정을 외부에 알리지 않는 건 모두가 급하다고 생각하기 때문이다. 만일 급한 환자를 빨리 봐준다는 소문이 나면 모두가 이런 식으로 찾아오려 할 것이다.

두삼의 고민하는 바를 눈치챘는지 그녀는 얼른 말을 덧붙였다.

"우리 사정을 생각해서 빨리 치료를 해준다면 절대 비밀을 엄수하겠어요. 그리고 치료비로 100만 불, 개인적으로도 얼마간 드릴 생각이에요."

분위기상 부자일 거라고 생각했는데 아니나 다를까 치료비로 100만 불을 제시했다.

머리를 긁적이던 두삼이 말했다.

"알겠습니다. 비밀은 절대 엄수 부탁드립니다."

"약속은 반드시 지킬게요."

돈 때문은 아니었다.

어차피 여기까지 온 이를 내쫓을 만큼 독하지 못했다. 하물며 엄마 품에 안겨 있는 가련한 아이를 본 이상 치료를 해줄 생각이었다.

물론 그렇다고 돈을 마다할 생각은 없었다. 100만 불이면 많은 환자를 공짜로 봐줄 수 있기 때문이다.

"전 간호사님 이분들 특실로 안내… 엇!"

갑자기 로레인이 몸을 부르르 떨기 시작했다. 그래서 얼른 접근해서 아이의 팔을 잡았다.

"그대로 잠시만 잡고 계세요."

정신을 집중해 로레인의 뇌를 살폈다. 그리고 이상 신경 세포를 발견하자마자 기운으로 눌러 버렸다.

이젠 뇌전증 치료에 대해선 프로페셔널이라고 해도 무방할 정도로 잘했다. 특히 뇌전증으로 인해 발생하는 호르몬을 볼 수 있게 되면서 최소의 기운으로 최대의 효과를 낼 수 있었다.

이상 세포가 죽자 발작과 경련이 멈췄다.

"가볍게 손을 대는 것만으로 치료를 한다더니 소문이 사실이었군요. 고맙습니다, 닥터 한."

"제 일인데요. 특실로 가셔서 편히 쉬세요. 전 다른 환자들을 봐야 해서."

로레인을 시작으로 입원한 환자들을 치료하고 밖으로 나가자 어느새 해가 저물어 어두웠다.

편의점에서 간단히 저녁을 먹은 두삼은 곧장 허 회장의 집으로 향했다.

오늘따라 반겨주는 이는 경호실장 전두기였다. 거실엔 아무도 없었다.

"어서 오시오."

“가족분들은 어디 가셨나 보군요?”

“큰 사장님은 일 때문에, 다섯째 아드님은 방에, 세라 아가씨는 교회에 갔소.”

“항상 붙어 있을 순 없는 법이니까요. 올라가시죠.”

있든 없든 치료를 하는 데는 별 상관이 없었기에 2층으로 올라가려 했다.

한데 전두기가 어깨를 잡았다.

“잠깐 그 전에 얘기 좀 합시다.”

‘이런! 집에서 경고를 할 줄은 생각도 못 했는데.’

사실 루시를 통해 집 안을 도청하고 있다. 그래서 전두기가 자신을 노리고 있다는 건 이미 알고 있었다.

두삼은 모른 척하며 물었다.

“어떤 얘기 말입니까?”

“전에 했던 경고에 대한 얘기.”

어깨를 잡았던 손이 목 뒷덜미를 잡았고 오른 주먹이 복부를 향해 빠르게 날아왔다.

‘이 정도 빠르기면 막을 수 있겠는데?’

생각과 달리 두삼은 주먹을 그대로 허용했다.

퍼억!

기운을 이용해 내장을 보호했지만 덩치 값을 하는 건지 주먹이 묵직했다.

“…도, 도대체… 왜?”

“세라 아가씨에게 접근하지 말라는 말을 제대로 알아듣지 못한 것 같아서.”

그의 주먹이 다시 복부에 박혔다.

참을 만했다. 그러나 싸울 것이 아니라면 이쯤해서 쓰러져줘야 덜 맞을 것 같았다.

무릎을 꿇으며 숨을 못 쉬는 사람처럼 컥컥! 거리며 머리를 바닥에 박았다.

꼴사나운 모습으로 빌빌거리는 모습에 만족했을까, 그는 더 이상 때리진 않았다.

"세 번째 경고는 오늘처럼 가볍게 끝나지 않을 거야. 그러니 더 이상 접근하지 마."

"…제, 제가 접근한 게……!"

"접근하면 적당한 핑계를 대서 피해. 그리고 네 일에나 집중해. 알겠어?"

"…아, 알겠습니다."

"고작 두 대 맞았다고 도망갈 생각을 하는 건 아니겠지? 그럼 1억을 토해내야 할 거야."

두삼은 두려워하는 사람처럼 고개를 마구 끄덕였다.

"일어나서 따라와."

"…그러고 싶은데 히, 힘이……."

"쯧! 덩치 값도 못하는군. 소파에 잠깐 앉아 있다가 올라와."

그는 한껏 비웃고 난 후 2층으로 올라갔고, 두삼은 그의 등을 매섭게 노려봤다.

* * *

한강대학병원 입구 우측에 세워진 최신식 빌딩은 최근 우리나라 사람들이 어떤 병으로 가장 고통받고 있는지를 보여준다.

암센터.

병상만 600개가 넘음에도 빈자리가 없을 정도고 하루에 의사 한 명이 10건에 가까운 수술을 할 만큼 환자들은 넘쳐나는 곳이다.

서울로 오는 내내 췌장암 수술 영상을 본 두삼은 주차를 하고 노대우를 만나러 로비로 올라갔다.

약속 장소인 넓은 로비 한쪽에 자리한 휴게실로 가자 가족들과 함께 있는 노대우가 있었다. 마음고생이 심했을까 전에 만났을 때에 비해 훨씬 초췌해 보였다.

"대우 형!"

"아! 두삼아."

그는 자리에서 벌떡 일어나더니 손을 잡았다. 그리고 눈치를 주자 얼른 가족을 소개했다.

"아버지, 누나, 매형. 여긴 제가 말했던 한강대학병원 의사 동생이에요."

"처음 뵙겠습니다, 아버님."

"아이고! 말 많이 들었어요. 부탁합니다."

"잘 부탁드려요, 선생님!"

"장모님이 부디 건강해지도록 신경 써주십시오."

"수술은 다른 선생이 하는데요. 아무튼 최선을 다하겠습니다."

걱정 가득한 얼굴로 환자를 부탁하는 그들을 보니 마음이 무거웠다. 그러나 내색하지 않았다.

간단히 인사를 나누고 노대우와 조금 떨어진 곳에 가서 얘기를 나눴다.

"이상윤 선생은 봤어요?"

"응. 아침에 와서 뭔가 처방을 하더니 어쩌면 오늘 수술을 못 할 수도 있다고 했어."

"그래요? 몸에 열이 났나?"

열이 날 때 수술을 하게 되면 합병증이 증가할 수 있기 때문에 절대 피해야 했다.

"그런 거 같아. 오늘 못 하게 되면 어떻게 하냐?"

"열 내릴 때 하면 되죠. 너무 걱정 마세요. 제가 올라가서 어떻게 될지 살펴보고 연락드릴게요."

노대우와 헤어진 후 오늘 수술할 사람들을 위한 임시 대기실로 갔다.

민규식, 마취통증의학과의 이진석, 백희정이 얘기를 나누고 있었다.

민규식은 구경하러 왔고, 이진석의 경우는 두삼이 마취 담당의로 이름을 올릴 수 없어서 참여하기로 했다.

"원장님, 이 선생님, 안녕하셨어요."

"한 선생, 어서 오게. 백 선생과 한참 얘기를 나누고 있었다네."

"그러셨군요. 백 선생, 와줘서 고마워요."

"어제 한 약속을 어떻게 잊겠어요."

백희정에게 빙긋이 웃어준 후 민규식에게 물었다.

"이상윤 선생은 어디 갔습니까?"

"환자가 열이 높아서 올라갔네. 아무래도 오늘은 힘들 것 같다더군."

"그럼……?"

두삼은 백희정을 흘낏 봤다.

하루 이틀 수술 일자가 밀리는 건 조금만 부지런을 떨면 된다. 그러나 백희정은 아니었다.

"다행히 백 선생도 전문의 시험 준비할 때라 하루 정도는 더 뺄 수 있다고 하네. 그나저나 자네 헛걸음을 해서 어쩌나?"

"다행이네요. 저야 드라이브했다고 생각하면 됩니다. 잠깐 환자에게 다녀오겠습니다."

이상윤이 내려올 때까지 기다려도 되지만 뭔가 이상했다. 평소 그의 스타일이라면 수술이 불가능할 정도로 열이 높으면 바로 내일 하자고 했을 것이다. 한데 계속 병실을 찾는 걸 보면 뭔가 있다는 뜻이었다.

병실로 들어가자 그는 심각한 표정으로 환자를 살펴보고 있었다.

"아침부터 고생한다."

"…왔냐? 안 그래도 기다리고 있었다. 환자 내부 좀 살펴봐 주라."

"왜? 안 좋아?"

"열이 점점 올라가고 있어."

"들었어. 그래서 수술을 미루려 한다면서?"

"음, 그런데 아무래도 미루면 안 될 것 같아. 환자의 고통도 점점 늘어나고 있거든. 네가 늦으면 검사를 보낼까 생각 중이었어."

"알았어. 실례할게요, 어머님."

두삼은 고통에 인상을 찌푸리고 있는 환자의 배에 손을 올렸다.

하얗게 손이 빛나며 머릿속에 환자의 내부가 보였다.

'헐! 배 여사님만큼은 아니더라도 대부분의 경락이 막혀 있어.'

췌장 주위로는 접근이 불가능해 까맣게 보였다.

이럴 땐 기운이 소모되더라도 혈관과 다른 통로를 따라 기운을 보내면 살피는 것이 가능했다.

마침 기운이 넘쳤기에 망설일 이유가 없었다.

사실 어제 허 회장의 몸에서 뽑아낸 양기를 하란에게 소모(?)한다고 했지만 50퍼센트 정도밖에 없애지 못했다.

하란은 모두 소진될 때까지 하라고 했지만 더 소모했다간 하란이 다칠 수 있었기에 없어졌다고 뻥을 친 것이다.

기운이 혈관과 다른 통로를 통해 돌면서 명확하게 그려졌다.

"…담도 폐쇄. 간암의 일부가 담도를 눌러 완전히 막아버렸어."

환자가 황달에 걸린 이유 역시 담도 폐쇄로 인해 담즙이 배출이 되지 않았기 때문이다. 한데 그 전에는 일부 막혀 있었다면 지금은 완전히 막힌 상태였다.

"역시나. 담관배액술을 먼저 실행한 후 다시 수술을 하긴 어정쩡한데……. 다른 점은?"

"영상으로 네가 설명했던 것보다 전이가 더 심해."

"…그렇다면 어쩔 수 없지. 당장 수술에 들어가자."
"담즙이 나갈 수 있도록 살짝 담도를 넓혀둘까?"
"가능하다면 더 좋고."
이미 준비가 된 상태였기에 수술을 하겠다는 말이 떨어지기 무섭게 빠르게 준비가 됐다.
수술실에 들어가 각자 자리를 잡았다.
두삼, 이상윤, 백희정을 제외한 간호사들과 세컨드는 원장님이 최고의 실력자들을 뽑아주기로 했다. 한데 민규식이 세컨드 자리에 떡하니 섰다. 그리고 써드 자리엔 처음 보는 사람이었다.
"원장님이 세컨드 보시려고요?"
"이 선생 수술을 보고 싶어서 말이야. 괜찮지?"
대답을 하던 민규식이 이상윤에게 물었다.
이상윤은 눈을 살짝 찌푸리며 그답게 말했다.
"괜찮습니다만 못하시면 혼을 낼지도 모릅니다."
"허허. 살살 다뤄주게."
이상윤이라면 능히 그러고도 남을 것이다.
간호사들의 능숙한 처리에 수술할 준비가 완료됐다.
'눈빛이 다르네. 같은 사람이 아닌 것 같군.'
평소 잘난 척을 오지게 하는 태도가 어디 가겠나 싶었는데 수술실의 그는 완전 달랐다.
가볍게 돌리는 양손, 살짝 긴장한 듯 보이면서도 무섭게 집중하는 눈빛. 솔직히 그에 대한 선입견이 있었는데 오늘로 완전히 사라졌다.
풀던 손이 멈췄다. 그와 함께 눈빛에 있던 긴장감도 사라졌다.

그리고 입을 열었다.

“지금부터 췌장암 수술을 시행하겠습니다. 잘 부탁드립니다. 마취.”

두삼은 고개를 끄덕인 후 침으로 전신마취를 시켰다. 그리고 그녀의 머리에 손을 올려 잠이 들게 만든 후 그에게 말했다.

“마취됐으니 시작해도 좋아. 한데 마취 말고 나한테 시킬 건 없어?”

“필요할 때 말할 거야. 나머지 알아서 잘할 거 아냐?”

“맘대로 하라는 거냐?”

“응. 과연 내 상상속의 실력만큼 되는지 보여줘.”

“…….”

도대체 무슨 상상을 하는지 어떻게 안단 말인가?

이미 고개를 돌린 채 매스를 잡고 있었기에 두삼은 고개를 절레절레 흔들며 환자의 팔을 잡았다.

‘원장님과 수술할 때처럼 해주면 되겠지.’

환자의 상반신 부근에 골고루 기운을 뿌린 후 이상윤의 매스가 배에 닿기를 기다렸다. 그리고 위치를 알게 된 순간 주변의 굵직한 혈관들을 막기 시작했다.

두삼이 혈관을 막는 동안 이상윤은 매스로 환자의 복부를 절개했다.

절개면을 따라 당연하게 흘러 나와야 하는 피가 긁혔을 때처럼 살짝 스미어 나오는 정도에 불과했다.

피를 닦으려던 백희정이 살짝 아미를 좁히며 말했다.

“선생님, 피가 나오지 않는데요. 환자에게 다른 이상이 있는 건 아닐까요?"

"오늘 마취의의 재주가 많아서 그래. 출혈에 관련해서는 마취의에게 맡기고 우린 우리 일이나 신경 쓰자."

"예! 선생님."

신경 쓰지 말라고 하면서도 이상윤은 환자의 팔에 손을 올리고 집중하고 있는 두삼을 흘낏 봤다.

'괴물 같은 놈…….'

절단면에서 뭔가에 의해 혈관의 피가 나오지 않고 있는 것이 보였다.

물론 예상은 하고 있었다. 그랬기에 그와 함께라면 수술이 가능하다고 생각한 것이다. 하지만 생각했던 것보다 더 대단했다.

설마하니 굵은 혈관이 아닌 작은 혈관까지 막을 수 있을 줄은 생각도 못 했다.

수술 중 혈관과 출혈은 많은 영향을 미친다.

마취의가 계속해서 환자의 상태를 살펴보는 이유 중 하나가 출혈로 인해 마취 농도가 낮아져 환자가 깨어날 것을 대비하기 위함이기도 하다.

환자에겐 수혈은 최소한으로 할수록 좋은데 수혈 부작용은 피치 못하게 발생을 하게 되기 때문이다.

무엇보다도 이상윤에겐 출혈이 적어 시야 확보가 쉬웠고 주요 혈관을 박리하는 데 많은 시간을 낭비할 필요가 없게 되었다.

'그렇다면 충분히 이용해 주지!'

이상윤은 기가 죽기보단 오히려 승부욕이 발동했다.

복막을 열고 드디어 장기들이 모습을 드러냈다.

"아! 심하네요."

백희정이 안타까움에 중얼거렸다.

"일단 예상 범위 내야. 전이가 어느 정도인지 자세히 살펴보기로 하자."

두 사람은 내장을 조심스럽게 만져가며 암의 범위를 살펴보았다.

"위의 경우 원위부에만 절제하는 위아전절제술로 가능하겠어요."

"좋아! 위아전절제술부터 시작하자."

위아전절제술은 위의 아랫부분을 잘라 십이지장을 무시하고 바로 공창(空腸)와 연결하는 시술로 다이어트를 위한 수술로도 쓰였다.

실제 절개하는 것보다 혈관과 신경을 제대로 살려서 연결시키는 것이 훨씬 오랜 시간이 걸렸다.

'이번에도 해봐.'

이상윤은 백희정의 도움을 받아 거침없이 암 덩어리가 있는 위와 십이지장을 제거해 나갔다.

이번에도 마찬가지였다.

마치 시체의 신체를 자르는 것처럼 피가 살짝만 보일 뿐이다. 조심스럽게 묶은 후 잘라야 하는 굵은 혈관 역시 잘랐지만 찔끔 나오곤 그대로 멈췄다.

혈관 집게용 포셉을 든 채로 백희정이 중얼거렸다.

"헐! 커대버(실습용 시체)로 실습하는 느낌이네요."

"그만 놀라고 혈관은 내가 말하기 전까지 신경 쓰지 말도록."

"…네, 선생님."

"속도를 더 높여도 되겠어?"

"얼마든지요."

두 사람은 본격적으로 암 제거에 돌입했다. 한데 헤어진 연인이라기엔 손발이 기계처럼 잘 맞았다.

이상윤과 백희정이 속도를 높이자 바빠진 사람은 두삼이었다.

'이 미친… 수술이 무슨 속도 경기인 줄 알아! 어디 차렌지 말이라도 해주란 말이야! 안 그래도 바쁜데.'

두삼은 버럭 소리치고 싶었다. 그러나 그 순간 대장을 자르니 얼른 주변의 혈관과 내부의 이물질이 쏟아지지 않도록 해야 했다.

얼른 대장의 혈관을 막은 두삼은 한 손을 뻗어 혈액 유입 속도를 늦췄다. 그리고 모니터를 보며 환자의 상태 역시 신경 썼다.

'아! 막아둔 혈관에 기운을 보태야지.'

잠깐의 틈도 없이 현재까지 막아둔 혈관에 기운을 보내서 두텁게 만들었다.

현재 혈관을 막아둔 가득한 양기들이 평소와 달리 빨리 소모되고 있었다. 아무래도 따뜻한 양의 기운이 수술 부위에 필요한 것이 틀림없어 보였다.

환자에게는 좋은 일이니 할 수 있다면 당연히 해야 하지만 많은 혈관에 지속적으로 힘을 더해야 했기에 더 바빴다.

물론 남들이 볼 땐 가끔 수액과 모니터를 살피는 걸 제외하곤 자리에 앉아서 눈을 감고 있는 것처럼 밖에 보이지 않았다.

써드 자리에 서 있던 의사가 민규식의 옆으로 붙더니 낮게 중얼거렸다.

"선생님 말씀처럼 눈으로 보고도 믿어지지 않는군요. 저런 게 가능하다니……."

"말하지 않았나. 규격 외라고. 그러니 응급실에서 일할 수 있는 거지."

"배울 수 있는 겁니까?"

"기를 느끼고 움직일 수 있는 사람이라면 배울 수 있겠지."

"타고난 사람이 아니라면 불가능하다는 얘기로군요?"

"그렇지. 그러니 협회 차원에서 터부시하지 않아도 된다는 걸세."

"터부시하는 것이 아니라 각자의 분야에 대해 확실하게 해두자는 겁니다."

"자네 말대로라면 분야가 아니면 죽어가는 사람을 내버려 두라는 말처럼 들리는군."

"그게 아니라……."

"듣게! 김 군."

"…예, 선생님."

의사협회에서 나온 김모형은 민규식에게 교육을 받은 제자였다. 평소 좋은 게 좋다는 듯 행동하는 민규식이지만 한 번 화를 내면 무섭다는 걸 알기에 입을 다물었다.

"밥그릇 싸움 하는 건 이해하네. 한의학협회와 문제가 발생할 때 나서진 않았지만 협회에서 하는 일을 힘을 보탰네."

"선생님이 큰 힘을 보태줬다는 거 알고 있습니다."

"한데 말이야. 어찌 되었건 환자를 구하려는 일을 문제로 삼는다면 나도 어쩔 수 없네. 지금까진 설득하려 노력했지만 끝까지 실력 행사로 나가겠다면, 나 역시 실력 행사를 할 수밖에 없네."

"선생님……."

많은 권력자들과 친한 민규식이 나선다면 쉽게 당하진 않겠지만 의사협회로서도 괴로울 수밖에 없었다. 선례를 남기지 않으려다가 어쩌면 더 큰 것을 잃을 가능성도 높았다.

'하긴 저런 것이 가능한 사람이 몇 명이나 있을까.'

생각을 정리한 김모형이 말했다.

"협회에 불필요한 일이라고 말하겠지만 협회가 어떻게 결정할지는 모르겠습니다."

"좋은 결정을 하길 바라야지."

"노력하겠습니다."

"그래주게. 저 아이들이 얼마나 많은 환자들을 고칠지 자넨 궁금하지 않나?"

반짝이는 눈빛으로 수술 광경을 눈에 담고 있는 민규식이었다.

'선생님은 환자에 대한 생각은 예나 지금이나 변함이 없으시군요. 저에겐 직업이 되어버린 것 같은데요.'

김모형은 시선을 돌려 엄청난 속도와 정확도로 수술을 하는 이상윤과 그 못지않게 빠르게 옆에서 돕고 있는 백희정, 한 치의 오차도 없이 기구를 넘기며 의사를 돕고 있는 간호사들, 그리고 환자의 팔을 잡은 채 신기한 일을 하는 두삼을 차례차례 봤다.

문득 예전에 처음 환자를 잃었을 때 울면서 다짐했던, 이제는 희미해진 기억을 떠올렸다.

돈이 아닌 환자를 위하는 의사가 되자고 했던 다짐.

잠시 과거의 상념이 머리를 스쳤지만 곧 벗어났다.

다시 과거로 돌아가기엔 현재의 상황들이 녹녹치 않았다.

'이번엔 선생님 편에 서겠습니다. 다만 다음엔 어떨지 모르겠습니다.'

두삼은 김모형이 자신을 빤히 바라보고 있다는 걸 눈치채지 못한 채 수술에 집중하고 있었다.

47. 기적이 일어났네요

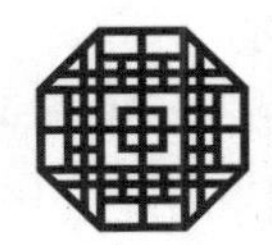

수술을 직접 하는 의사들만큼은 아니더라도 끝나기를 초조하게 기다리는 가족들도 지치는 건 마찬가지.

5시간이 넘어가자 아버지와 누나가 꾸벅꾸벅 졸고 있었다. 병원에서 췌장암 진단을 받은 후 계속해서 병원을 오가며 밤을 새다시피 했으니 당연한 일이다.

"아버지, 누나, 가까운 찜질방에 가서 좀 씻고 주무시다가 오세요."

"…큼! 돼, 됐다. 네 엄마가 고생하고 있는데 앉아서 기다리는 게 무에 힘들다고……."

"12시간이 넘을지도 모르는 수술인데 여기 있어봐야 힘만 들어요. 엄마 나오면 그때 돌봐 드릴 것도 생각해야 하잖아요."

수술 후 얘기가 먹혔는지 계속 있겠다던 아버지와 누나가 자리에서 일어났다.

"매형이 가서서 두 사람 좀 봐주세요. 아무래도 엄마보다 더 걱정이네요."

"알았어. 수술 끝나면 바로 연락주고."

세 사람을 보내고 나서 커피를 사서 마시며 대기실로 돌아왔다. 한데 커피를 다 마시기도 전에 '수술 중'이라는 표시가 '수술 종료'로 바뀌었다.

"뭐, 뭐야!"

깜짝 놀라 일어난 노대우는 얼른 수술실로 뛰어갔다.

12시간쯤 예상했던 수술이 일찍 끝났다는 건 수술 중 이상이 생겼거나 수술을 포기하고 덮었다고밖에 볼 수가 없었다.

두려운 마음에 찜질방으로 간 가족에게 전화도 하지 못하고 수술실 앞에 도착했다.

때마침 담당의인 이상윤과 한 여자가 지친 표정으로 수술실에서 나왔다.

"선생님! 저희… 어머니는?"

"보호자시군요. 수술은 잘 끝났습니다."

"네? 한데 12시간이 걸린다고……?"

"그건… 마침 나오네요. 한 선생 덕분에 빨리 끝낼 수 있었습니다. 자세한 건 저 친구에게 물어보시죠."

마침 두삼이 나오고 있었다.

"두삼아!"

"아! 형. 빨리 끝나서 놀랐나 보네요. 수술은 잘됐어요. 어머님 상태도 꽤 좋고요."

"그래? 다행이다… 빨리 끝나서 큰일 난 줄 알았다."

"수술에 참여한 사람들의 실력이 생각보다 더 좋아서 그럴 거예요. 현재 회복실로 이동했으니까 2시간 정도 후면 깨실 거예요."

"다행이야. 고맙다, 고마워!"

"일단 한 고비를 넘겼지만 아직 끝난 게 아니니 마음 단단히 먹어요."

수술로 제거하지 못한 작은 알갱이 형태의 암이 몸에 퍼져 있을 가능성이 높았기에 항암 치료는 필수였다.

안도의 눈물을 글썽이는 노대우를 다독이곤 두삼은 회복실로 갔다.

회복실 레지던트와 간호사가 환자의 상태를 기록하고 있었다.

"어떻습니까?"

"췌장암 수술을 한 것치곤 나쁘지 않습니다. 다만 워낙 많은 장기를 잘라내서 두고 봐야 합니다."

"제가 좀 살펴봐도 되겠습니까?"

"그러세요. 근데… 병실로 이동해서는 혹시나 이러시면 곤란합니다. 성 교수님이 원체 이런 부분에선 민감하신 분이라."

"물론입니다."

수술 팀은 수술까지가 끝이었다. 환자가 나을 때까지 이곳에 머물 수가 없으니 당연했다.

두삼은 심자옥의 손을 잡고 수술 부위에 남아 있는 양기를 두루두루 보냈다.

실험을 통해서 정확하게 파악한 것은 아니지만 이렇게 하면 수술 부위가 빨리 아물고 경과 역시 좋다는 걸 몇 번의 경험을 통해 알았다.

남아 있던 양기를 심자옥의 몸에 꽉 찰 정도로 채워준 후 기운들이 서서히 몸에 스며드는 걸 확인하고 손을 뗐다. 그리고 레지던트에게 말했다.

"선생님이 심자옥 환자를 담당하게 된 겁니까?"

"그렇습니다."

"그럼 한 가지 부탁을 드려도 될까요? 특별한 건 아니고 환자의 상태를 저에게 알려주시면 됩니다. 물론 이번 일에 대한 사례는 꼭 하겠습니다."

"사례라니요. 안 그래도 원장님께서 그러라고 지시를 하셨습니다."

"아무리 그래도 신세를 지는 건 사실이죠. 제가 한방센터이니 보약이라도… 아! 말 나온 김에 한 첩 해드릴게요."

"아, 아닙니다. 그냥 메시지만 보내면 되는데요."

"사양하지 마세요. 진맥해 볼게요."

두어 번 사양하던 그는 어쩔 수 없다는 듯 손을 내밀었다.

"헐! 몸이 많이 상했네요. 3년 차?"

"…2년 차입니다."

"피곤이 안 풀리죠?"

"…네. 요즘 특히 그러네요."

"간이 안 좋아요. 카페인 줄여요. 간이 안 좋은 상태에서 억지로 카페인을 먹으면 더 나빠져요. 두 달은 먹어야겠네요. 내일까지 보내주라고 할 테니까 하루 두 번 꼭 먹어요. 가급적 쉴 때는

푹 쉬고요. 그리고 일주일간 매일 1시간쯤 시간 낼 수 있어요?"

"억지로 낸다면 가능하긴 한데……."

"안마과에 일러둘 테니 시간 정해서 안마 좀 받아요. 이건 꼭이에요. 잘못하면 3년 차 때 쓰러질 수도 있어요. 확인할 겁니다."

"…그, 그렇습니까? 그렇게 하겠습니다."

강경하게 말하니 그제야 위기의식이 느껴지는 모양이다.

기실 두삼의 말은 농담이 아니었다. 레지던트의 경우 더 무리하면 간은 물론이고 신장까지 망가질 가능성이 높았다.

'음, 직원들 건강검진을 할 때 한방센터에서도 참여하는 게 좋을 것 같군.'

하나의 일이 끝나기 무섭게 또 다른 일을 생각하는 두삼이었다.

* * *

띠링!

[심자옥 환자가 깨어났는데 수술 부위의 고통을 제외하곤 생각보다 경과가 더 좋은 것 같습니다. 내일 경과를 보고 식사에 대해 결정한다고 합니다.]

충남 병원으로 내려가고 있는데 레지던트의 메시지가 도착했다. 사례(?) 덕분인지 실시간으로 보내주는 기분이다.

두삼은 루시를 향해 말했다.

"내일 오후에 침구과의 류현수 선생에게 가보라고 메시지 보내줘."

—알았어요.

"근데 하란인 뭐 하고 있어?"

—호텔에서 자고 있어요.

"아직도? 식사는?"

—룸에서 시켜 먹었어요. 아픈지 움직이는 모습이 살짝 불편했어요.

아! 무리하지 않는 선에서 한다고 했는데 그마저도 무리였나 보다. 오늘은 사랑이 아닌 안마를 해줘야 할 모양이다.

"어제 허 회장 집엔 특별한 일은 없었어?"

—어제 두삼 님이 맞은 걸 제외하곤 평소와 다를 바가 없었어요.

감시와 감청이 가능한 루시가 있는데 써먹지 않는 건 바보 같은 짓이다. 특히나 자신을 못 잡아먹어서 안달 난 인간들이 있는 곳이니 꺼릴 것도 없다.

"…맞은 일은 잊어버리라니까."

—잊으라고 명령할 수 있는 건 하란 님뿐입니다. 그런 명령을 내릴 수 있는 권한을 달라고 하세요.

"됐거든."

부탁을 할 수는 있다. 하지만 마치 숨길 일이 있는 것처럼 그러긴 싫었다.

"그들의 대화, 통화 내역이나 들려줘."

인공지능이라 하지만 배경지식이 필요한 말까지 파악할 수는 없었다.

가령 지금 전두기에게 시기를 앞당겨야겠다고 하는 허영기의 말을 자신이 말하는 '특별한 일'에 포함시킬 능력은 아직 없다.

—아무래도 며칠 앞당겨야겠어.

—무슨 일 있습니까?

—둘째 놈이 회사 경리부장을 만난 모양이야.

—그럼, 재산을 빼돌리는 걸 알게 됐단 말입니까?

—아니. 아직 거기까진 모르는 거 같아. 며칠이면 이제 끝인데, 젠장!

—그럼 서두른다고 되는 일은 아니잖습니까?

—아니지. 아버지가 돌아가시면 며칠 동안은 신경 쓰지 못하게 될 테지. 그때 마무리하면 돼.

—차라리 경리부장을…….

—안 돼! 경리부장이 아버지의 명으로 숨기고 있는 차명계좌가 얼만 줄 어떻게 알고? 처리하더라도 돈은 다 찾아낸 후에야 해야 돼.

—알겠습니다. 간병인과 얘기해 보겠습니다. 하지만 위험을 무릅쓰는 건 질색하는지라 말을 들을지…….

—약속된 금액의 10퍼센트를 더 준다고 해.

아직 양기의 제거가 절반도 되지 않는데 앞당긴다니 급하게 됐다.

원하는 날짜에 죽지 않으면 간호사도 의심할 테고 그렇게 되면 경호실장이나 허영기가 직접 손을 쓸 가능성도 배제할 수 없었다.

'빼돌려야 하나?'

하지만 곧 고개를 저었다.

제대로 알지도 못하는 사람 치료하려다가 납치 혹은 살인 누명을 쓰는 걸 마다하지 않을 만큼 대단한 의사는 아니다.

그렇다면 치료를 서둘러야 하는데 하루에 제거할 수 있는 양기를 늘릴 방도가 역시 없었다.

'세라, 무슨 생각을 하고 있는지 모르겠지만 서둘러야겠다.'

그녀가 뭔가를 해줄 거라 딱히 기대하고 있지 않았었다. 한데 이젠 기댈 수밖에 없었다.

충남 병원에 들러 뇌전증 환자를 본 후 허 회장의 집으로 갔다.

"…어서 오시오."

웬일로 경호실장이 대문을 열어주는데 표정이 떨떠름했다.

"또다시 경고할 생각이면 안 해도 됩니다."

"…그게 아니오."

"그럼?"

"안에 들어가서 직접 보시오. 그리고 어제 일은……."

"또 맞고 싶은 생각 없으니 걱정 마세요."

그는 현관까지 안내만 했지 안으로 들어가지 않았다. 이유는 거실로 들어가자 알 수 있었다.

거실엔 족히 스무 명이 넘는 아주머니들이 장악하고 있었다. 무슨 상황인가 싶어 신발도 벗지 못하고 있는데 허세라가 나왔다.

그러고는 살짝 윙크를 하며 말했다.

"선생님, 어서 오세요. 이분들은 새서울 교회에서 아버지를 위해 기도를 해주러 오신 분들이에요."

"아! …그래요?"

"치료에 방해가 되지 않는다면 치료를 할 때 기도를 해도 괜찮을까요?"

"방해될 일이 뭐가 있겠습니까."

이렇게 기특한 일이 있을까. 만일 저들에게 양기를 나눠줄 수 있다면 한결 빨리 허 회장의 몸의 균형을 맞출 수 있을 것이다.

"여긴 기도회를 주관해 주실 목사님이세요."

"반갑습니다. 새서울 교회 목사 문기호입니다."

"…아, 네. 안녕하세요, 목사님."

"세라 양이 부탁을 해서 오긴 왔는데 방해를 하는 건 아닌지 모르겠습니다."

"아닙니다. 허 회장님께서도 좋아하실 겁니다."

"전 신도들이 힘을 합쳐서 기도를 하면 분명 도움이 될 거라고 믿습니다."

"분명 그럴 거라고 저 역시 믿습니다."

"아! 교인이신가요?"

"그건 아닙니다."

"나중에라도 잠깐 들러서 하나님의 말씀을 들어보십시오. 말씀하시는 것이 아무래도 하나님과 관련이 있으신 분 같습니다."

"…네. 올라가시죠."

두삼은 딱히 믿는 종교가 없었다. 그저 정말 도움이 될 것 같았기에 한 말인데 반응이 당황스럽다. 그래서 얼른 그들을 이끌고 허 회장의 방으로 들어갔다.

좁지 않은 방인데 스무 명이 넘는 교인들이 들어오자 북적북적하다.

그나저나 어떻게 저들을 하나로 연결하나 싶었는데 허세라가 해결해 줬다.

"목사님께서는 아버지의 머리에 손을 대시고 기도를 해주세요. 그리고 옆에 계신 분께서 목사님의 왼손을 잡아주시고요. 우리 모두 손을 잡고 기도를 해주세요."

성경책을 꺼내던 신도들은 이런 식으로 기도할 거라곤 생각지 못한 모양인지 우물쭈물했다. 이때 목사가 나섰다.

"세라 양이 우리의 기운이 허 회장님께 전달되기 바라는 것 같으니 그렇게 합시다."

"네, 목사님."

목사의 한마디에 완벽하게 모든 사람에게 연결됐다. 그리고 회장 옆에 허세라가 서더니 허 회장의 발목을 잡으며 속삭였다.

"이렇게 하면 돼요? 아님, 선생님을 잡을까요?"

"내 허리에 손을 올려."

아무래도 제대로 전달하려면 자신의 몸에서 보내는 것이 훨씬 나았다.

"그나저나 교회 신도들을 불러올 생각을 하다니 똑똑하네."

"저 머리 좋거든요. 오! 이거 근육이에요? 생각보다 몸이 좋으시네요?"

"…그만 문지르고 딱 밀착하고 있어."

"의외라 그렇거든요! 말랑말랑 날개가 있을 줄 알았는데 아니라서 놀랐다고요."

"네가 나에 대해 그동안 어떻게 생각했는지 잘 알겠다. 시작할 테니 날개 생각 말고 딱 붙이고 있어."

두삼은 살짝 긴장한 표정으로 허 회장의 몸에 손을 올렸다.

그럴 만도 한 것이 지금까지 손을 직접 잡은 사람의 기운만 움직여 봤지 몇 단계 걸쳐 있는 사람의 기운을 움직여 본 적이 없었다.

과연 될까 싶다.

그러나 방법이 없으니 일단 시작할 수밖에.

두삼이 하얗게 빛나는 손으로 주무르기 시작하자 교인들은 찬송가를 불렀다. 자신의 차갑게 만든 기운을 허 회장에게 오른손으로 집어넣고 그의 몸을 핑 돌린 후에 왼손으로 받아들였다.

서서히 자신의 몸에 쌓이는 양기 평소의 30퍼센트 정도 되었을 때 일단 허세라의 손이 닿아 있는 곳으로 밀어 넣었다.

'다행히 손을 통하지 않아도 나가긴 하는구나.'

뇌전증 치료를 하면서 의식을 자연스럽게 두 개로 나누며 했던 것이 오늘 도움이 됐다. 의식의 절반은 허 회장과 자신의 내부에 두고 나머지 절반으론 보내는 것에 신경을 썼다.

일단 허세라의 내부로 보낸 기운을 그녀의 내부에서 짧게 소주천시킨 후 다음 사람 손으로 밀어 넣었다. 다행히 기운은 아무 일없이 다음 사람의 내부를 보여주며 두 번째 사람의 단전으로 들어갔다.

세 번째, 네 번째, 다섯 번째…….

30퍼센트의 양기가 일곱 번째 사람에게 전해질 때쯤 평범한 기운이 되었다.

다만 밀어내는 건 문제가 아니라 숫자가 점점 늘어날수록 머리가 복잡해진다는 게 문제였다.

'이대론 더 늘렸다간 문제가 생길지도 몰라. 한 명씩 천천히 늘려야겠어.'

일단은 안전이 우선이었기에 두삼은 서두르지 않고 자신이 할 수 있는 범위 내에서 허 회장의 양기를 교인들에게 나눠줬다.

열 명, 열한 명…….

극도로 집중한 덕분에 시간이 지날수록 통제할 수 있는 인원이 늘었다. 대신 머리를 너무 써서인지 이마에서 굵은 땀이 뚝뚝 떨어졌다.

'그나저나 찬송가 소리가 점점 커지는 것 같은데 기분 탓인가?'

바빠도 돌아가라고 기운을 균등하게 배분된 시점에서 허세라의 손으로 빠져나가는 기운을 살짝 끊었다.

각각 10퍼센트씩 정도를 보냈는데 위험하다 싶으면 10퍼센트씩만 보내는 걸로 끝낼 생각이었다.

기운을 끊자 열다섯 명의 내부가 머릿속에서 사라지면서 여유가 생겼다.

먼저 허세라를 살짝 살폈다.

다른 열네 명의 사람들과 나눴다곤 하지만 상당량의 양기를 받은 그녀는 잔득 상기된 얼굴로 눈을 꼭 감고 있었다. 숨소리가 다소 거칠었다. 그러나 경험상 여유가 있어 보였다.

시선을 교인들에게 돌렸다.

찬송가 소리가 커진 이유를 알 수 있었다.

양기를 받은 교인들이 묘한 기분을 떨치려고 목소리를 높이고 있었던 것이다.

'소리 높여 노래 부르는 것이 기운 해소에 도움이 되는 건가?'

성인들이라 그런 건지, 큰 소리로 노래를 불러서인지 허세라보단 훨씬 편안해 보였다.

'이 정도라면 사양할 거 없지. 허세라는 지금 정도로 해두고 다른 사람들에겐 5퍼센트씩 더 줘도 되겠어.'

생각을 정리한 두삼은 다시 허 회장의 몸을 주무르면 양기를 빼내 교인들에게 보냈다.

그리고 허 회장의 양기가 줄어들면 들수록 찬송가 소리는 저택 밖에서 지나가던 사람들이 들을 정도로 점점 커졌다.

"먹보다도 더 검은 죄로 물든 마음이 흰 눈보다 더 희게 깨끗하게 씻겼네에~"

현관을 들어서던 허영기는 찬송가 소리에 인상을 와락 구겼다.

거칠게 신발을 벗고 나온 거실로 올라온 그는 구석 의자에 앉아 있는 경호실장 전두기를 보며 말했다.

"전 실장! 저놈의 짓을 언제까지 지켜봐야 해? 찬송가 소리가 아주 귀에 박히겠어."

"오일 기도랍니다."

"젠장! 아직 하루 더 들어야 한다고? 실행일이 이틀 후라는 걸 잊진 않은 거지? 이년이 보자보자 하니까 별짓을 다하는군."

당장 2층으로 올라가려는 허영기를 전두기가 잡았다.

"하루만 더 참으시죠. 아님 내일은 피하시면 되죠."

맞는 소리긴 했다. 그러나 계속해서 들리는 노랫소리에 투덜

대며 한마디 했다.

"벌써부터 세라 그년 편인가? 기억하라고. 늙은이 숨이 끊어질 때까진 전 실장은 그 애를 가질 수 없어."

"…알고 있습니다. 여긴 듣는 사람들이 있을 수 있으니 안으로 들어가서 얘기하시죠."

"간호사는?"

"안에 있습니다."

오늘 세 사람이 모인 건 긴 시간 동안 모의했던 일을 마무리 짓기 위함이었다.

간호사는 여유롭게 차를 마시고 있었다.

"오셨네요. 한 잔씩 드려요?"

"됐어. 위에 있는 양반처럼 되긴 싫어."

"제가 설마 돈 줄 사람에게 해를 끼치겠어요. 실장님은 어때요?"

"돈이 없는 나는 한 잔 주시오."

"실장님이 무슨 돈이 없어요. 곧 떵떵거리며 사실 거잖아요. 호호호!"

"시답잖은 소리 그만하고 다들 앉아. 얼른 얘기 끝내고 회사에 가봐야 해."

허영기가 중앙에 앉고 좌우로 간호사와 전두기가 앉았다. 그는 품속에서 작은 앰플을 꺼내서 테이블에 올렸다.

"비싼 돈 주고 구매한 거야. 혈액으로 투입 후 1시간이면 심장이 멈추고 4시간 후면 체내로 흡수되어 사라져 버린다더군. 진즉에 이런 약물을 사용했어야 하는데."

"훗! 그건 판매자 얘기고요. 독약은 어떤 식으로든 흔적이 남게 되어 있어요. 경찰이 밝히기 귀찮으니 넘어가는 거지 작정하면 금방 걸려요."

"…그래? 병신 같은 놈들 약 하나 제대로 구하지 못해서. 그럼 이건 사용하지 못하겠다는 건가? 젠장! 시간도 없는데."

"아뇨. 이걸 사용하면 돼요."

"전엔 절대 안 된다더니?"

"며칠 앞당기는데 추가로 10퍼센트면 할 만한 가치가 있지 않나요? 3년 가까이 식물인간 상태의 회장님이 돌아가신다고 해서 딱히 신경 쓸 것 같지도 않고요. 설령 누군가가 의문을 제기한다고 해도 사장님께서 처리해 줄 거잖아요."

"쯧! 귀찮은 건 죄다 내 몫이군."

"그래도 손을 더럽히진 않잖아요. 모레 한의사가 오기 30분 전에 주입을 할게요. 입금은?"

"무사히 장례 후 30퍼센트. 유산 정리가 끝나는 대로 70퍼센트."

"얼른 끝났으면 좋겠네요. 3년 너무 길었어요. 30퍼센트를 받으면 여행이나 다녀와야겠네요."

"누군들 안 그렇겠어."

"그럼 내일 바로 실행하는 건 어떨까요?"

"내일?"

"끝날 걸 생각하니 조급해지네요. 그리고 많은 사람들이 있을 때 숨이 멎는다면 더할 나위가 없잖아요?"

"음……."

그녀의 말이 맞다. 많은 사람 앞에서 숨이 멎는다면 사사건건 반론을 제기하는 허세라도 어쩔 수 없을 것 같았다.

"좋아! 그럼 내일 하는 걸로 하지. 그럼 놈이 내일 몇 시에 올지 정확히 알아야겠군. 오기 전에 죽으면 곤란할 테니."

마침 찬송가가 멈추는 것이 끝난 모양이다.

허영기는 전두기와 함께 방에서 나왔다. 잔뜩 상기된 얼굴의 교인들이 2층에서 내려와 떠나는 것이 보였다.

"쳇! 다들 얼굴이 잔뜩 상기된 것이 모텔을 나서는 아줌마들 같군. 그렇지 않나, 실장?"

"설마 그렇기야 하겠습니까. 찬송가를 목이 터져라 불렀으니 그런 거겠죠."

"자네에게 여자에 대해 말해봐야 뭐 하겠나. 내가 그 정도도 구분 못 할까? 아! 노래를 부르면서 흥분할 수도 있겠군."

"……."

전두기가 발정난 개새끼처럼 바라보고 있다는 걸 아는지 모르는지 허영기는 마지막에 내려오는 두삼을 보고 다가갔다.

"고생하는군요."

"고생은요. 병명을 알 수 없어서 그저 몸이 굳지 않게 하는 게 다인 걸요."

"수십 명의 의사들도 알아내지 못한 건데요. 솔직히 큰 기대는 없었습니다. 하지만 열심히 한다는 얘기는 듣고 있습니다. 떠날 때 서운하지 않게 챙겨 드리죠."

"부끄럽습니다. 그럼 내일 뵙겠습니다."

"그러십시오. 참! 내일은 몇 시쯤 오실 생각입니까?"

"이번 주는 계속 야간 근무라 오늘처럼 2시쯤 올 것 같습니다. 근데 무슨 하실 말씀이라도?"

"다른 건 아니고 시끄러워서요."

"아! 너무 크게 부르지 말라고 했는데 그게 마음대로 안 되는 모양입니다. 내일까지 온다니 모레부턴 괜찮을 겁니다. 그럼 내일 오겠습니다."

"그러시오."

두삼이 현관으로 나가는 모습을 지켜보던 허영기가 어느새 옆으로 다가온 전두기에게 중얼거렸다.

"아무것도 모르는 눈치지?"

"전혀요. 설령 제까짓 게 눈치를 챘다고 해도 뭘 하겠습니까?"

"세상일이란 비밀이 적을수록 좋지 않겠나? 가족이 되는 실장과 나만 알고 있으면 충분할 것 같은데."

"걱정 마십시오. 여행지는 제가 정해줄 생각입니다."

세 사람이 모의를 했는데 두 사람만 알고 있겠다는 말은 한 사람을 토사구팽하겠다는 뜻이리라.

은밀한 얘기를 하고 돌아서려 할 때였다. 갑자기 두삼이 후다닥 들어왔다.

"한 선생이 다시 웬일입니까?"

"죄송합니다. 놓고 간 게 있었습니다. 아무래도 찬송가 소리에 정신이 나갔나 봅니다."

"그럼 올라갔다 와요."

"감사합니다."

허영기는 전두기에게 같이 올라가 보라고 눈치를 보냈고 전두기는 두삼을 따라 허 회장의 방으로 갔다.

"분명 이 근처에 뒀을 텐데. 회장님, 죄송합니다. 잠깐만 몸을 옆으로 해볼게요."

허 회장의 침대 근처에서 열심히 뒤적거리는 두삼. 5분이 넘어가자 전두기는 살짝 짜증이 났다.

"…여기 둔 거 맞소?"

"호주머니엔 없습니다. 물론 차에도 없고요. 아까 메시지를 확인한 후에 이 근처에 놓은 거 같은데."

"쯧! 전화번호가 몇 번이오?"

"아! 맞다. 전화를 해보면 되는 일을."

두삼은 전화번호를 알려줬고 옷장 밑에서 소리가 들렸다.

"헐! 전화기가 왜 옷장 밑에 있는 거지? 떨어뜨렸는데 누가 발로 차서 들어간 건가?"

얼른 엎드려서 옷장 밑에 있는 작은 틈새로 손을 넣으려 했다. 그러나 팔만 겨우 들어갔다.

"실장님, 죄송한데 작은 갈고리 같은 건 없을까요? 손이 닿지 않네요."

"……."

"하하……. 제가 세라 양에게 자라도 빌려오겠습니다."

탐탁지 않은 표정을 짓자 두삼은 머리를 긁적이며 말했다.

"…됐소. 내가 갖다주겠소."

허세라를 언급하는 입을 찢어버리고 싶었지만 내일까지만 참으면 될 일. 일을 키울 필요는 없었다.

전두기는 5분 남짓 걸려 벽난로용 불쏘시개를 가지고 방으로 돌아왔다.
두삼은 바닥에 엎드려 손을 뻗어 스마트폰을 빼려고 노력하고 있었다.
"여기 있소."
"감사합니다."
불쏘시개를 이용하자 스마트폰은 금방 나왔다.
"이렇게 쉬운 것을 감사… 악! 액정을 누가 밟았잖아! 분명 밟고 난 다음 안 들키려고 밀어 넣어둔 게 분명해. 교인이라는 사람들이……."
"관리를 못 한 댁의 잘못이지 누굴 탓하는 거요. 이만 가시오."
"…네. 산 지 얼마 되지도 않은… 가, 갑니다!"
아깝다는 표정으로 인상을 구기고 있는 두삼에게 인상을 쓰자 화들짝 놀라며 1층으로 내려갔다.
"한심한 새끼."
현관을 나서는 두삼을 향해 중얼거린 그는 허 회장의 방에 이상이 있는지를 다시 한번 확인한 후 문을 닫았다.

*　　　*　　　*

점심을 먹고 티타임까지 가진 왕소라는 어제 허영기가 건넨 앰플을 챙겨서 방을 나왔다.
3년간의 긴 프로젝트가 오늘 끝난다고 생각하니 기분이 좋은지 평소 그녀답지 않게 약간 들뜬 모습이다.

그녀의 방은 2층 구석방으로 복도를 곧장 직진하면 허 회장의 방이었다. 그런데 복도 끝에 전두기가 난간에 기댄 채 1층 거실을 보고 있었다.

흘끗 보니 오늘도 교회 사람들이 북적이고 있는데 남자 신도들도 제법 보였다.

"오늘은 남자들이 제법 있네요?"

"사흘간 찬송가를 부르느라 몸이 상한 사람들이 있어서 다른 신도들이 왔다더군요."

"그렇게 소리를 바락바락 지르는데 몸이 안 상하는 게 이상하죠. 한데 뭐가 이상한 게 있어요? 뭘 그렇게 유심히 보고 있어요?"

"오늘 온 남자 신도들이 여자 신도들과 왠지 어색해 하는 거 같아서 말이오."

"각자 가정이 있을 나이니 조심하는 거겠죠. 마지막이라고 너무 민감한 거 아니에요?"

"그럴지도……. 이제 들어가는 거요?"

"30분 후면 오잖아요. 도착하면 노크해 줘요."

"그러겠소."

왕소라는 허 회장의 방문을 들어가려다가 갑자기 돌아서며 말했다.

"혹시나 토사구팽하려는 생각이면 하지 않는 게 좋을 거예요. 설마 제가 두 사람을 믿는다고 생각하는 건 아니겠죠? 제가 연락을 하지 않으면 누군가가 그동안 있었던 일을 검찰에 고할 거예요."

"토사구팽이라니… 무슨 소리요? 모두 한배를 탔는데 그런 생각을 했을 리가 없잖소."

"훗! 없으면 다행이고요. 사람이 아닌 돈이 무서워서 하는 말이니 신경 쓰지 마세요."

그녀는 그 말을 끝으로 안으로 들어갔다.

허 회장에게 다가간 그녀는 희죽 웃으며 허 회장을 향해 중얼거렸다.

"제가 틀린 말 한 것도 아니잖아요? 안 그래요, 회장님? 돈 때문에 아버지를 죽여 달라고 한 인간을 어떻게 믿겠어요?"

"……."

"후후! 우리 회장님은 언제나 말이 없다니까. 그동안 고생하셨어요. 이제 편하게 해드릴 테니 좋은 곳으로 가세요. 천하의 불효자지만 무덤은 고급스럽게 해줄 거예요."

그녀는 앰플에 담긴 독약을 주사기에 넣곤 주사기를 점적통에 찔러 넣었다. 그리고 조절기를 이용해 수액이 빠르게 들어가도록 만들었다.

점적통에 들어간 무색무취의 독약은 순식간에 정맥을 통해 허 회장의 몸속으로 들어갔다.

독약이 완전히 사라지는 걸 본 후에야 앰플과 주사기를 깨뜨려서 변기통에 넣고 내렸다.

증거 인멸까지 마친 그녀는 그제야 의자에 앉아 두삼이 오길 기다렸다.

똑똑!

두삼이 왔다는 노크 소리.

"이젠 전 가봐야겠네요. 3년간 얘기 상대를 해드렸으니 부디 절 원망 말아요. 안녕, 허 회장님."

그녀는 작별을 고한 후 수액을 원래 속도로 맞춰놓고 밖으로 나갔다.

2층으로 올라오는 두삼과 마주쳤기에 살짝 고개를 숙인 후 자신의 방으로 갔다.

이제는 기다리기만 하면 됐다.

치료를 빙자한 안마가 시작됐는지 찬송가 소리가 들려왔다.

"이제 점점 커지겠지?"

연신 시간을 확인하는 왕소라.

한데 남자들이 많아서인지 예상과 달리 찬송가는 크지 않았다. 그리고 10분 정도 더 지나자 찬송가 소리가 멈췄다. 그리고 잠시 후 낮지만 분명하게 '아!'하는 탄식이 들려왔다.

'죽었구나!'

그녀는 진한 미소를 지었다. 하지만 금방 찾아올 사람을 위해 표정 관리를 했다.

예상대로 밖이 수선스러워지더니 곧 노크 소리가 들렸다.

다시 한번 표정 관리를 한 그녀는 살짝 문을 열었다.

전두기였다.

"회장님의 심장이 멈췄소. 현재 한 선생이 현재 심폐소생술을 시행하고 있는데 당신이 와줬으면 하더군요."

"훗! 죽음을 같이 확인하고 싶은 모양이네요. 가족들은요?"

"연락했으니 1시간 안에 도착할 거요."

"그래요. 가요."

복도에 웅성거리는 교인들이 있어 뚫고 안으로 들어갔다. 거추장스러웠지만 다 목격자라 생각하니 참을 만했다.

두삼은 당황한 표정으로 땀이 나도록 심폐소생술을 하고 있었다.

"오셨어요? 당장 병원으로 옮길지 말지 고민이 돼서 불렀습니다. 세라 양은 제정신이 아닌 것 같고."

허세라는 계속해서 눈물이 흘리며 멍한 표정으로 자리에 앉아 있었다.

"병원으로 옮기면 다시 살 수 있을까요?"

"…아뇨. 기적이 있지 않는 이상 힘듭니다."

"그렇다면 편히 보내 드리는 게 어떨까요? 다들 이미 마음의 준비를 다 하고 있었잖아요."

"…그렇습니까?"

심폐소생술을 하던 두삼의 손이 서서히 멈췄다.

"마지막으로 확인해 주시겠습니까?"

"기꺼이 그러죠."

왕소라는 계속에서 벌어지려는 입꼬리를 추스르며 허 회장의 맥을 잡았다.

두근 두근! 두근 두근!

맥이 일정하게 뛰고 있었다.

"이게……!"

뭔가 잘못됐다고 느끼며 입을 여는 순간 늙은 손이 그녀의 손을 뿌리쳤다. 그리고 꼭 감겨 있던 허 회장의 눈이 떠졌다.

"헉! …회, 회, 회, 회장님……."

왕소라는 너무 놀라 바닥에 주저앉았다.

전두기도 놀라긴 마찬가지.

그는 얼굴을 악귀처럼 일그러뜨리며 두삼을 봤다.

한데 두삼은 어깨를 으쓱하며 얄미운 얼굴로 말했다.

"이런! 기적이 일어났네요."

*　　　*　　　*

농사꾼의 아들로 태어난 허진규 회장은 건설업을 하면서 막대한 부를 축적한 사람이었다.

착하진 않았다. 충남에 지원되는 정부의 눈 먼 돈을 악착같이 챙기다 보니 착할 순 없었다.

때론 다른 회사를 강제로 흡수했고, 때론 덤벼드는 이들은 망하게 만들었다.

다만 흔히 일반인이라고 불리는 서민들은 건드리지 않았다. 또한 그가 번 엄청난 돈의 많은 부분을 가난한 이들에게 뿌렸다.

그래서 그는 많은 도민에게 존경을 받았다. 그리고 그러한 존경이 지방자치가 어느 정도 이루어지면서 다시 힘으로 돌아왔다.

충남에서 정치를 하고 싶으면 허진규의 허락이 있어야 한다고 할 정도가 됐다.

거의 모든 것을 가진 그였지만 자식 문제만큼은 마음대로 되지 않았다.

어린 시절 엄마 없이 자라는 아이들이 딱하다 생각하고 오냐오냐 키웠는데 그 때문에 제대로 자라지 못한 것이다.

새로운 사람을 들여서 잡아보려 했을 땐 너무 늦었고 오히려 새로운 갈등의 불씨가 되기도 했다.

두 번째 부인과의 사이에서 난 두 아이만은 제대로 키워보자고 신경을 썼는데 이번엔 너무 신경 쓴 것이 탈이 되어 다섯째는 완전 주눅이 들어버렸다.

그나마 자신의 젊었을 때 성격과 비슷한 여섯째가 생각대로 커준 것이 유일한 낙이라면 낙이었다.

한데 아무리 말썽을 피워도 뒤처리를 해주던 자식이 그를 배반할 줄이야.

물론 전신 마비로 식물인간처럼 누워 있을 때 알게 된 사실이었다.

맨 처음 허영기와 전두기, 그리고 왕소라가 쓰러진 자신의 앞에서 시시덕거렸을 땐 자식을 잘못 키운 자신을 탓하며 피눈물을 흘렸다.

차라리 감각과 정신마저 얼른 죽기를 간절히 바랄 정도였으니 말해 뭘 할까.

하지만 업보일까, 감각과 정신은 죽지 않았고 3년간 자식들의 생각을 들을 수 있었다.

자신을 독살하려 한 첫째.

죽을 거면 얼른 죽으라고 말하는 둘째와 셋째.

한 푼이라도 더 받고자 정신이라도 깨어나라고 말하는 넷째.

과거 쌓인 게 많았던지 쓰러지고 나서야 자신의 감정을 표하는, 들어만 오면 화를 내거나 고함을 치는 다섯째.

그리고 유일하게 매일같이 들어와 자신의 일상을 말하며 깨어나길 바란 여섯째.

상상 속에서 수없이 찢어죽이고 싶었던 연놈들과 자괴감에 미쳐 버릴 것 같았던 그의 정신을 잡아준 건 막내딸의 울음과 올 때마다 꽉 쥐어주는 손의 따뜻함 때문이었다.

허세라는 전두기의 눈빛을 느끼고 스스로 해결하려 했다. 그러나 허영기와 결탁되어 있는 그를 쫓아낼 방법은 없었다. 본능적으로 그의 손아귀에서 벗어날 방법이 없어진 허세라는 가끔 서럽도록 울었다.

그때마다 허진규는 단 몇 시간이라도 깨어나 움직일 수 있기를 신께 빌었다. 그렇다면 모든 걸 바로잡고 죽고 싶었다. 그러나 그건 생각일 뿐이었다.

허세라 때문에 모질게 붙잡고 있던 정신도 점점 약해지는 육신에 영향을 받기 시작했다. 그리고 모든 걸 체념할 무렵 마지막 의사가 왔다.

기대감은 거의 없었다.

다른 놈들과 마찬가지로 처음엔 의욕적으로 고치려고 하다가 어느 순간 포기할 것이 분명했다. 아니, 어쩌면 포섭되어 자신의 죽음을 선고하기 위해 온 의사일지도 몰랐다.

역시나 어쭙잖은 마사지만 하는 의사.

1퍼센트쯤 가지고 있던 기대마저 버리고 죽음을 기다릴 때였다.

허세라와 의사가 하는 얘기를 듣고 간만에 열이 받았다.

'죽일 놈! 아직 어린아이에게 수작질이라니! 아니, 두기 그놈보

단 나으려나?'

복잡한 심정으로 오랜만에 깊게 생각할 때였다.

"살리려 노력해 볼게요. 그러니 회장님도 노력해 주셔야 합니다."

잘못 들은 줄 알았다.

'어, 어떻게 내가 들을 수 있다는 걸 아는 거지? …혹시 다른 사람의 생각을 읽을 줄 아나?'

…….

그건 아닌 것 같았다.

한동안 머리가 복잡했다. 그러나 그 이후로 아무 말 없이 안마만 하고 있으니 그저 실력의 부족함을 감추기 위한 헛소리로 치부했다.

그런데 다음 날 안마를 하던 그가 등에 손가락으로 글자를 적었다.

짧게, 짧게 전하는 글들. 무슨 글자인지 모르는 것도 있었지만 이해할 수 있었다.

[도청. 길게 얘기 못 함. 원인을 알고 있음. 내부의 양기를 제거 중. 움직이려고 노력할 것.]

사라졌던 기대감이 스멀스멀 올라왔다. 그리고 기대감이 생기자 포기하던 마음을 접고 열심히 몸을 움직이려 했다.

그가 원인을 알고 치료를 하고 있음이 사실이었을까. 전에는 무슨 짓을 해도 움직이지 않던 손가락이 차츰 움직이기 시작했다.

다음 날, 의사에게 움직일 수 있음을 보여줬다.

그러자 그는 바로 눈치를 채고 메시지를 보내왔다.

[전신 마비를 시켜둘 생각. 그래도 계속 움직이려고 노력. 안마를 할 때만 풀어줄 것임.]

날이 갈수록 좋아졌다. 종국엔 팔을 움직일 수 있을 정도까지 됐다.

곧 다시 일어날 수 있을 거라는 희망이 점점 커질 무렵 갑자기 많은 사람들이 들어왔다. 듣자 하니 허세라가 자신의 치료를 위해 데리고 온 근처 교회의 교인들이었다.

기뻐하기도 잠시 의사가 등에 글을 적었다.

[시간이 앞당겨짐. 속도를 업. 그러나 어떻게 될지 모름. 오늘은 마비를 풀고 감. 볼펜과 메모지를 등에 끼워두고 감. 믿을 수 있는 사람 적어두기 바람.]

다급함이 느껴지는 글.

찬송가 소리가 귀를 어지럽혔지만 그는 믿을 수 있는 사람들을 떠올려 봤다.

가장 믿었던 가족과 전두기에게 배신을 당한 그였기에 생각이 길어질 수밖에 없었다. 그 다음으로 믿었던 이들 중 배신을 한 사람도 있을 터.

밤이 되고 모두가 잠들었을 때 그는 한결 자유로워진 두 팔을 이용해 가족들과 전두기가 거의 알지 못하는, 최후의 수단으로 남겨둔 이들의 이름과 연락처, 접촉 방법 등을 적었다.
그리고 다행히 성공을 했는지 드디어 오늘 눈을 뜬 것이다.
"……그… 쿨럭!"
3년 만에 입을 열려니 말이 제대로 나오지 않았다.
누군가의 손이 등을 받치며 그를 일으키더니 물이 담긴 컵을 넘겼다.
"물 마시고 천천히 말하세요."
두삼이었다.
허진규의 상태는 팔과 다리를 조금씩 움직일 수 있는 수준이다. 마사지를 하고 양기의 균형은 맞췄다고 하지만 누워 있던 시간이 너무 길었다.
"…어, 어떻게 된 거예요? 바, 방금 돌아가셨다고 했었잖아요?"
울고 있던 허세라가 현 상황을 이해할 수 없는 듯 물었다.
"미안. 네가 모르는 것이 나을 것 같아서."
"너무해요! 하지만… 고, 고마워요. 아빠! 아빠! 흑!"
허세라는 좀 전과 달리 기쁨의 눈물을 흘리며 허진규의 품에 안겼다.
허진규는 그런 그녀를 품에 안았다. 말을 하고 싶어 하는 눈치였지만 제대로 나오지 않으니 그저 등을 토닥거릴 뿐이었다.
다 듣고 있었을 허진규가 저러는 것을 보면 확실히 허세라는 그를 진심으로 걱정했던 것이다.
"…이게 어떻게 된 거지?"
놀란 표정을 지운 전두기가 물었다. 눈빛은 방 안의 모든 사람을 당장에라도 죽일 기세였다.

"보시다시피. 치료를 하라고 해서 열심히 치료를 한 것뿐이야."

"저년이 배신을 한 건가?"

간호사를 가리키며 물었다.

"아니. 그랬으면 저렇게 놀랐을 리가 없잖아. 저 여잔 분명 독약을 주입했어."

"근데?"

"어제 스마트폰 찾으러 왔을 때 내가 링거의 주사바늘을 다른 곳에 꽂아서 겨드랑이 부근에 모이도록 해뒀지. 그리고 오늘 오자마자 몸에서 제거했어."

"스마트폰은?"

"이런 일이 있지 않을까 싶어서 전에 넣어둔 거야."

"하하… 하하핫! 완전히 네 손에 놀아난 거였군. 그냥 넘어갔으면 3억이 생겼을 텐데, 왜 그런 거지?"

"마음이 내키지 않더라고. 게다가 어린애한테 눈독을 들인 개새끼도 마음에 들지 않았고."

"으득! 이 새끼! 너만은 죽여 버리고 만다."

그는 살기를 줄기줄기 내뿜으며 다가왔다. 상황이 무섭게 돌아가자 허세라가 걱정스럽게 말했다.

"어떻게 하려고 성질을 긁어요?"

"걱정 마. 이럴 것까지 계산에 넣었으니까."

전두기가 다가오자 교인 중의 남자 한 명이 번개처럼 다가갔다.

"흥! 고작 몇 명으로 나를 막을 수 있다고 생각해?"

"꺄악!"

전두기는 사내를 향해 왼손을 뻗어 속도를 줄이게 한 후 팔을 뒤로 당겨 때리려고 했다.

여자 교인이 비명을 지를 만큼 흉흉한 상황.

하지만 다가가던 남자가 더 빨랐다. 뻗은 팔을 감듯이 잡은 후 확 앞으로 잡아챘다. 그리고 전두기의 자세가 무너지자 목의 급소를 빠르게 세 번 친 후 다시 겨드랑이와 명치 등 온몸의 급소를 후려쳤다.

"커억!"

수도(手刀)에 급소가 제대로 찔려 숨 쉬기가 곤란한지 전두기는 바닥에 새우처럼 구부린 채 얼굴을 박았다. 단숨에 그를 제압한 남자는 그의 팔을 거칠게 뒤로 하더니 타이를 꺼내 묶고 다리마저 타이를 묶어버렸다.

"……."

불과 20여 초 만에 이루어진 일에 사람들은 그저 입만 벙긋거렸다. 오직 남자의 정체를 알고 있는 두삼과 허진규만이 당연하다는 듯 보고 있을 뿐이다.

허세라는 거대한 벽처럼 느껴지던 전두기가 바닥에 흉하게 뒹굴고 있으니 믿기지 않는 모양이다. 입을 멍하니 벌린 채 설명하라는 듯 두삼을 봤다.

한데 설명은 허진규가 탁한 목소리로 했다.

"…특수부대의 상사란다. 두기 같은 놈 십여 명이 덤벼도 그를 상하게 할 수 없는 실력자지. 김 상사, 오랜만이군."

"오랜만에 뵙습니다, 회장님. 이런 일이 있었으면 진즉에 연락하시지 그러셨습니까."

"알릴 틈도 없이 쓰러졌다네. 자네 애들은 잘 크고 있나?"

"회장님의 덕분에 잘 크고 있습니다. 큰애는 이번에 대학에 들어갔습니다."

"벌써 그렇게 됐나? 내가 오래 누워 있긴 했군. 오늘 일은 잊지 않겠네."

"별말씀을요. 지금까지 해주신 은혜도 다 갚지 못했는데요."

"아무튼 고맙네. 우리 얘긴 좀 뒤에 하기로 하고. 거기 서 있는 목사 양반."

"…아!, 네네."

"고생했네. 더 이상 봐봐야 좋은 일은 없으니 이만 가보시게. 기도해 준 것에 대한 보답은 조만간 사람을 보내서 하겠네. 그리고 오늘 있었던 일은 신도분들과 얘기해서 가급적 잊어주시게."

"무, 물론입니다."

목사는 신도들과 함께 떠났고 김 상사를 제외하고 중년의 남자 두 명과 젊은 사람 둘이 남았다.

"두 명을 데려왔나 보군?"

"혹시 몰라 데려왔습니다. 입이 무거운 친구들이니 걱정 마십시오."

"어련히 알아서 했겠지. 저기 저년도 묶어두게."

"알겠습니다."

김 상사가 다가가자 왕소라는 기겁을 하고 뒤로 물러나며 말했다.

"히익! 사, 살려주세요. 전 허 사장과 전두기 저 인간 때문에 어쩔 수 없이 하게 됐어요."

핑계를 댔지만 허진규의 눈빛을 싸늘했다.

"이왕이면 입도. 3년간 저년의 이죽거리는 소리 워낙 들어서 그런지 목소리를 듣기도 싫군."

"사, 살려주세요, 회장님!"

왕소라는 손과 발이 묶이고 재갈까지 물리고 나서야 입을 닫았다.

그녀의 목소리마저 사라지자 방 내부는 어색할 만큼 조용했다.

'싸늘하군.'

두삼은 방 안에 흐르는 분위기를 단번에 알 수 있었다. 물론 허진규의 복수를 막을 생각 따윈 없었다.

이제부터 그의 일이었다.

싸늘한 분위기가 싫어 가려 할 때였다.

쿵쿵거리며 소리가 점점 커지더니 문이 열렸다. 그리고 약속이나 한 듯이 여러 명의 남녀가 들어왔다.

아버지가 죽었는데 대부분 휘황찬란한 파스텔 톤 옷을 입고 있었다.

"…헉! 아, 아버지……!"

슬퍼하는 기색도 없이 맨 처음 들어오던 둘째는 바닥에 쓰러져 있는 경호실장을 보곤 인상을 찌푸렸다. 그러다 무슨 생각을 했는지 침대를 봤고 그곳에 앉아 매섭게 바라보는 허진규를 보더니 죽은 사람이 살아 온 것처럼 놀라했다.

셋째도 마찬가지. 넷째인 허영웅만이 밝은 표정으로 바뀌며 허진규에게 다가가려 했다.

"아버지, 깨어나셨군요!"

"거기 멈춰라. 김 상사, 다가오려 하면 사정을 보지 말고 제압

하게."

"예, 회장님."

"아, 아버지……!"

"누가 네 아버지냐! 콜록! 콜록! 크으~ 도대체 어떤 자식이 아버지가 쓰러지자 걱정보다 비밀 금고에 있는 돈을 가져간다더냐!"

"그, 그건……."

셋째가 얼른 나섰다.

"어머! 너 그랬어? 비밀 금고에 있는 돈이라면 적지 않았을 텐데 그걸 혼자서 홀랑 써버린 거야? 아빠, 절대 용서하면 안 되는……."

"닥쳐!"

"…아빠……."

"아빠라 부르지 마라! 병든 아비 앞에서 왜 빨리 죽지 않느냐고 웃으면서 말하던 너희들을 떠올리면 다시 쓰러질 지경이니까."

"…누, 누가 그래요? 세라, 저 앙큼한 것이 그래요? 저흰 그런 적 없어요, 아빠!"

셋째는 허세라를 가리키며 변명을 했다.

유산에 눈이 돌아 있던 그들로서는 3년간 허진규가 모든 걸 듣고 있었다는 걸 상상하기도 힘들 것이다.

"…한 마디만 더 하면 그 입을 찢어버릴 테다. 어디 계속 지껄여 봐."

"……!"

셋을 닥치게 만든 그는 뒤에 서 있는 이들 중 나이가 많아 보이는 두 명에게 말했다.

"하 변호사, 이 변호사. 유산 분배 때문에 왔나?"

"그, 그게… 회장님께서 돌아가셨다는 연락을 받아서……."

"그럼 그 가방 안에 내 재산 내역이 들어가 있겠군?"

"…그렇습니다."

허진규는 두 사람을 향해 싸늘하게 미소를 짓더니 아까 서 있던 중년 남자 중 한 명을 향해 말했다.

"주 변호사."

"예, 회장님."

"검토해 보게. 그리고 전에 내가 맡겼던 서류와 다른 점이나 바뀐 점이 있으면 모든 법적 조치를 취하게."

주 변호사는 표정의 변화 없이 두 변호사에게 가서 그들의 가방을 줄 것을 요구했다.

"참! 그리고 하 변호사 자넨 오늘부로 로펌 대표직에서 해임일세."

"회, 회장님!"

"어차피 법적 문제가 생기면 변호사직을 박탈당할 것 아닌가. 그리고 혹시나 비는 돈이 있다면 다 토해내야 할 거야. 이 변호사도 마찬가지야."

모든 걸 아는 듯 말하니 두 변호사의 안색은 파리하다 못해 새카맣게 죽어갔다.

복수의 시작을 지켜보던 두삼은 짐을 챙겼다. 그리고 작별을 고했다.

"제가 있을 곳이 아닌 듯하니 이만 가보겠습니다."

"생명의 은인 앞에서 못난 꼴을 보였군."

그는 자식들과 변호사들을 볼 때와 달리 인자한 표정으로 말했다.

"아닙니다. 저라고 크게 다르지 않았을 겁니다."

"고맙네. 내일 오면 그때 다시 얘기하세."

"제 치료는 오늘까집니다만."

"응?"

"이제 물리치료사를 불러서 근력 운동만 꾸준히 하면 곧 건강해질 겁니다."

"한 선생이 해주게. 오늘 일에 대한 보상뿐만 아니라 이후의 치료비도 넉넉하게 주겠네."

"저를 기다리는 환자가 많아서요. 그리고 치료비는 이미 받았으니 신경 쓰지 않아도 됩니다."

"허허. 그 사람… 알았네. 일이 정리되는 대로 찾아가겠네."

"그럼. 세라야, 간다."

"…선생님!"

허세라가 불렀지만 두삼은 성큼성큼 걸어서 방을 나왔다. 그리고 정원을 가로지를 때 들어오던 허영기와 마주쳤다.

그는 처음 만났을 때와 비슷한 미소를 지었다.

"아버지는?"

"올라가 보세요."

"장례식장은 그쪽 병원에서 할 생각이니 그때 잠깐 봅시다. 약속대로 돈을 줘야 하지 않겠소."

"그러세요."

어차피 그가 장례식장에 올 일은 없었기에 대수롭지 않게 대답하고 걸음을 옮겼다.

48. 자업자득

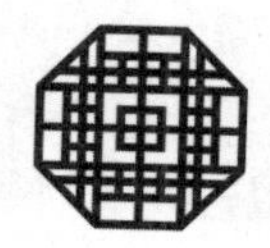

허진규 회장의 치료가 끝나고 나니 여유가 생겼다. 토요일 근무를 마치고 피곤하긴 했지만 하란과 데이트를 즐기며 일요일을 보냈다.

"이번 비번 땐 내가 올라갈게. 조심히 올라가. 도착하자마자 연락하고."

"응. 오빠도 수고해."

정부에 제공하기로 한 드론 기술 때문에 하란은 서울로 올라가야 했다.

그녀를 배웅한 후 지하 주차장을 통해 나가는데 어딘가 다녀오던 노상철, 이상윤과 마주쳤다.

이상윤이 한쪽 눈을 묘하게 찡그리며 물었다.

"나는 금지시키더니 넌 즐기고 나오냐?"

"…내가 반신불구가 된 건 아니잖아. 어디 다녀오시는 길이세요?"

아침부터 굳이 음란한 얘기를 하고 싶지 않았기에 말 상대를 바꿨다.

"아침 해주는 사람이 없는데 사먹을 수밖에. 24시간 순댓국집에서 한 그릇 먹고 왔다."

"바쁜 일 끝났으니 저녁부턴 해드릴게요."

이거 아침 챙겨주지 않는다고 칭얼대는 남편 같은 느낌이다.

"그러든지. 근데 날이 더워서 그런가? 입맛이 영 없네. 이왕이면 기력 회복 되는 걸로 먹자."

"그럼 한약 백숙으로 할까요? 점심시간 때 미리 장 보고 끓여둬야겠네요."

여름이 시작되었는지 아침부터 푹푹 찐다.

이상윤은 아침으로 먹게 자신의 몫은 남겨두라는 애교 섞인(?) 말을 한 후 숙소로 갔고 자신과 노상철은 병원으로 들어갔다.

옷을 갈아입는데 노상철이 근무조가 바뀌었음을 알렸다.

"참! 다음 주부턴 서 선생이 B조로 갈 거다."

"순환 근무 형식으로 하나 보네요?"

"두루두루 호흡을 맞춰보는 게 좋지."

"그렇게 알고 있겠습니다."

탈의실에서 나와 인수인계를 마칠 때쯤 메시지가 왔다. 노상철에게 말을 한 후 원장실로 갔다.

무슨 일인가 했는데 휠체어를 탄 허진규 회장이 두원식 원장과 얘기를 나누고 있었다.

사흘 만에 목을 가눌 정도니 꽤 노력했나 보다.

"어서 오게, 한 선생. 허 회장님이 자넬 보고 싶다고 해서 불렀네. 이쪽으로 앉게."

원장의 말을 무시할 순 없었기에 자리에 앉았다. 한데 미리 얘기가 되어 있었던지 두삼이 앉기가 무섭게 두원식 원장은 일이 있다며 밖으로 나가 버렸다.

"자네가 날 보는 걸 불편해하는 것 같아서 이런 식으로 자리를 마련했네. 이해하게."

"딱히 불편하지 않습니다. 그때 그 자리가 불편했을 뿐이죠."

"하긴 자네가 보기엔 좀 그랬을 테지. 내가 과격하다고 생각하나?"

"아뇨. 저라도 같은 상황이면 다르지 않았을 겁니다."

"후후! 그리 말해주니 고맙군. 누워 있을 땐 찢어 죽여도 시원찮을 것 같았는데 막상 깨어나고 보니 그렇게 되지 않더군. 가능만 하다면 인연을 끊고 싶은데 천륜이라고 법적으로도 불가능하니……."

그는 간단히 자식들을 어떻게 처리했는지 말해줬다.

유산을 원하는 이들에겐 유산을 줬고, 자유를 원하는 이에게 유산과 함께 자유를 줬다.

첫째인 허영기와 전두기, 그리고 간호사 왕소라에 대한 얘기 하지 않았는데 짐작이 되었기에 묻지 않았다.

"그 정도면 보살이시네요."

"보살은 무슨. 기다리고 있었으면 더 많은 것을 얻었을 텐데.

그놈들에게 준 돈은 몇 년이면 다시 복구할 수 있어. 나중에 땅을 치고 후회할 거야."

"근데 나중에 재산 분할 소송을 다시 하면 어쩌려고요?"

"각서도 받아뒀지만 법적으로도 문제없이 해둘 생각이네. 그리고 그때쯤이면 세라가 알아서 잘할 걸세."

"세라가 모든 걸 가지게 되는 거군요. 부럽네요."

"욕심도 심하군. 자넨 사람을 살리는 능력을 가지고 있지 않나? 그리고 부럽다면 세라를 잡게. 그럼 자네 것도 되지 않나."

"…결혼을 전제로 사귀고 있는 이가 있습니다."

"아네. 유능한 처자더군. 혹시 헤어지게 되면 세라를 노려보게. 자네라면 내 반대하지 않겠네. 물론 지금은 안 되네. 가르쳐야 할 것이 산더미거든. 허허허!"

농담인지 진담인지 헷갈렸다. 하지만 사실 어느 쪽이든 별로 상관없다. 세라는 사는 동안 만난 하나의 인연에 불과했다.

"아무튼 잘 정리되셨다니 다행이네요. 이제 본론을 말씀하시죠. 근무 시간이라."

"환자가 병원에 찾아올 이유가 뭐가 있겠나. 오늘부터 특실에 입원하게 되었으니 잘 부탁한다고 말하고 싶어 부른 게지."

"입원하신다면 시간을 당연히 내야죠. 음, 두 시에서 세 시 사이에 병실에서 뵙죠. 그럼."

입원해서 치료받겠다는 것까지 거부할 생각은 없다.

막 일어나려는데 그가 말했다.

"허어~ 급하군. 아직 한 가지 더 남았네. 치료비는 얼마나 원하나?"

"그 얘기는 이미 말씀드렸는데. 정 마음에 걸리시면 병원 기금에 기부해 주십시오."

"진짜 돈 욕심이 없는 건가?"

"왜 없겠습니까. 다만 1년 동안 너무 과분하게 벌다 보니 무뎌졌다고나 할까요."

"알았네. 그럼 이곳 병원에 기부를 하는 걸로 하지."

"감사합니다."

"그리고 자네 몫은 알아서 챙겨주겠네."

두삼은 머리를 긁적거리다 알아서 하라고 말해준 후 원장실에서 나왔다.

이러다 뉴스에 나온 의사처럼 장롱 속에 현금 다발을 쌓아놓고 사는 거 아닌지 모르겠다.

'아! 이미 그러고 있구나.'

액수는 차이가 있지만 숙소 장롱 속에 허영기가 준 현금 다발이 있긴 했다.

*　　　*　　　*

두삼이 한창 허 회장을 치료하고 있을 당시, 충남신문의 사무실.

"한의사 기사는 우려먹을 만큼 우려먹은 거 같고. 이제 뭘 쓸까?"

김기순은 모니터에 깜박이는 커서를 보면서 중얼거렸다. 커서를 보고 있다고 해서 기사가 생기는 것도 아닌데 그는 마냥 그러고 앉아있다.

그 꼴을 보고 있던 편집장이 외쳤다.

"인간아! 기사가 필요하면 나가서 취재를 해! 책상 앞에 있으면 기사가 뚝 떨어져?"

"나간다고 기사가 뚝 떨어져요? 기사는 결국 구독자가 보고 싶은 걸 보여주는 거잖아요. 농약 먹고 자살한 기사 따위 누가 보고 싶어 해요?"

"그래서 대뇌망상을 글로 적는 거냐?"

"편집장이란 양반이 대뇌망상이라니… 미루어 짐작해서 의문을 제기하는 거죠."

편집장은 충남 소재 대학의 2년 선배로 막연한 사이었기에 평소에도 이런 식으로 말을 많이 했다.

"…지랄한다. 그래서 허구한 날 고소, 고발당하냐? 그 뒤처리 하느라 지겨워 죽겠다."

"그래도 제대로 법원까지 간 것은 드물잖아요. 가도 무죄였고. 국민의 알 권리를 침해하는 놈들에게 순순히 응하라는 말인가요?"

"그러니까 소설은 쓰지 말라고!"

"안 쓰면요? 광고비는 하늘에서 그냥 떨어져요? 이번 한의사 건으로 의사협회 관련된 의료 기기 회사 광고 들어오는 건 생각 안 해요?"

"그거야… 험! 아무튼 조심해. 그러다가 진짜 임자 제대로 만난다."

"나도 사람 보고 하거든요. 그러지 말고 이번 여름휴가 보너스는 두둑이 줄 거죠?"

"그럴 돈이 어디 있어? 휴가 기간이나 며칠 더 줄 테니까 맘껏 놀다 와."

"헐~ 그 돈 없다는 소리 지겹지도 않아요? 차라리 다른 핑계를 대요."

"핑계가 아니라 사실이야. 일해야 하니까 말 시키지 마. 아님, 취재 가든가!"

그의 입을 다물게 하는 건 쉬운 일이었다.

편집장 입을 막은 김기순은 다시 커서를 보며 어떤 기사를 쓸까 고민했다.

그때 전화벨이 울렸다. 마누라다.

다른 사람은 기삿거리로 보지만 가족에게만은 지극정성인 그였다.

그는 부드러운 목소리로 전화를 받았다. 한데 돌아오는 대답은 무척 급했다.

"응~ 여보."

—자기야, 민수가, 민수가…….

민수는 그의 3대 독자 아들이었는데 세 번의 불임클리닉 후 태어났기에 더 애틋한 아이었다. 마누라의 목소리에서 긴급한 일이 발생을 했다는 걸 직감한 그는 자리에서 일어나며 물었다.

"민수가 왜!"

—유치원에서 쓰러졌는데 지금 선생님이 근처에 있는 현병원으로 가고 있대.

"현병원으로 가면 어떻게 해? 한강대학병원으로… 알았어. 내가 바로 현병원으로 갈게."

현병원은 유치원 옆에 있는 중급 규모의 병원으로 나쁘진 않지만 응급 시설은 전혀 없었다.

그렇다고 한강대학병원으로 가자니 한의사 사건으로 인해 사이가 좋지 않았다.

김기순은 신호를 무시하면서 차를 몰았고 15분 만에 병원에 도착했다.

간호사에게 물으니 진료를 하고 있다고 해서 바로 진료실로 들어갔다.

"아빠! 잠입 취재 안 했어요?"

해맑게 물어오는 아이. 민수는 멀쩡했다.

다만 아이를 안고 있는 처도, 아이를 안고 뛰어서인지 땀을 뻘뻘 흘리고 있는 유치원 선생도 표정이 좋지 않았다.

직감적으로 뭔가 느낀 그는 일단 민수와 인사를 나눈 후 엄마와 함께 내보냈다. 그러고는 의사에게 명함을 건넸다.

"충남신문의 김기순 기자입니다. 병이 뭡니까?"

명함을 건넨 건 헛소리 말고 제대로 얘기하라는 일종의 협박 같은 것이었다.

그걸 아는지 모르지는 의사는 대수롭지 않게 말했다.

"뇌전증으로 의심이 됩니다. 환자가 도착했을 땐 경련과 발작이 심했죠. 한데 2분 뒤에 언제 그랬냐는 듯 일어나더군요."

"뇌전증?"

"흔히 간질이라고 하죠."

"……!"

자신의 아이가 간질이라니 청천벽력과 같았다.

"이상이 전혀 없었는데… 갑자기 그렇게 될 수가 있습니까?"

"아마 전조 증상이 있었을 겁니다. 순간적으로 눈에 초점을 잃고 멍해지는 증상도 뇌전증이지만 쉽게 알아차리지 못하죠."

듣고 보니 가끔 그랬던 적이 있었던 것 같다.

"너무 걱정 마십시오. 조기 증상의 경우 약만 먹어도 낫는 경우가 60퍼센트 이상입니다. 일단 상급 병원으로 가서 정확하게 알아보는 게 좋을 겁니다."

알겠다고 답한 후 병원을 나온 그는 잠깐 고민을 하다가 전북의 병원으로 차를 몰았다.

*　　　*　　　*

김기순은 불과 일주일 만에 핼쑥해진 모습으로 인터넷을 검색을 하고 있었다.

한 번 시작된 뇌전증은 민수의 신경세포들을 빠르게 망가뜨렸다. 약을 먹었지만 하루 한 번이던 경련과 발작이 어제부턴 두세 번으로 늘었다.

불과 일주일도 되지 않아 유치원도 보내지 못하고 병원에 입원을 시켜야 할 지경이 된 것이다.

그래서 가족들 중에 뇌전증 환자들을 가진 이들이 만든 카페에 가입해 정보를 얻으려 하고 있는 중이다.

올해 3년 차인 후배가 다가오더니 말했다.

"김 기자님, 탑정호에서 신원 미상의 시체가 발견되었다는데 안 가십니까?"

김기순이 말하려 할 때 편집장이 먼저 나섰다.

"야! 야! 김 기자 건들지 말고 너 혼자 다녀와라. 걔 지금 제 정신 아니다."

"…예, 알겠습니다."

"특종 꼭 건져 와라."

후배를 보낸 편집장은 김기순을 흘낏 보곤 자신의 자리로 돌아갔다.

카페에 가입을 하자마자 그는 게시판 검색창에 '완치'라는 단어로 검색을 했다.

주루룩 나오는 글들.

20개씩 보이는 페이지가 여덟 개.

그는 맨 마지막 페이지로 가서 몇 년 전에 작성된 글을 하나씩 읽었다.

혹자는 약을 먹고, 혹자는 뇌의 일부를 잘라내서 성공했다는 글, 축하한다는 댓글들.

좋은 얘기만 있는 건 아니었다.

수술에 성공은 했는데 아이가 이지를 잃었다는 글도 드물지만 있었다.

성공했다는 글을 보면서도 그의 무력감은 점점 커져갔다. 민수의 경우 뇌의 깊숙한 곳에서 발생한 뇌전증이라 수술이 힘들었기 때문이었다.

그러다 그의 눈이 커졌다.

댓글 중 '서울 한강대학병원에서 치료하셨으면 정신을 상실하지 않았을 텐데'라는 댓글을 본 것이다.

'한강대학병원 신경외과가 유명한가?'

그는 혹시나 싶어 '한강대학병원'으로 다시 검색을 해보았다.

'완치'라는 단어로 검색했을 때완 비교도 안 될 만큼 많은 글이 검색됐다.

대부분 최신 글이었는데 특히나 수없이 많은 댓글이 달린 공지글이 가장 상단에 위치해 있었다.

[우리 아이 뇌전증 완치!]라는 글이었는데 작성자가 아까 댓글을 달았던 '전기없는세상'이었다.

글은 길지 않았다.

한강대학병원에 입원을 했고 마스크를 쓴 이름 모를 선생님에게 치료를 받고 이제는 더 이상 경련과 발작을 하지 않는다는 글이었다.

수많은 댓글과 대댓글들을 하나씩 읽어나갔다.

—고맙습니다! 전기없는세상님 덕분에 우리 아이도 한 달 만에 무사히 나았어요!

—우리 애도요!

—예약이 내년 2월까지 밀려 있대요.

ㄴ헐! 한 달도 안 됐는데 내년 8월이래요.

—우리 애는 드디어 내일 병원으로 들어갑니다.

ㄴ축하드려요. ㅠㅠ 우리 아이는 언제쯤 가능할지.

—중증 뇌전증 환자의 경우 예약보다 더 빨리 치료를 받는 경우

가 있다네요.

ㄴ세상에 그런 경우가! 예약을 하고 기다리는 사람들이 뒤로 밀리는 거잖아요.

ㄴ중증 환자의 경우 후유증이 심합니다. 그러니 이해를 하시는 것이…….

ㄴ우리 애도 급하다고요!

정말 많은 댓글들.

댓글들을 살펴본 결과 한강대학병원에 유능한 의사가 있고, 그 사람이 치료를 하면 한 달 안에 완치를 한다는 얘기였다. 다만 기다리는 시간이 오래 걸린다는 것이 문제였다.

'…하필 한강대학병원이라니.'

다른 병원이었다면 기자라는 신분을 이용해 좀 더 빨리 치료받을 수 있었을 것이다. 그러나 한강대학병원이라면 오히려 역효과가 날 게 분명했다.

"일단 해보는 데까진 해봐야지."

그는 댓글에 나와 있는 한강대학병원 안내 데스크로 전화를 걸었다.

—예약할 수 있는 접수처로 안내해 드릴 테니 잠시만 기다려 주십시오.

—죄송합니다. 현재 전 상담원이 통화 중이라 약 5분 정도 대기를 하셔야 합니다.

짜증이 나는 기다림. 예전이었다면 당장 불친절함에 대한 기사를 작성했을 것이다. 그러나 현재 그는 을의 입장이었다.

10분쯤 기다렸을까 드디어 연결이 됐다.

—오래 기다리게 해서 죄송합니다, 고객님. 무엇을 도와드릴까요?

"우리 애가 뇌전증인데 치료를 받고 싶습니다."

—아~ 그러시군요. 혹시 어떤 선생님께 진료를 받으실 생각이십니까?

"이름은 모르겠소. 한데 수술을 하지 않고 치료가 가능하다는 선생이 있다던데……."

—네. 있습니다. 잠시만 예약자 명단을 확인을 해보겠습니다.

약간의 침묵, 그리고 상담원은 정말 죄송하다는 듯 말했다.

—오래 기다리셨습니다. 죄송하게도 지금 예약을 하시면 내후년 2월에나 가능하네요. 올해 예약분 말고는 확실하게 가능하다고 말씀드릴 수 없고요.

"…얼마 전까지 내년 8월이라고 들었는데……."

—최근 외국에서 예약하는 환자들이 급격하게 늘었습니다. 사실 내후년분은 받지 않는 걸로 했는데 워낙 강경해서 어쩔 수 없이 받고 있습니다. 내일 전화하면 또 어떻게 될지 모르겠네요.

"…예약하겠소. 한데 중증 환자의 경우 빨리 되는 경우도 있다고 하던데……."

—네. 하지만 대기 인원 중 많은 이들이 중증 환자인지라 어떻게 될지 모르겠네요. 하지만 분명 일반 예약보단 빠를 겁니다. 환자의 진료 기록을 보내주시면 확인한 후 연락드리겠습니다. 그

럼 몇 가지 묻겠습니다.

상담원이 묻는 신상 정보를 불러주며 그는 다른 방법을 찾아야겠다고 다짐했다.

*　　　*　　　*

두삼은 대마 기름 3, 토종 복분자 7 비율로 된 붉은 음료수를 마셨다. 그리고 스마트폰의 타이머를 눌렀다.

10분으로 맞춰둔 시간은 빠른 속도로 0을 향해 내려갔다. 그리고 1분이 남았을 때 경련을 일으키던 팔이 멈췄다.

"음, 약효가 발휘되기 시작하는 건 8분에서 10분 사이구나. 휴우~ 내가 할 일은 여기까지."

기록을 마친 두삼은 지금까지 정리한 노트를 대마 관련 제품이 담긴 상자에 담았다. 비밀번호까지 건 후 다시 뽁뽁이를 몇 바퀴 돌린 후 상자에 넣었다.

병원과 계약되어 있는 퀵서비스 업체를 불러놓고 김영태 교수에게 연락을 했다.

—한 선생, 웬일인가? 재료가 부족한가?

"아뇨. 지난번에 말씀드린 비율을 찾았습니다. 사흘 동안 테스트한 결과와 함께 보내겠습니다."

—오! 드디어 본격적인 시작인가?

이제 본격적인 시작이라…….

맞는 말이었다. 대마 기름과 복분자에서 뇌전증에 영향을 주는 물질을 찾아내서 환자에게 인체 실험을 몇 차례 해서 결과가 나오는 과정이 아직 남아 있었다.

물론 그 과정은 두삼이 아닌 김영태 교수와 그 연구진이 해낼 것이다.

"복분자를 구매할 수 있는 곳 전화번호도 함께 넣었으니 그곳에서 구매하면 될 겁니다. 냉동을 해도 효과는 그대로니 양껏 사두시는 게 좋을 겁니다."

토종 복분자의 수확은 한 달이면 끝이다.

―알았네. 고생했어. 나머진 우리에게 맡기게.

"고생하십시오."

―허허! 기쁘게 고생할 생각이네. 참! 자네 화장품 1차 실험이 끝난 건 아나?

"그렇습니까? 요즘 이래저래 바빠서 생각도 못 하고 있었네요."

―내가 알기론 결과가 꽤 좋은 모양이더군. 곧 2차 테스트에 들어간다니 좋은 결과가 있을 걸세. 서울 오면 들르게. 차 마시면서 어떤 식으로 작동되는지 자네 입으로 듣고 싶네.

"올라가면 뵙겠습니다. 아! 퀵서비스가 도착한 모양입니다. 그럼 수고하세요."

초인종 소리에 전화를 끊고 문을 열자 퀵서비스 업체 직원이 서 있었다. 그에게 물건을 넘기고 나니 또 하나의 일을 마쳤다는 생각에 뿌듯했다.

"음, 벌써 시간이 이렇게 됐네? 슬슬 저녁 준비를 해야겠다."

두삼은 콧노래를 흥얼거리며 논산 시내에 있는 전통시장으로 향했다.

처음엔 휴일 때 서울에 가기 위해 시작한 식사 준비였다. 한데 하다 보니 취미처럼 즐거움이 있었다.

어떤 플레이팅을 하던 닥치는 대로 먹는 노상철과 이상윤의 식사하는 모습을 보고 즐거움을 느끼는 건 절대 아니었다.

그저 기가 담긴 재료를 사고 그 재료들을 다치지 않게 손질해서 음식을 만드는 과정이 좋았다.

"아저씨, 오늘은 전복이 좋아 보이네요. 킬로그램당 얼마나 해요?"

두삼은 해산물 가게를 슥 훑어보며 말했다.

"허어~ 전에 수산시장에서 일했어요? 어떻게 매번 물 좋은 녀석들을 단번에 알아봐요? 작은 건 네 마리당 만 원. 요건 세 마리."

"세 마리짜리로 사만 원어치 주시고. 국물 낼 조개도 주세요."

시장을 돌다가 가장 기운을 많이 품고 있는 것들로 선택을 하고 그것들을 기준으로 뭘 할지 결정했다.

오늘 저녁 겸 내일 아침은 전복찜과 조개탕, 몇 가지 입맛을 돌게 할 채소와 야채 무침으로 하기로 결정하고 빠르게 장을 봤다.

양손 가득 시장을 본 후 막 시장을 떠나려 할 때였다. 체육복 차림에 부스스한 모습으로 시장으로 들어오는 서훈 선생과 마주쳤다.

"어! 선생님."

"…한 선생, 장 본 거야?"

"네. 근데 선생님도 장 보러 오셨어요?"

"혼자 밥 먹는데 귀찮게 어떻게 그래. 그냥 시장 안에 있는 국밥집에 가서 한 그릇 먹고 출근하려고."

"선지 국밥집 말이죠? 거기 오늘 문 닫았던데요."
"그래? 쩝! 하필이면……."
낭패라는 표정으로 뭘 먹을지 고민하는 모습에 두삼이 말했다.
"선생님, 그러지 마시고 저랑 같이 식사하시죠. 어차피 오늘 같이 출근이잖습니까."
"한 선생을 귀찮게 할 생각 없어."
"귀찮기는요. 그냥 제 밥 먹을 때 숟가락 하나 더 놓으면 되는데요. 자! 가시죠."
어차피 오늘부터 같이 일하게 되었으니 잘됐다 싶어 그를 끌다시피 해서 집에 데리고 왔다. 그리고 빠르게 정리해서 찌고 삶고 무치며 저녁을 준비했다.
두삼의 그런 모습을 물끄러미 보던 그가 물었다.
"꽤 익숙해 보이긴 한데 귀찮지 않나? 아니, 그보단 응급실 업무에, 뇌전증 환자에, 개인 환자까지 치료하면서 음식까지 해먹으려면 피곤하지 않아?"
"하하. 비밀리에 한 건데 알고 계셨어요?"
"…좁은 곳이잖아."
"그렇긴 하죠. 한데 그건 일이고 이건 제 취미 같은 것이거든요."
"음식하는 게?"
두삼은 섬에서 음식을 해먹던 얘기를 간소화시켜서 얘기해주었다. 그러나 나이가 있어서인지, 경험이 많아서인지 이야기 속의 상황을 파악했다.

"살기 위해 시작한 일이었군."

"대충 그렇습니다. 자! 다 됐습니다. 혹시 전복은 잘라 드릴까요? 통으로 드릴까요?"

"자르는 게 좋겠지."

쪄서 양념을 올린 전복을 삼등분해서 상으로 옮겼다. 그리고 시원한 조개탕. 마른 김과 간장, 각종 반찬까지 올리니 크지 않은 상은 가득 찼다.

"…푸짐하네."

"보기에만 그렇습니다. 전복은 드십시오. 이런 말씀드리긴 그렇지만 현재 많이 허해 보입니다."

"한의사가 보면 그런 게 보이나?"

"피부 상태, 눈, 걷는 자세만 봐도 대략 알 수 있죠. 제대로 하려면 진맥을 해야 하지만요. 한번 진맥해 드릴까요?"

"훗! 됐어. 얼른 먹기나 하지. 냄새가 좋아 도저히 참을 수가 없군."

"아! 얼른 드세요."

"캬~ 시원하고 맛있군."

그는 국물을 몇 번 퍼먹은 후 본격적인 식사를 시작했는데 음식을 먹을 때마다 맛있다고 칭찬했다.

두삼이 한 그릇을 비우기도 전 순식간에 밥과 국을 두 그릇을 먹어치운 그는 약간 무안한지 헛기침을 하며 물었다.

"한 선생은 양의학에 관심이 많은 거 같은데 그럼 양의학을 공부하지 그랬어?"

"하하… 양의학에 관심이 많다기보단 환자를 낫게 하는데 한

의학이든 양의학이든 가리지 않는다는 게 맞을 겁니다."
"…각자의 분야라는 게 있잖아?"
"당연히 그건 존중합니다. 양의학으로 더 쉽게 나을 수 있는 환자는 양의학에 맡기는 걸 선호하고요. 다만 그러지 못할 상황을 위해 배우는 거죠."
"그러지 못하는 상황이라……."
"서울 병원에 있을 때 민 원장님은 한의사인 저에게 다양한 환자를 보여주시며 공부를 시켰습니다. 저 역시 이해를 할 수가 없었죠. 근데 그 덕분에 대형 교통사고가 발생했을 때 환자들을 살릴 수가 있었죠."
"한 선생이 바란 건 아니고?"
"솔직히 두 번 다시 겪고 싶지 않습니다. 환자의 죽음은 익숙해지지 않더라고요. 얼마나 많은 죽음을 봐야 익숙해질지 모르겠네요."
"……."
내용이 너무 진지해진 모양이다. 그래서 얼른 밥을 비우고 화제를 바꿨다.
"누룽지 드실래요? 압력솥에 해서 누룽지가 아주 맛있습니다."
"으, 응."
누룽지를 먹고 커피까지 마신 후 두 사람은 병원으로 향했다. 함께 응급실로 들어가자 노상철이 약간 놀란 표정으로 물었다.
"엥? 웬일로 두 사람이 같이 와?"
"우연찮게 만나서 같이 밥 먹고 왔습니다."
"…그래? 뭐 먹었는데?"

"전복찜이랑 조개탕이요."

"오! 맛있었겠는데? 가게가 어디야? 집에 들어가기 전에 먹고 가야겠다."

"집에 들어가면 있어요. 혹시 저녁에 다 먹으면 아침은 국이랑 샐러드랑 드시면 될 거예요."

"오! 직접 한 거냐? 인수인계할 환자는 조금 전에 들어온 압빼 환자 말곤 없다. 일반외과 레지던트 1년 차가 개복 수술 하기로 했으니까. 서 선생이 잘 봐줘."

"복강경이 아니라요?"

"환자가 복강경이 싫다고 했어. 그래서 1년 차가 기회를 얻은 거지."

한강대학병원에서 복강경을 이용한 충수절제술은 2학년 과정이었다.

수술엔 서훈 선생이 들어가는 것이라 상관은 없었다. 그러나 잡일은 최근에 온 인턴이, 준비 과정은 두삼이 직접 살펴야 했는데 응급실에서 참 어정쩡한 포지션에 위치해 있었다.

옷을 갈아입고 근무 교대를 한 후 환자의 복부 CT가 나왔기에 인턴과 함께 확인했다.

"백혈구 수의 증가폭을 볼 때 충수돌기에 구멍은 안 난 것 같습니다."

"영상으로 볼 때도 그렇게 보이네. 농양 형성은 된 것 같아?"

"글쎄요. 안 보이는 거 같은데. 선생님이 보기엔 어떤 것 같습니까?"

염증이 농양을 만들었을 경우 수술은 바로 진행할 수가 없었다. 급하지 않다면 배액관을 삽입하고 고름을 배출한 후 항생제로 염증을 가라앉힌 후 절제수술을 할 때도 있다.

영상에 대한 경험이 부족한 두 사람이 영상을 보고 파악하려니 힘들다. 수술실로 향하던 서훈이 그 모습을 보고 고개를 흔들더니 영상 좌측, 충수돌기 위쪽을 짚으며 말했다.

"이곳의 색깔이 진하게 보이는 정도로 농양의 유무를 파악할 수 있어. 지금 정도면 없다는 거니 기억해 둬. 그리고 이 사이트에 들어가서 영상 자료 검색하면 경우에 따른 사진이 나오니 확인해 보고."

그는 쪽지에 인터넷 사이트와 그곳에 접속할 수 있는 아이디와 비밀번호를 적어줬다.

"감사합니다!"

확실히 같이 일을 해봐야 진면목을 안다더니 무뚝뚝하다고 생각했던 서훈 선생이 좋은 정보를 줬다.

그는 대수롭지 않게 돌아서다가 무슨 생각이 들었는지 인턴을 보며 말했다.

"인턴, 뭐 해?"

"아, 예! 일하겠습니다."

"그 말이 아니라 영상으로 보지 말고 직접 보라는 얘기야."

"네?"

인턴은 바로 알아듣지 못했다. 레지던트도 무서울 땐데 교수급인 서훈이 말하니 긴장해서 그런 것이리라.

두삼은 그의 등을 툭 치며 낮게 속삭였다.

"수술실에 들어오라는 말씀이야."

"아! 감사합니다. …근데 응급실 일은……."

"네가 한 선생 걱정할 때가 아닌 것 같은데? 양의학 의사가 전문 분야에서 한의사인 한 선생보다 못하면 되겠어?"

"아닙니다!"

"알면 열심히 해."

그는 그 말을 끝으로 휙 하니 돌아서 수술실로 갔고 인턴은 죄송하다며 인사한 후 서훈을 뒤따라갔다.

"후후! 오늘 수술하는 인턴 새하얗게 타겠네."

서훈이 한 말에 기분이 나쁘진 않았다. 왠지 자신을 인정해주는 듯한 느낌이라 오히려 기분이 좋았다.

"그나저나 두 사람은 잘하고 있으려나?"

문득 자신에게 교육을 받았던 양태일과 서은서가 생각났다.

생각은 길지 않았다. 간호사가 다가와 말했다.

"선생님, 자전거에 부딪힌 환자가 왔어요."

"네. 가죠."

충남 병원에 온 지 한 달이 넘어가면서 이제 응급실 일에 많이 익숙해졌다.

응급실 일이라는 것이 간단히 조치할 수 있는 일을 제외하곤 환자의 상태를 정확히 파악해서 다른 과에 인계를 하는 것이 주였다. 그래서 다양한 의학적 지식은 필수였는데 두삼은 다양한 환자를 보면서 차근차근 지식을 쌓아가고 있었다.

오전 동안은 밤 사이 다양한 증상으로 몸이 불편해진 환자들이 응급실로 실려 왔는데 긴급을 요하는 환자는 없었다. 그래서 간호사들과 함께 응급실을 찾은 환자들을 상대할 수 있었다.

병원 앞 백반 집에서 식사를 마친 두삼은 서훈에게 양해를 구한 후 뇌전증 환자를 보러 갔다.

갈수록 늘어나는 예약 인원 때문에 원래 계획했던 인원보다 더 많은 환자를 처리하고 있다. 그에 두삼은 응급실이 한가할 때 틈틈이 7층으로 올라와 환자들을 보고 있었다.

물론 허 회장이 있는 특실이 먼저였다.

과다한 기운으로 죽어가던 그였기에 기운이 균형을 되찾자 빠르게 정상으로 돌아오고 있었다.

물리치료와 마사지를 하면서 느껴지는 반발력이 이젠 걸어도 될 것 같았다.

"이제 슬슬 걸어도 되겠습니다. 전후방지지 전동 트레이너를 갖다 드릴 테니 오늘부터 부지런히 돌아다니세요. 무리하지 마시고요."

"고생했네. 트레이너가 뭔지 모르지만 열심히 하겠네. 근데 세라랑 만난 건 어떻게 됐나?"

이틀 전 허세라가 찾아왔었다.

고맙다는 인사를 하기 위해서였다. 말미에 그녀가 성인이 되었을 때 두삼이 혼자라면 사귀어줄 마음이 있다는 헛소리를 했지만 무시했다.

외적으로는 어떨지 모르지만 두삼의 눈엔 어린 아이 그 이상도 이하도 아니었다.

"고맙다고 하더군요."

"다른 말은 없었고?"

"홀로 외롭게 싸우다가 자신의 말을 들어주는 이가 생겨서 잠깐 의지한 것뿐입니다. 조금 지나면 일시적인 감정이었을 뿐이었음을 깨달을 겁니다. 그래서 평생 저 볼 일 없이 건강하게 살라고 했습니다. 훈훈하게 마무리했죠."

"그런가? 정신과에도 일가견이 있나 보군. 알았네. 자네에게 줄 보상은 내일쯤 마무리가 된다더군."

"감사합니다."

반드시 주겠다는데 받아야지 어쩌겠는가.

허 회장의 방에서 나와 건너편에 있는 특실로 들어갔다.

"미샤, 로레인 안녕!"

"닥터 한, 어서 와요."

"선생님, 안녕."

인형처럼 생긴 로레인은 병실 소파에서 놀다가 방긋 웃으며 조르르 달려왔다.

그녀의 머리를 가볍게 쓰다듬어 준 후 엄마인 미샤에게 물었다.

"어젠 어땠어요?"

"경련이나 발작은 없었어요. 그리고 멍하니 앉아 있는 시간 역시 전혀 없었고요."

"다행이네요. 그럼 오늘 치료를 해볼까요? 로레인, 선생님 손 잡아볼래?"

"여기요!"

앙증맞게 두 손을 내민다. 두삼은 그녀의 손을 잡고 뇌를 살폈다.

급속도로 진행되던 신경세포의 변이는 멈춘 상태. 의심이 되는 부분의 신경세포를 죽이고 마무리했다.

"다 됐습니다. 모레 마지막 치료를 하고 퇴원하시면 되겠네요."

"2주 넘게 걸린다고 알고 있는데 빠르네요?"

"로레인의 경우 진행이 빨라서 가급적 빠르게 치료를 했습니다. 오늘과 내일은 밖에서 활동하는 게 좋겠어요. 가까운 놀이공원에 가도 괜찮고요."

"그렇게 할게요."

치료는 사실상 끝났다. 다만 외국에서 온 환자들의 경우 재발했을 때 즉각적인 대응이 쉽지 않았기에 충분히 테스트를 해보고 보내는 것이 좋았다.

특실 두 명을 끝내고 7층으로 올라갔다. 한데 엘리베이터가 열리자마자 소란스러운 소리가 들려왔다.

"다 알아보고 왔습니다. 이곳에 뇌전증을 치료하는 선생님이 계시지 않습니까?"

"아~ 글쎄, 전 모르겠다니까요. 그리고 설령 그렇다고 하더라도 정식으로 절차를 받고 오지 않으면 선생님을 만날 수 없으세요."

"그러지 말고 부탁 좀 드리겠습니다. 우리 애가 급해서 그래요."

"여긴 다 급한 환자들만 있는 곳이에요. 경비원 부르기 전에 이만 가세요!"

차 간호사가 웬 남자와 말싸움을 하고 있었다.

뇌전증 환자를 가족으로 둔 사람이 이곳에서 치료한다는 걸 알게 된 모양이다.

"…이런 말까지 안 하려고 했는데, 제가 충남신문 기잡니다. 이번에 신경 써주시면 좋은 기사로 보답할게요."

"그건 원장님이랑 얘기해 보세요. 그리고 우리 선생님 충남신문이라면 이를… 아! 한 선생님!"

"무슨 일입니까?"

"글쎄 이분이 자꾸 선생님을 만나게 해달라고……."

남자는 드디어 만났다는 생각에 뒤돌아보며 재빨리 얘기를 했다.

"소란을 일으켜 미안합니다, 선생님. 다른 것 때문이 아니라 저희 애가……!"

"어!"

말을 하다 말고 놀란 표정을 짓는 남자. 그를 보는 두삼의 표정 역시 놀랐다. 남자는 자신에 대해 악의적인 기사를 썼던 충남신문의 김기순이었다.

휴게실로 김기순과 자리를 옮긴 두삼은 그의 얘기를 들었다.

솔직히 얘기고 뭐고 꺼지라는 말을 하고 싶었지만 입고 있는 의사 가운을 생각해서 참았다.

"그러니까, 김 기자님의 아이가 뇌전증이 급속도로 진행되고 있다는 말씀이죠?"

"…그렇습니다."

"그럼 예약을 하세요. 아무리 우리 사이가 나쁘다고 해도 환자를 거부하는 일은 없을 겁니다."

"예약은 했습니다. 하지만 내후년에나 가능하다고 해서요. 현재 우리 애의 상태가 급속도로 나빠지고 있습니다. 염치없는 부탁인 걸 알지만 제발 우리 애 먼저 치료해 주십시오!"

기삿거리로 자신을 실컷 가지고 놀다가 아쉬운 처지가 되니 부탁이라니, 진짜 염치없다.

"미안하지만 그렇게는 못 하겠네요. 기다리시든지 아님 다른 병원으로 가세요. 전 이만 바빠서."

"선생님!"

김기순은 두삼의 팔을 잡았다.

"제가 기사 낸 것 때문이라면 정정 기사를 내겠습니다. 일주일, 아니, 한 달 동안이라도 내겠습니다."

"글쎄요. 그 기사를 퍼다 나른 다른 언론에서도 정정 기사를 내는 건가요?"

"그건……."

"뻔뻔하시네요. 남을 죽일 땐 사실 여부조차 파악하지 않고 기사를 쓰더니 가족의 목숨이 걸리니 조사를 한 모양이네요. 전 더 이상 할 말 없습니다."

퍼다 나른 메이저 언론들이 사과를 한다? 불가능하다. 즉, 애써 먼저 치료해 주지 않겠다는 뜻이다.

아이를 생각하면 안타깝긴 하지만 어쩌겠는가. 자신은 보살이 아니었다.

'앞으로 미리 연락을 해보고 올라와야겠어.'

로레인을 보고 치료를 결심한 것처럼 싫어하는 김기순의 아이라고 해도 얼굴을 보면 절대 거절하지 못할 것이다.

애타게 부르는 그를 뒤로하고 휴게실에서 나왔다.

밖에서 대기 중인 전 간호사가 듣고 있었는지 안타까운 표정을 짓고 있었다.

"신경 쓰지 마세요."

"전 신경 쓰지 않는데 선생님이 신경 쓸까 봐 걱정이네요."

"저 그렇게 착한 놈 아니에요. 가시죠."

잠깐 휴게실을 바라보던 전 간호사는 어쩔 수 없다는 듯 종종걸음으로 두삼을 뒤따랐다.

*　　　　　*　　　　　*

"수간호사님, 어제 입원한 702호 최엄지 환자랑 김준수 환자 발작 증상이 있었어요."

"703호에서도 한 명 있었어요."

"조치는?"

"혀 깨물지 못하도록 해뒀고 약도 투입했어요."

"수고했어. 선생님 오실 때까진 고생 좀 하자. 일단 앉아서 쉬어."

새로운 환자들이 들어올 땐 항상 이랬다. 두삼이 올라와서 첫 번째 치료를 하기 전까지 긴장 상태를 유지해야 했다.

"근데 수간호사님, 병원에 얘기해서 추가 인원 보내달라고 해야 할 것 같아요. 조무사들이 도와주고 있긴 한데 아무래도 한계가 있어요."

"맞아요. 아무리 환자가 밀려든다고 해도 이렇게 무작정 보내면 어쩌자는 건지……."

두 명의 간호사가 다소 지친 표정으로 말했다.

편하다고 해서 거주지와 떨어진 이곳까지 내려왔는데 현재는 서울보다 빡세게 돌아가고 있었다.

"얘기했는데 내려오려는 애들이 없는 모양이야. 조만간 조치를 취해준다니 조금만 더 고생해."

"치이~ 진짜 너무들 하네요."

"행여나 한 선생님 앞에서 그런 얘기 하지 마. 없는 시간 쪼개서 오는데, 그런 얘기 들으면 힘 빠질 거야."

"선생님 앞에선 절대 안 하죠. 그럼 야식은 물 건너갈 거 아니에요. 호호호! 안 그래, 이 간호사?"

"호호! 맞아요. 가끔 회식비도 주시는데요."

"으이구! 이것들이 선생님을 물주로 보다니……."

가볍게 꾸짖으면서도 농담이라는 걸 알기에 피식 따라 웃는 전경희였다.

그녀는 일을 할 때를 제외하곤 어린 간호사들을 가급적 편하게 해주려고 노력했다.

어느 과가 안 그렇겠느냐마는 신경과 역시 노동 강도가 강했다. 환자들이 발작과 경련을 일으킬 땐 남자 간호사들도 쩔쩔맬 정도다. 무엇보다도 언제 뇌전증이 발생할지 몰라서 항상 긴장하고 있다 보니 스트레스가 상당했다.

그런 간호사들에게 태움까지 한다면 버틸 수 있는 이들이 드물 것이다.

"쉿! 조용."

잠깐 수다를 떨고 있는데 두삼이 엘리베이터에서 내려 다가오는 모습이 보였다. 그래서 얼른 간호사들을 조용히 시키고 데스크에서 나갔다.

"오셨어요, 한 선생님."

"네. 전 간호사님 일을 하기 전에 잠깐 얘기 좀 할 수 있을까요?"

"물론이죠."

무슨 일인가 싶어 휴게실로 따라갔다. 휴게실이 비어 있음을 확인한 두삼이 말했다.

"로레인 퇴원하라고 했어요."

"이틀간 열심히 뛰어다녔는데도 아무 이상이 없어서 예상하고 있었어요. 근데 그 얘기하려고 따로 부르신 건 아닐 테고 무슨 일 있어요?"

무슨 말을 할까 기다리는데 두삼이 불쑥 쇼핑백을 내밀었다.

"뭐예요? 저에게만 주는 선물인가요? 호호!"

"아뇨. 간호사들에게 미샤가 주는 선물이에요."

"로레인 엄마가요?"

전경희는 쇼핑백을 보곤 깜짝 놀랐다.

오만 원짜리가 가득했다.

"이, 이걸 왜 저에게……?"

"거기서 30퍼센트는 전 간호사님이 가지고 나머지는 간호사들에게 알아서 나눠줘요. 조무사들은 온 지 얼마 되지 않았으니 밥을 사주든지, 보너스로 조금씩 주든지 알아서 하시고요."

"바, 받을 수 없어요! 치료를 한 선생님께 주는 건데 저희가 받는 것도 이상하잖아요."

다시 건네려 했지만 두삼은 받지 않았다.

"저 혼자 치료했다고 생각하지 않아요. 부담스러우면 괜한 제 욕심 때문에 바빠진 것에 대한 보너스라고 생각하세요."

"하지만 너무 많은데… 연봉은 될 것 같아요."

"적다는 말인가요?"

"아, 아니에요!"

"하하! 이 정도 돈을 받을 자격은 충분하세요. 이제 일하죠. 새로운 환자들이 애타게 기다리고 있을 거 아니에요."

돈도 돈이지만 자신의 노력을 인정해 주는 것 같아 마음 한편이 따뜻해졌다. 그러다 문득 두삼이 돈을 챙기지 않은 것 같아 물었다.

"…네. 근데 선생님도 가지셨어요?"

"저 생각보다 부자예요. 그러니 제 걱정 마세요. 데스크에서 기다리고 있을 테니까 쇼핑백 놔두고 오세요."

두삼이 나가고 휴게실에 남은 그녀는 쇼핑백을 보곤 어디에 숨겨야 할지 한참 고민했다.

돈을 약품 금고에 숨기고(?) 시작된 진료.

환자가 늘어서 한 명당 짧은 시간을 치료함에도 진료 시간은 오래 걸렸다. 적게는 두 번, 많게는 세 번에 걸쳐서 했지만 오늘은 두삼의 휴일이라 그런지 스트레이트로 끝마쳤다.

"그럼 내일 저녁에 뵐게요. 수고들 하셨어요."

마지막 환자 치료가 끝나기 무섭게 사라지는 두삼.

두삼과 항상 같이 움직이는 전경희는 퇴근을 해도 됐지만 어차피 숙소에 가봐야 딱히 할 일이 없었기에 다른 간호사들의 업무를 도우면서 간호사들에게 돈을 나눠줬다.

“꺅! 이, 이게 얼마예요!”

“쉿! 떠들지 마. 한 선생님이 받은 걸 우리에게 준 거니까 고맙다는 인사하고.”

“당연하죠! 감사의 인사로 진하게 뽀뽀해 드릴게요.”

“…그럼 확 빼어버린다.”

“헤헤! 농담이에요. 감사해요, 수간호사님.”

뜻밖의 보너스는 가라앉아 있던 과 분위기를 단숨에 활기차게 만들어줬다.

“수간호사님, 수고하셨어요. 내일 봬요! 호호호!”

“사랑해요, 수간호사님~ 호호호!”

허파에 바람이 들었는지 미친년처럼 웃는다는 단점은 있었지만 말이다.

남편과 아이들에게 연락해 잘 있는지 확인하며 병원을 나서던 그녀는 병원 측문에서 응급실 쪽을 힐끗거리는 사내를 봤다.

누군가 싶어 자세히 봤더니 얼마 전 7층에 와서 소란을 피웠던 김기순이었다.

‘한 선생님을 무턱대고 까던 사람인데 무슨 상관이야. 신경 쓰지 말자.’

신경을 끄고 그냥 가려 했는데 얼굴 한 번 본 적 없는 아이가 눈에 밟혔다.

결국 그녀는 김기순에게 다가갔다.

“…여기서 뭐 하세요?”

“아! 벼, 별일 아닙니다.”

"한 선생님은 오늘 휴일이라 병원에 안 계세요."

"…그래요?"

"네. 아침에 일 마치고 서울 갔어요. 내일 저녁에나 다시 올 거예요."

"아! …괜한 짓을 했네요. 감사합니다."

김기순은 힘없이 뒤돌아서서 걸었다. 그의 축 처진 어깨가 또 다시 마음을 흔들었다.

"아이는 어때요?"

"…약도 듣지 않고 점점 심해지네요."

"입원은요?"

"일단 전북병원에……."

"휴우~ 차나 한잔할래요?"

이대로 보내면 오늘 밤 잠을 잘 수 없을 것 같았다.

커피숍으로 자리를 옮긴 전경희는 음료수를 사 그에게 건네며 물었다.

"한 가지 물어볼게요. 도대체 무슨 이유로 한 선생님을 그렇게 욕하신 거예요?"

"…죄송합니다."

"이유가 없다는 말이네요?"

"솔직히… 그렇습니다. 관성적으로 기사, 아니, 소설을 쓴 거죠."

"한 선생님이 얼마나 열심히 하는지 알아요? 뇌전증 치료도 대부분은 자신의 휴식 시간을 빼서 하고 있는 거예요. 게다가 예약이 밀렸다니 치료 인원을 더 늘렸어요. 한의사라고 욕먹을 이유는 없어요."

"입이 열 개라도 할 말이 없습니다."

너무 순순히 인정을 하니 맥이 빠지는 기분이다. 게다가 뼈저리게 느끼고 있는 사람에게 계속 얘기해 봐야 약 올리는 것밖에 되지 않을 터.

'선생님에게 말해보겠다고 하기엔 너무 괘씸한데…….'

아이가 무슨 죄가 있을까. 사실 두삼에게 한 소리 들을 생각을 하고 환자로 데리고 갈 생각이었다.

요 며칠 전화를 해서 김기순이 와 있는지를 확인하는 거 보면 거절하기 힘들어서 그런 것임에 분명했다. 한데 너무 순순히 해주자니 아무리 그녀가 마음이 넓다고 해도 꺼려졌다.

곰곰이 생각을 정리한 그녀가 입을 열었다.

"일단 사과 기사를 내세요."

가능성이 보인다고 생각해서인지 김기순은 얼른 고개를 끄덕였다.

"안 그래도 내일 나올 겁니다."

"그리고 일주일간 한 선생님의 스케줄을 파악해서 저에게 보여주세요. 맞으면 그땐 제가 아이를 선생님에게 치료해 달라고 할게요."

"그야 어렵지 않으니 상관없습니다만. 한 선생이 치료를 해줄까요?"

"제가 치료를 하는 게 아니니 확답은 못 드려요. 하지만 설득해 볼게요. 믿고 해보려면 하고 아님 말아요. 제가 드릴 수 있는 말은 여기까지예요."

"…하겠습니다."

김기순으로서는 현재 다른 방법이 없었다.

*　　　*　　　*

낮 근무일 때 두삼의 일과는 다섯 시부터 시작이다.

일어나자마자 헬스장에 가서 1시간 운동을 한 후 다시 집으로 돌아와 아침을 준비한다.

12시쯤 잠을 자니 하루 다섯 시간 정도 자는 잠이 전부였지만 날이 갈수록 늘어나는 기운 때문인지 활기차게 하루를 보내는 데 무리가 없었다.

가끔 잠을 더 줄여볼까도 생각했지만 한편으론 굳이 그럴 필요까지 있을까 싶었다.

한데 자의가 아닌 타의에 의해 다섯 시간씩 자던 리듬이 깨지기 시작했다.

…띠리링! 띠리링! 띠리링!

계속해서 울리는 벨소리에 잠에서 깼다.

"…이 새벽에 도대체 누가 전화질이야."

벽걸이 시계의 시침이 2를 조금 넘긴 상태였다.

스마트폰을 확인하니 이상윤이다.

"지금 몇 신데……."

—오토바이 사고 환자인데 헬멧을 안 써서 머리 한쪽이 함몰되었단다. 도착 5분 전이니까, 와라. 늦게 나와서 죽으면 네 탓이다.

뚝!

뭐라 한마디 하려는데 제 할 말만 하곤 끊어버린다.

"…망할 자식! 병원 전화로 할 것이지."

투덜거리면서도 두삼은 만일에 사태에 준비해 둔 병원복을 입고 응급실로 뛰었다.

급하게 서둘러서인지 다행히 구급차보다 빨리 도착했다.

밖에서 대기 중인 이상윤에게 물었다.

"신경외과 교수님은?"

"있으면 내가 널 불렀겠냐? 지금 외부 학회에 가셔서 제 시간에 못 오신단다."

"…그래서 네가 하려고?"

법적으로는 의사 면허가 있으면 어떠한 수술도 가능하다. 가령 성형외과 의사가 뇌수술까지 할 수 있다.

의사가 부족할 때 생겼던 법이 아직도 그대로 유지되고 있어서 가능했다.

다만 걱정되는 건 이후의 일이다. 보호자가 걸고넘어지면 시끄럽게 될 가능성이 높았다.

"일단은 그렇게 생각하고 있어. 만일 환자의 상태가 뇌수술이 가능한 병원까지 이동할 수 있다면 그땐 안 할 생각이야."

무모한 건지 배짱이 좋은 건지.

요란한 사이렌 소리와 함께 환자가 들어왔기에 두삼의 고민은 길지 않았다.

환자는 피투성이에 팔과 다리는 기괴하게 꺾여 있었다. 두삼은 환자를 옮기기도 전에 다리에 손을 올리고 내부를 살폈다.

팔다리 골절된 곳만 다섯 곳. 비장, 대장, 간 파열. 거기에 두부 손상까지.

"어때?"

응급실로 침대를 끌던 이상윤이 물었다.

두삼은 잠시 고민해 봤지만 선택의 여지가 없었다.

"당장 수술실로! 검사할 시간 없어. 용섭아! 너도 들어와. 대기조에게 연락하고."

"예! 선생님."

환자를 태운 침대는 그대로 수술실로 들어갔다.

49. 죄와 벌

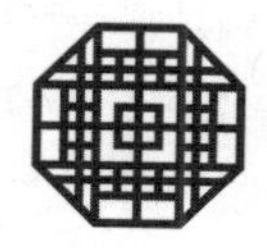

새벽 2시 30분에 시작한 수술은 6시가 넘어서야 끝이 났다.

수술실에서 나오자 언제부터 수술실 앞에 와 있었는지 초췌해 보이는 보호자들이 일어났다.

"좀 더 수고해라."

담당의는 이상윤이었기에 설명은 그의 몫이었다.

"…의리 없는 놈."

"의리는 개뿔. 출근 준비하려면 바쁘거든. 오늘 아침은 못 한다. 들어갈 때 먹고 들어가."

"그럴 생각이었거든. 그리고… 오늘은 네가 이겼다."

"…유치원생이냐? 네가 더 잘했어. 간다."

마취와 바이탈 유지만 신경 쓴 것이 아니라 일일이 수술할 부위를 짚어준 것 때문에 졌다고 생각하다니 유치하다.

그가 어떻게 생각하는지 짐작은 되지만 사실 환자를 살린 건 그의 과감하고 빠른 손이었다.

유지하기 힘들다 싶을 때 뇌수술을 마쳤고, 죽기 직전에 연용섭이 끝내지 못한 수술을 이어받아 끝을 냈기에 환자가 살이 있었지 아님 죽었을 것이다.

아무리 혈관을 잡고, 아무리 기운을 넣어줘 봐야 생명력을 상실해 가는 환자를 일어나게 만드는 건 한의학으로 불가능했다.

물론 이겼다고도, 졌다고도 생각하지 않았다. 환자가 죽지 않게 최선을 다했음에 만족할 뿐이다.

"도훈아, 아침 먹으러 가자."

진도훈은 서울에서 연용섭과 함께 내려온 레지던트로 근무조가 바뀌며 일하게 됐다.

진도훈과 아침을 든든하게 먹고 집에서 샤워를 마친 후 잠시 쉬면서 기운을 돌렸다.

30분 정도 신나게 돌리고 나니 찌뿌듯한 몸이 다소 풀리는 느낌이다.

"으갸갸! 이제 슬슬 가볼까."

다시 병원으로 갔다. 한데 교대할 생각이 없는지 이상윤은 물론 연용섭과 진도훈이 모니터를 보고 있다.

연용섭이 눈을 좁히며 모니터를 보다가 말했다.

"이미 간 절제술을 받은 환자라 재수술은 불가능하지 않습니까. 색전술까지 받았는데도 낫지 않았다면 이젠 간이식밖에 없겠는데요."

"그걸 모르고 서울에서 보내왔겠냐? 가족들 중에 이식해 주겠다는 사람이 없으니 문제지. 잘하면 한 번 더 떼어낼 수 있을 것 같기도 한데……."

"조직 병변 부위를 생각하셔야 하지 않겠습니까? 그럼 힘들 것 같은데요? 도훈아, 내 생각은… 헉! 서, 선생님 언제 오셨어요?"

연용섭이 돌아보다가 영상을 본다고 고개를 삐죽 내민 두삼을 보곤 놀랐다.

"방금. 무슨 재미난 영상을 보기에 퇴근할 준비도 안 하고 있냐?"

"그게… 서울에서 수술을 포기한 환자 영상이 도착해서요. 아무래도 이 선생님과 선생님이 하신 췌장암 수술 때문에 보낸 것 같습니다."

"이 선생 손이 금손이긴 하지. 그래서?"

"…열어보기 전까진 확신할 수 없지만 영상으로 보기에도 힘들 것 같아."

한계까지 수술할 범위를 머릿속으로 그려보는 그가 안 된다고 하면 가능성이 없다고 보면 됐다.

"그럼 안 된다고 말하고 퇴근해. 안 피곤해?"

"한 가지 시도해 볼 만한 방법이 있을 것 같아서……."

"그럼 해보든가. 환자도 반대하지 않을 거야."

지푸라기도 잡으려고 하는 환자가 무얼 마다할까.

"내가 할 수 있는 일이 아냐. 네가 할 수 있는 거지."

"내가?"

"Transarerial Chemoembolization이라고 알아?"

"…한국말로 해줄래?"

"의사라는 놈이… 경동맥 화학색전술."

"한의사라서 미안하다. 비슷한 말은 들어본 것 같은데 그게 왜?"

"공부 좀 해라."

"하고 있거든! 넌 혈 이름 다 알아?"

시간을 쪼개고 쪼개서 의학 서적을 읽고 있었다. 한데 워낙 광범위하고 어려운 용어들이라 쉽게 머릿속에 박히지 않았다.

"…험! 아무튼 Trans… 색전술은 종양에 영양을 공급하는 동맥을 찾아 항암제와 색전 물질을 투입하는 치료법이야. 암세포가 자라는 데 필요한 영양분과 산소를 차단해 버리는 거지."

"음, 그러다 간이 나빠질 수도 있지 않나?"

얼핏 듣기에도 빈대 잡으려다 초가삼간 다 태워 버릴 것 같았다.

"맞아. 부작용도 만만치 않아. 간동맥 손상이나 합병증이 발생할 수도 있고 간부전이 올 수도 있어. 재발 가능성도 수술보다 높고. 하지만 영양을 공급하는 작은 혈관을 정확히 알고 그 부분만 막을 수 있다면?"

"암세포가 굶어 죽는다?"

"맞아. 암세포만 공격을 하는 거지. 다만 네가 가능한가가 중요한 문제지. 물론 결과는 어떻게 될지 지켜봐야 하고."

"글쎄다. 나도 해보기 전에는 모르겠다."

"…해볼래?"

"서울에 왔다 갔다 하긴 시간이 너무 뺏겨."

"환자를 이쪽으로 데리고 오면 되지. 내가 전화해서 알아볼게."

"…그, 그래."

얼떨결에 암 환자를 맡게 되어버렸다.

*　　　*　　　*

서울 한강대학병원 원장실.

비서실장은 민규식에게 보고를 하고 있었다.

"응급실 의료 행위에 대한 의사협회의 날 선 공격은 그제부터 완전히 멈췄습니다."

"그래?"

"충남에 내려간 의사협회 사람이 두삼을 잘 본 모양입니다."

"다행이네. 서훈, 그 친구 꽤 깐깐하다고 해서 걱정했는데 잘 지내나 보군?"

서훈 선생은 의사협회에서 두삼을 살펴보기 위해 파견한 이였다.

"듣기론 근무하면서 밥을 같이 먹고 있답니다."

"밥을? 허허허! 밥으로 그 친구를 자신의 편으로 만들었다는 건가?"

"그건 아직 모르겠습니다. 아직까지 의사협회에서 그를 소환하지 않은 걸 보면 좀 더 지켜보자는 의견이 있는 것 같습니다."

"할 일 없으면 환자라도 한 명 더 수술할 것이지 밥그릇 싸움에만 몰두하다니. 쯧쯧! 언제 마음이 바뀔지 모르는 작자들이니 아무튼 자네가 계속 지켜봐 주게."

"알겠습니다. 그리고 한 가지 더. 지방 응급센터에서 일하고자 하는 이가 있습니다."

"허~ 좋은 소식이군. 누군가?"

"발해병원에서 응급의학과 전문의를 하다가 유행 따라 성형외과를 개원했는데 실패했답니다. 어제 응급센터에서 면접을 봤습니다."

"영업 능력이 없는 친구였나 보군. 조건은?"

응급의학과 전문의는 어느 병원이든 부족하다. 그런 이가 전문의로 있던 발해병원이 아닌, 한강대학병원으로 왔다면 이유가 있을 터.

"병원을 정리하면서 빚이 조금 있답니다. 선불로 갚아주면 월급에서 천천히 갚고 싶다더군요. 물론 두 아이의 아빠라 돈 들어갈 곳이 많아서 많이는 떼지 못한답니다."

"연봉 1.5배를 준다고 해서 지방으로 간다는 얘기군. 아버지는… 참 힘들어."

"아버지니까요."

"후후! 그 한마디로 모든 게 이해가 된다니 신기하지 않나? 성실함은 묻지 않아도 되겠군. 언제부터 가능하다고 하던가?"

"당장요."

"채용하게."

"바로 내려 보낼까요?"

"지금처럼 두 개의 팀은 있어야 하지 않겠나. 일단은 서울 병원에서 근무시키게. 실력도 확인해야지."

"그러겠습니다."

똑똑!

노크 소리에 대화가 멈췄다.

비서가 문을 열고 들어와 말했다.

"원장님, 학장님 오셨습니다."

"들어오시라고 하게. 나머지 얘긴 나중에 하지."

비서실장과 비서가 나간 후 한강대학교 학장이 들어왔다. 내년 한의학과 개설 문제로 최근 그와 자주 만나고 있었다.

"어서 오세요, 박 학장님. 허허허!"

"너무 일찍 찾아온 건 아닌지 모르겠네요."

"별말씀을 다 하십니다. 앉으시죠. 차? 커피?"

"원장님이 타주시는 커피를 마시기 위해 빈속으로 왔습니다. 허허허!"

두 사람은 가볍게 얘기를 주고받으며 커피를 마셨다.

한의학과 설립 인가는 이미 받아둔 상태다. 그저 내년부터 학생들을 받기만 하면 되는 일이다. 한 사람이 결정한다면 몇 시간이면 가능할 일을 박기철 학장과 여러 번 만나는 이유는 간단하다.

한정된 자리에 누굴 교수로 앉히느냐.

새로운 과의 새로운 교수가 생기는 일인데 학장에게 뒷거래가 들어오지 않았을 리 없다.

얘기의 주도권자가 누구냐는 누가 누구의 사무실에 찾아왔느냐는 것으로 판가름은 나 있지만 학장의 위신은 어느 정도 세워줘야 했다.

면목상이라 해도 교수를 임명하는 건 그의 권한이었다. 지금까지 민규식이 올린 명단을 단 한 번도 거절하지 않은 것에 대한 답례 역시 필요했다.

'오늘은 얘기를 끝내야겠어.'

한 학기 남았지만 박기철이 권하는 이들을 한방센터에 소개하고, 교육을 위해 비는 시간을 조절하는 것까지 할 일이 산더미였다.

*　　　*　　　*

"하암~ 아! 미안해요."

두삼은 자신도 모르게 하품을 하다가 전 간호사와 얘기 중이었음을 깨닫고 사과했다.

"밤낮으로 쉴 틈이 없는 것 같던데. 요즘 너무 무리하는 거 아니세요?"

"낮 근무인데 밤마다 수술할 환자가 들어와서요. 여름이라 밤늦게까지 생활을 해서 그런가? 아무튼 일시적인 일이니 곧 괜찮을 거예요. 근데 무슨 얘기하셨죠?"

"피곤하신데 죄송해서……."

"괜찮아요. 치료 끝내고 잠깐 졸면 돼요."

당장 쓰러져서 침대에 눕고 싶다는 느낌은 아니었다. 그저 정신이 몽롱한 정도.

"다른 게 아니라 환자 한 명 봐주셨으면 해서요."

"난 또 뭐라고. 그렇게 해요."

"죄송해요."

"에이~ 우리 사이에 그런 말은 안 해도 돼요. 그럼 그 애부터 볼까요? 어디 있어요?"

"…휴게실에 있어요."

휴게실로 갔다. 예닐곱 정도 되어 보이는 남자애가 엄마와 함께 기다리고 있었다.

"선생님, 민수는……."

"일단 환자부터 보고 좀 뒤에 얘기하죠."

전 간호사가 약간 걱정하는 투로 말하려는 걸 두삼이 막았다.

무슨 말을 하려는지 알 것 같아서였다.

민수라는 불리는 아이는 두삼이 알고 있는 누군가가 판박이였다.

'그 인간이 사과 기사를 내고 내 주변을 서성거렸던 이유가 전 간호사님을 설득하기 위해서였나?'

김기순이 자신의 주변에서 감시하듯이 서성이는 건 진즉에 알았다.

누군가가 자신을 감시하는 기운을 느낄지 못할 정도로 둔감하지 않았다. 그저 별다른 행동을 하지 않았기에 모른 척하고 있었을 뿐이다.

솔직히 전경희가 왜 그의 부탁을 들어줬는지는 모르겠다. 한데 데려오기 전이라면 모를까 데리고 온 이상 환자 그 이상도 이하도 아니었다.

"안녕, 이름이 민수니?"

끄덕끄덕!

병을 앓고 있는 아이들이 짓는, 잔뜩 주눅 든, 표정으로 고개를 끄덕였다.

"아프다면서? 선생님이 아프지 않게 해줄 수 있는지 한번 살펴봐도 될까? 손을 내밀어보렴."

"……."

낯을 많이 가리는 편인지 손을 내밀기보단 엄마의 등 뒤로 몸을 숨겼다. 엄마가 손을 내밀라고 말하자 그제야 손을 내밀었다.

하얗게 빛나는 손으로 민수의 팔목을 잡고 뇌를 살폈다.

전기적 신호가 다른 환자들보다 좀 더 강력하다는 걸 제외하곤 전형적인 뇌전증이었다.

능숙하게 강력한 전기적 신호를 보내 이상 신경 세포를 죽이기 시작했다.

이상 신호를 발하는 세포의 10퍼센트를 제거한 후에야 손을 뗐다.

"그동안 많이 힘들었겠네. 선생님이 손을 봐뒀으니까 오늘부턴 경련과 발작이 심하진 않을 거야. 내일 보자. 전 간호사님, 병실로 안내해 주세요."

"…네, 선생님. 따라오세요."

전 간호사가 민수를 병실에 데려다주고 올 동안 오늘 치료할 병실 앞에서 기다렸다. 그리고 그녀가 오자마자 말했다.

"앞으로 두 달 동안은 개인적으로 데려오는 환자는 안 받을 거니 그리 아세요."

"…아셨어요?"

"얼굴이 지 아버지랑 판박인데 어떻게 모르겠어요?"

"죄송해요. 우연찮게 퇴근하다가 봤는데 오지랖이 발동해서요."

"돈을 받을 분은 아니고……. 사과 기사를 내라고 한 건가요?"

"아뇨. 그건 그가 알아서 했더라고요. 그저 선생님이 얼마나 고생하는지 알아보라고 일주일간 선생님 스케줄을 확인하라고 했어요."

"아! 그래서 제 주위에서 맴돌았군요?"

"알고 계셨어요?"

"거의 대놓고 다니는데 어떻게 모르겠어요. 다음에 혹시 이런 일 있으면 그딴 쓸데없는 일보단 차라리 돈을 왕창 요구하세요. 돈을 벌기 위해 한 짓인데 징벌적 치료비가 더 낫지 않겠어요?"

"…그럴게요."

"한데 스케줄은 정확히 적어왔던가요?"

"네. 병원에 몇 시에 들어갔다가 나왔는지 점심은 뭘 먹었는지까지 적어놨더라고요. 그리고 선생님 스케줄을 알아보곤 죄송하다면서 고개를 못 들던데요."

"…수련의들에 비하면 그렇게 빡센 것도 아닌데요."

이번 일주일은 정말 바빴는데 그걸 따라다니면서 시간 체크를 했을 걸 생각하니 피식 웃음이 나왔다.

물론 말 그대로 피식 웃음이 나왔을 뿐 김기순을 용서한 건 아니다.

실컷 갑질을 하다가 자신이 을의 입장이 되고 나서야 잘못했다고 말한다고 해서 개과천선했구나, 라고 생각하기엔 인간은 그리 쉽게 변하지 않는다.

"이제 그 사람 얘긴 그만하고 일이나 하죠."

더 이상 생각해 봐야 심력 낭비였다.

* * *

"오늘 밤은 제발 부르지 마라."

근무 교대를 하면서 두삼은 이상윤에게 부탁했다.

"그게 내 마음대로 되냐? 119에 연락해서 환자 보내지 말라고 네가 말하든가."

"…됐다. 수고해라. 수고하세요, 노 선생님."

"오냐. 아침은 준비 안 해도 되니 얼른 가서 쉬어라."

노상철과 이상윤에게 인계를 마친 후 두삼과 서훈은 응급실에서 나왔다.

"서 선생님, 저녁은 뭐 먹을까요?"

"김치찌개가 당기는데 더우려나?"

"아뇨. 딱 좋습니다."

숙소 근처에 김치찌개와 생선구이를 제법 잘하는 집으로 갔다. 자리에 앉자마자 서훈이 주문했다.

"김치찌개 2인분이랑 삼치구이, 소주 한 병 주세요."

"…소주 드시게요?"

"오늘 편히 쉬고 싶다며? 그럴 땐 눈 감고 소주를 마시면 돼. 취한 상태에선 환자를 볼 수 없잖아."

"해보신 적 있으세요?"

"레지던트 때 긴급 상황에 대기를 해야 한다고 생각해서 휴일에도 항상 출발할 준비를 했었어. 근데 어느 순간부터 일만 생기면 날 부르더군. 정말 죽을 맛이었어. 서서 잠을 잘 수 있다는 걸 그때 알게 됐다니까. 아무튼 그 뒤로 비번일 때 작정을 하고 술을 마셨어."

"긴급한 상황이 생기진 않았어요?"

"생겼지. 한데 술기운이 빠지지 않은 사람이 환자를 볼 순 없잖아. 재미있는 건 뭔지 알아?"

까득! 그는 소주병을 까며 말을 이었다.

"내가 없어도 병원은 잘 굴러간다는 거야. 뭐, 누군가는 나 대신 고생을 하긴 했겠지. 술을 마시면 뒷날 컨디션이 좋을 리 없는데 의사들이 폭주를 하는 이유? 스트레스 때문이기도 하지만 쉬는 시간에 쉬고 싶어서이기도 해. 그러니 부담 갖지 말고 마셔."

"그런 이유가 있는 줄은 몰랐네요."

"하하! 나만 그런지도 몰라. 아무튼 쭉 들어."

두삼은 그가 따라준 소주잔을 물끄러미 봤다. 그리고 마시려고 술잔을 잡았다. 한데 김치찌개가 나왔기에 일단 속부터 채운 후에 마시기로 했다.

김치를 쭉쭉 찢어 막 지은 밥에 올려 먹는 맛은 기가 막혔다.

두삼은 두 공기를 눈 깜짝할 사이에 먹어치우고 소주를 먹기 위해 잔을 들었지만 무슨 생각인지 다시 테이블에 놓았다.

그 모습을 보던 서훈이 물었다.

"왜? 안 마셔?"

"생각해 보니 서서 잠을 잘 정도로 피곤한 것 같지 않아서요. 그러시는 선생님은 왜 안 드세요?"

"나까지 마시면 대기조를 만들어놓은 의미가 없잖아. 그리고 배가 부르니 소주 생각도 안 나네."

서훈은 보면 볼수록 괜찮은 사람이었다. 까기만 하고 마시지 못한 소주를 두고 일어났다.

"오늘은 제가 대접하겠습니다."

"다음에 비싼 거 사. 이걸로 계산해 주세요."

"…그럼 낮 근무 때 제가 제대로 대접하겠습니다."

동시에 내밀어진 카드 중 아주머니는 서훈의 카드를 잡아서 카드기에 꽂았다.

"잘 먹었습니다. 편히 쉬세……."

숙소에서 도착해 막 헤어지려 할 때 서훈과 두삼의 스마트폰이 동시에 울렸다.

병원이었다.

서훈이 입맛을 다시며 말했다.

"쩝! 소주를 마실 걸 그랬나?"

"그러게 말입니다."

말은 그렇게 하면서도 두 사람의 발걸음은 이미 병원으로 향하고 있었다.

안으로 들어가자 노상철이 말했다.

"미안하다. 논산 사거리에서 사고가 있어서 다친 사람들 아홉이나 발생했단다. 다른 선생님들도 오니까 후다닥 끝나고 쉬어라."

"괜찮습니다. 근데 9명이면 꽤 큰 사고네요? 버스 사곱니까?"

"아니. 어떤 미친 새끼가 건널목 신호 못 보고 건너는 사람들 치어버렸단다."

"헐!"

상상만으로도 소름이 돋았다. 실려 오는 이들이 얼마나 다쳤을지 벌써부터 걱정이다.

"어떻답니까?"

"모르지. 아무튼 상태가 심한 환자들이 몇 명 있나 봐. 구급대원 목소리가 많이 다급하더라."

"그럼 제가 환자 검사를 맡겠습니다."

"그러라고 불렀다. 거의 동시에 도착할 거니까 할 일이 많을 거야. 위험하다 싶으면 조치 먼저 취해. 네 실력 모르는 사람 없으니까 망설이지 말고."

"예, 선생님."

"곧 도착할 거니까 옷 갈아입고 나와."

서둘러 옷을 갈아입고 밖으로 나갔다. 이동용 침대가 벌써 준비 중이었다.

애애애애앵!!

사이렌 소리와 함께 구급차, 택시, 승용차가 동시에 들어와 응급실 앞에 섰다.

"먼저 승용차에 실린 환자부터 보겠습니다. 최대한 빨리 볼 테니까 대기하십시오!"

환자에 따라선 정확한 상태를 파악하기 전에 함부로 움직이지 않는 게 좋았다. 특히 차에 충돌한 사람이라면 더욱더.

"의식 없이 쓰러져 있어서 데리고 왔습니다!"
차 문을 열자 보조석에 앉아 있던 남자가 외쳤다.
"수고하셨습니다! 환자는 저희가 맡을 테니 가만히 계시면 됩니다."
교복 입은 학생으로, 아스팔트에 긁힌 곳이 보이긴 했지만 비교적 멀쩡해 보였다.
하얗게 빛나는 양손을 뻗어 그녀의 머리와 가슴에 손을 올렸다. 여유가 있다면 진맥을 하거나, 한손으로 기운을 내보냈을 것이다. 그러나 한시가 급했기에 양손으로 아래위를 동시에 살폈다.
허 회장을 치료하면서 수십 명의 몸속을 동시에 봤던 경험이 있어서 어렵지 않았다.
'두개골에 금이 갔고, 대퇴골 골절과 무릎 손상. 그리고… 척수 손상!'
여학생이 겪었을 일이 머릿속에 그려졌다.
건널목을 건너고 있는데 갑작스럽게 다가온 차가 그녀의 허벅지를 쳤고 그대로 몸이 날아올랐을 것이다. 한데 운이 나쁘게 허리가 심하게 꺾인 채로 바닥에 떨어진 것이다.
상상을 머릿속에서 지운 두삼은 대기 중인 이상윤과 간호사에게 말했다.
"두개골, 오른쪽 대퇴골 골절, 13, 14번 척추 뼈가 심하게 꺾였어요. 2차 충격이 일어나면 안 되니 최대한 조심히… 아니, 내가 할게."
좁은 승용차에서 여러 명이 빼내다 보면 아무래도 2차 충격이 갈 것 같았다. 차라리 힘이 좋은 자신이 조심히 빼는 게 좋았다.

기운으로 허리의 손상 부위에 기운의 막을 씌웠다. 기운의 막이 감당할 수 있는 물리적 힘은 세지 않았기에 조심히 들어올렸다.

오직 팔 힘만으로 사람을 올리는 모습에 다들 이상하게 봤지만 지금 그게 중요한 게 아니었다.

"허리 부근 검사하고 바로 수술해야 해."

"…아, 알겠습니다."

대답을 들을 새도 없이 바로 택시에 탄 중년의 환자에게로 갔다. 워낙 피투성이라 이미 침대로 옮겨진 상태. 얼른 머리와 허리에 손을 올리고 살폈다.

외부와 마찬가지로 내부도 엉망이었다. 허리를 다친 여학생보다 더 위급했다.

'이런, 개새끼! 친 사람을 다시 차로 밀어버렸어. 그러지 않고서야…….'

운전자에 대한 분노가 치솟았다. 그와 동시에 내부의 출혈을 정신없이 막았다.

"상윤아, 바로 수술실로 들어가! 폐, 간, 대장, 소장, 멀쩡한 곳이 없어!"

"알았다. 근데 네 도움이 필요해."

"구급차 환자 보고 바로 따라 들어갈게!"

구급차의 환자 쪽을 봤다. 어레스트가 왔는지 노상철이 침대 위에서 심폐소생술을 하는 채로 응급실로 들어가고 있었다.

얼른 달려가서 환자의 팔을 잡았다.

"좌측 두부 손상으로 인한 뇌출혈! 3번 늑경골이 폐를 찔렀어요. 조심하세요!"

"첫! 그럴 것 같더라니……. 에피네프린 1㎎!"

노상철은 살짝 손을 옆으로 옮길 뿐 심폐소생술을 멈추지 않았다.

주사를 맞고 잠시 후 환자의 심장은 다시 뛰었다.

그동안 두삼은 중년 여성과 함께 수술실로 들어가려는 이상윤을 불러 세웠다.

"상윤아, 혹시 신경외과 선생님이랑 연락됐냐?"

"연락됐는데 친구들과 술을 드시는 중이래. 레지던트 2년 차가 대기 중이야."

"그럼 이 환자 수술은 서 선생님께 맡기고 네가 신경외과 레지던트랑 뇌수술 쪽으로 들어가라. 혈관 처리한 후엔 레지던트에게 인계하고 바로 폐 수술 하고."

"알았다."

불행 중 다행인 건 평일이라 교수들이 속속 도착하단 사실이었다.

"용섭아, 왔냐?"

"예, 선생님. 뭐부터 할까요?"

"정형외과에 연락해서 척추 수술 필요한 환자 있다고 전해라. 곧 검사 결과 나올 거야."

"알겠습니다."

"참! 환자 가족들에게 연락하고. 아! 또 도착했다. 나 먼저 간다."

이런 일도 세 번째다 보니 이젠 제법 익숙해진 모양이다.

다음에 실려 온 네 명도 엉망이긴 마찬가지.

그중 가장 생명이 위태로운 이는 60대 초반쯤 되어 보이는 아주머니였는데 허리 부근이 거의 절단되다시피 되어 있는 상태였다.

피라면 이골이 났다고 생각했는데 착각이었나 보다. 숨을 할딱이며 입을 오물거리는 아주머니를 보고 있자 절로 인상이 찌푸려졌다.

"어쩌다가……?"

두삼은 아주머니가 고통을 느끼지 못하도록 전신을 마취시키면서 중얼거렸다. 구급대원이 들었을까 착잡한 목소리로 말했다.

"횡단보도 사람을 친 차량이 보도로 달려들었습니다. 두 사람을 다시 치고 가로수를 들이박았는데……. 손주를 밀치느라 미처 피하지 못하고……."

"…방금 전 본 아이가 손주인가 보네요?"

"맞습니다."

그녀가 지키고자 했던 손자 역시 완전히 피하지 못해 바퀴에 하체가 끼였다. 그에 왼 다리가 부러지고 왼쪽 신장이 손상됐다.

그것도 행운이라면 행운일 수 있는데 너무 가혹하다.

문득 빠르게 생명력이 사라지고 있는 그녀의 입이 왜 자꾸 오물거리는지 알 것 같았다.

"할머니 걱정 마세요. 손자는 무사해요. 조금 다치긴 했는데 금세 멀쩡할 거예요."

"……"

"제가 퇴원할 때까지 지켜볼 테니까. …이제 그만 주무세요."

오물거리던 입술이 멈추며 좌우로 살짝 벌어졌다.

'안도의 미소인가?'

그녀는 그렇게 숨을 거뒀다.

"사망 선고는 노 선생님이 해주세요."

씁쓸함을 뒤로하고 다음 환자에게 갔다.

긴급을 요하는 사람들은 7명이 끝이었다. 뒤이어 온 두 명은 당장 수술을 해야 할 만큼 급하진 않았다. 그 외에 사고는 피했지만 너무 놀라 온 이들도 제법 있었는데, 그들에겐 안정제와 링거를 처방했다.

다리를 삔 할머니를 손본 후에 두삼은 구급대원에게 물었다.

"다 끝난 겁니까?"

"아뇨. 한 명 더 있답니다. 1분 후면 도착하겠네요."

조금 전부터 수술실로 들어오라는 전갈을 받았기에 이제 슬슬 수술실에 가봐야 할 시간이었다.

'혹시 모르니 마저 보고 들어가자.'

구급차 소리가 점점 커지는 것이 곧 도착할 것 같았기에 마무리를 짓고 들어가기로 했다.

교통사고 후 멀쩡해 보이는 이들이 오히려 내부 출혈로 인해 목숨을 잃는 경우가 있었는데 그 때문에 놀라서 온 이들까지 내부를 샅샅이 살폈던 것이다.

"왔군요!"

구급차가 멈추자마자 뒷문을 열었다. 그리고 응급용 베드를 내리는 순간 환자의 가슴에 손을 올렸는데 환자에게서 코끝을 찌르는 냄새가 났다.

'술 냄새?!'

두삼은 찌푸려지는 인상을 펴며 베드의 끝을 잡고 있는 구급대원에게 물었다.

"이 환자 혹시… 가해 운전자입니까?"

"…네."

쓰디쓴 한약을 먹은 듯한 표정으로 구급대원은 말했다. 음주운전으로 살인을 한 이를 싣고 온 것에 자괴감을 느끼는 듯한 말투다.

두삼은 환자, 아니, 잠들어 있는 가해자를 보고 왼손 주먹을 불끈 쥐었다.

'이딴 해충보다 못한 놈을 치료하라고?'

히포크라테스 선서에도 당나라 시대 명의 손사막의 대의정성에도 벌레를 치료하라는 말은 없었다.

손을 댄 채 살기를 끌어 올려서일까, 가해자가 술에서 깨어났다.

"…어? 여긴 어디야? 아버지가 차에 얌전히 있으라고 했는데 어떤 새끼가 맘대로 날 차에서 내리게 한 거야, 응! 너야? 너야?"

초점 없는 눈, 제대로 가누지도 못하는 몸, 입을 열 때마다 풍겨오는 술 냄새.

있는 힘껏 쳐서 대가리를 날려 버리고 싶다.

"이 새끼, 넌 뭐야? 왜 나한테 손을 대고 지랄이야?"

"……."

"어쭈? 너 그 눈동자 뭐야? 꼽냐?"

두삼이 가만히 있자 뒤에 서 있던 간호사가 말렸다.

"환자분, 그게 아니라……."

"씨발 놈아! 넌 빠져! 간호사 주제에 어딜 함부로 나서고 지랄이야! 내가 누군지 알아? 응! 내가 바로 황치산이야, 황치산! 당장 원래 내가 있던 곳으로 데려다줘, 이 개새끼들아!"

어떻게 애새끼를 키우면 저렇게 되는지 의문이다.

참지 못하고 구급대원에게 그냥 원래 있는 곳으로 데려다 주라고 말하려 할 때였다.

고급 외제차가 다가오더니 뒤에 섰다. 그리고 경호원으로 보이는 두 명과 고급스러운 양복을 차려입은 중년이 내렸다.

"고 변호사 왜 이렇게 늦었어? 말대로 차에 있으려고 했는데 이 씨발 새끼들이 날 여기로 데리고 왔어. 다들 고소해 버려!"

"…모시고 가."

경호원들이 황치산을 챙겨 차로 데려가기 위해 움직이는 사이 고 변호사가 두삼에게 다가왔다.

"황치산 씨의 변호삽니다. 혹시 환자에게 치료 행위를 한 게 있습니까?"

말은 정중했지만 태도는 위압적이었다.

오는 말이 고와야 가는 말도 고운 법. 두삼은 귀찮다는 듯 말했다.

"보시는 대로 아직 침대로 옮기지도 못했습니다."

“…그럼 환자는 원래 다니던 병원으로 데리고 가겠습니다.”

“구급대원들에게 물어보세요. 우린 아직 인계도 받지 못했으니까요.”

변호사는 구급대원에게 똑같은 말을 하곤 인계받았다는 서류에 사인을 한 후 돌아섰다.

두삼은 그 꼴을 보니 배알이 뒤틀렸다. 저들이 하는 짓이 너무 빤했다. 그래서 이죽거리며 물었다.

“음주 운전 한 걸 감추려고 하나 보군요? 왜? 정신병이 있다는 걸로 하려고요?”

“의사라 잘 아는군요. 도련님에게 정신병이 있다는 것도 바로 알아차리고.”

“술 냄새가 난 건 어떻게 설명하려고요? 너무 진해서 여기 있는 사람 다 알고 있는데.”

“착각이겠죠. 도련님이 속이 좋지 않아 약을 먹으면 술 냄새와 비슷한 냄새가 날 때도 있죠.”

“……”

역시 해충 주위에 해충이 모여 산다더니 변호사도 똑같은 놈이다. 입을 섞었다가 본전도 못 찾았다.

더 말해봐야 화만 더 날 것 같아 입을 닫았다.

“거기 있는 사람들, 혹시나 허위사실을 유포하면 법정에서 보게 될 겁니다.”

변호사는 승자가 된 듯 피식 웃으며 한마디 더하곤 차에 올라 떠났다.

“사람을 다치게 하고, 죽여놓고 무죄를 받겠죠?”

좀 전에 나섰던 남자 간호사가 답답한 듯 중얼거렸다. 두삼은 떠나는 차를 보며 역시 중얼댔다.

“최고의 판결이 집행유예겠죠.”

“진짜 좆같은 세상이네요.”

“아니라고는 말 못 하겠네요. 다만 하늘이 대신 벌을 내리길 바랄 수밖에요.

“…선생님은 천벌이라는 걸 믿으세요?”

“아뇨. 말이 그렇다는 거죠. 천벌이 있었다면 저렇게 대놓고 뻔뻔하진 않았겠죠. 소용없는 얘긴 그만하죠. 눈앞의 환자부터 집중합시다.”

자신을 기다리고 있을 수술실로 향했다.

* * *

두삼이 차를 봤듯이 중년의 변호사도 백미러로 두삼이 응급실로 들어가는 걸 보고 있었다.

‘저자가 허 회장을 고친 의사인가? 쓸데없는 소린 안 했으면 좋겠는데…….’

두삼이 무서운 건 아니었다. 생명의 은인이라고 허 회장이 나서면 그땐 그도, 그의 고용인도 어떻게 할 수가 없었다.

허 회장은 깨어나자마자 다시 충청도의 맹주로 빠르게 복귀하고 있었다.

황치산의 말에 상념에서 깨어났다.

“아~ 씨발! 왜 차가 오는 것도 확인 안 하고 길을 건너고 지랄이야. 젠장, 술이 다 깨네. 근데… 언제나처럼 아무 문제없겠지?”

“집행유예까진 생각해야 할 겁니다.”

“집행유예? 씨발, 그럼 미국에 갈 때 불편하잖아?”

“기소유예나 벌금 기록도 입국심사 때 합니다. 하지만 지금까지 한 번도 불편한 적이 없었으니 걱정 마세요.”

“…그래? 그래도 집행유예보단 무죄가 낫잖아? 그렇겐 안 돼?”

고 변호사는 손을 들어 눈썹을 만졌다. 그가 짜증이 날 때마다 하는 행동이었다.

‘병신 새끼! 한 명이 죽고 더 죽을지 모르는 상황이란 말이야. 수많은 목격자 입을 막는 것도 일인데 징징거리지 좀 마!’

생각과 달리 대답은 사무적으로 나왔다.

“힘들 겁니다. 이번 일로 작은 아버님 내년 시장 선거도 물 건너 갈 겁니다.”

“씨발! 내가 왜 작은 아버지 일까지 신경을 써?”

“그만큼 심각하다는 겁니다. 그리고 이미 한 명이 죽었습니다.”

“…혹시 마지막에 박은 늙은이?”

“네. 혹시라도 경찰에겐 사건 당시 기억은 없다고 해야 합니다.”

“알아! 한두 번 있는 일도 아니잖아. 빌어먹을! 늙어 죽은 걸 텐데 내가 옴팡 뒤집어쓰게 생겼네. 아! 근데 왜 이렇게 머리가 아프냐?”

“사고 때 혹시 머리를 부딪쳤습니까?”

"몰라. 잠깐 눈 감고 눈을 떴더니 이미 사건이 벌어진 후였거든."

"그럼 가자마자 검사부터 하시죠."

"그래야지. 근데… 아빠는?"

"골프채 들고 온다는 걸 겨우 말렸습니다. 진정되면 병원으로 올 겁니다."

"쳇! 그놈의 골프채 또 바꿀 때가 됐나 보네. 아아! 점점 아파오는데…. 야! 채병원으로 차 좀 빨리 몰아! 씨발! 왜 이렇게 아픈 거야."

고 변호사는 순간 왠지 모를 불안감이 스쳤지만 엄살떠는 모습을 많이 봐왔기에 대수롭지 않게 생각했다.

한데 황 회장의 입김이 닿는 병원에 거의 도착했을 땐 죽는다고 비명을 지르기 시작했다.

"아악! 머, 머리가 깨질 것… 악! 빠, 빨리 진통제라도 놔줘. 이 새끼들아!"

지랄 발광을 하는 그를 달래 겨우 검사를 했고 곧 결과가 나왔다. 채병원의 채 원장은 검사 결과를 보며 심각하게 말했다.

"뇌출혈입니다. 얼른 충남 한강대학병원으로 옮겨야 합니다. 늦으면 몸에 이상이 생길지도 모릅니다. 최악의 경우는……."

말을 아꼈지만 무엇을 뜻하는지 모를 사람은 아무도 없었다.

"악! 빠, 빨리! 주, 죽기 싫어! 크악!"

황치산은 자신의 머리를 벅벅 긁어도 고통이 가시지 않아 집어 뜯기 시작했다.

*　　　　*　　　　*

수술실을 돌며 수술을 돕던 두삼은 망가진 신장 적출을 하고 있는 아이의 수술을 지켜보다가 흘낏 시계를 봤다.

'골든 타임이 지났네.'

황치산이 구급차에서 내릴 때 그의 내부를 모두 살폈다. 그때 뇌출혈이 진행되고 있다는 걸 알았다.

하지만 음주운전을 했다는 걸 안 순간 뇌의 압력이 심해질수록 고통이 극대화되도록 만들었다. 그리고 고통을 실컷 맛보다가 수술을 받은 후 하반신 마비 정도로 마무리 지으면 되겠다 싶었다.

해충보다 못한 놈에 대한 개인적인 벌이었다.

물론 타인의 일에 자신의 손을 더럽히는 것이 조금 찔리긴 했다. 한데 뜬금없이 변호사가 나타나서 데리고 가버린 것이다.

만일 다른 환자였다면 설명을 하고 말렸겠지만 자신의 손을 굳이 더럽힐 필요조차 없게 되었으니 얼씨구나 하고 보냈다.

논산에서 뇌수술이 가능한 곳은 충남 한강대학병원밖에 없으니 지금쯤 부리나케 오고 있겠지만 골든 타임은 이미 지났다.

지금 도착해서 당장 수술을 해도 정상적인 생활은 불가능할 것이다.

10분쯤 더 지나자 누군가가 후다닥 뛰어오는 소리가 들렸다.

'도착했나 보군.'

"선생님! 아까 다른 병원으로 갔던 환자가 다시 왔습니다. 나가보셔야 할 것 같습니다."

"그러죠."

두삼은 서두르지 않고 천천히 걸어서 응급실로 갔다.

채병원 구급차로 실려 온 황치산은 아까 떠날 때와 달리 머리 한쪽이 뜯긴 채 피투성이였다. 그리고 정신을 잃었는지 눈을 꼭 감고 있었다.

"웬일로 다시 왔습니까?"

"뇌출혈입니다. 채병원에서 CT로 확인한 결과입니다. 한시라도 빨리 수술을 해야 합니다."

두삼은 차트를 꼼꼼히 살피며 말했다.

"뇌출혈 맞네요. 김 간호사 피검사하고, 위세척해요."

"…이봐요. 당장 수술 들어가야 하는 거 아니요?"

아까와 달리 심각한 표정의 변호사가 말했다.

"그래야 하는데 현재 뇌수술이 가능한 의사가 수술 중입니다. 끝나면 바로 수술에 들어갈 수 있도록 준비를 하는 겁니다."

"…응급실이 있는 의미가 없군요."

"그 점은 죄송합니다. 다만 감당할 수 없는 응급 상황을 만든 사람 때문에 말이죠."

고 변호사도 할 말이 없는지 입을 닫았다.

"더 이상 할 말 없으시면 한 가지 묻죠. 환자가 복용한 약이 뭐고 언제 복용한 겁니까?"

"…그건 또 왜요?"

"부작용 때문입니다. 술 냄새가 나는 약이 뭔지는 알아야 혹시 모를 사태가 없지 않겠습니다. 술 역시 마셨다면 마찬가지고요."

"…부작용이 없는 약일 겁니다."

"하긴 변호사님이 알진 못하겠네요. 집에 연락해 알아봐 주세요. 그리고 수술 동의서도 받아야 하니 얼른 오시라고 해주시고요."

조금 전 아무 말도 하지 못한 복수는 적당히 돌려준 것 같으니 그만 긁기로 했다.

적이라면 확실하게 정리하는 것이 좋지만 그렇지 않다면 가급적 적을 만들지 않는 게 좋았다.

"천 간호사, 이상윤 선생 수술실에 가서 뇌출혈 환자 한 명 더 있으니 최대한 서두르라고 말해주세요."

"예, 알겠습니다. 선생님. 근데 저긴 어떻게 하죠?"

그녀가 턱짓으로 가리킨 응급실 입구 쪽을 보니 기자들이 경호원들과 실랑이를 벌이고 있었고, 형사와 경찰도 막 들어오고 있었다.

"내가 알아서 할게요."

노상철, 서훈, 이상윤 모두 수술 중이라 현재 응급실 책임자는 자신이었다.

일단 경찰부터.

"피해자와 가해자를 파악하러 오셨다면 조금 늦으셨네요? 119에선 아까부터 와 있었는데."

"사고 현장 정리와 채병원으로 갔다가 오느라……."

부끄러운 줄은 아는 모양이다.

사실 경찰이 제대로 대응을 했으면 황치산은 경찰과 함께 병원에 왔어야 했다.

하지만 한심한들 어쩌랴. 황치산과 고 변호사가 하는 행동을 보면 그들도 누군가에게 명령을 받고 늑장대응을 했을 것이다.

"수술 중인 환자를 제외하고 일부는 저쪽에, 일부는 병실에 있습니다. 그리고 차량 운전자는 뇌출혈로 인해 현재 의식이 없습니다."

"직접 봐도 되겠습니까?"

"물론이죠. 피검사랑 위세척을 하고 있으니 직접 보고 판단하세요."

어떤 판단을 할지 두고 볼 일이다.

경찰을 보내고 바로 기자들에게 갔다.

기자들은 들어오려 하고 경호원들은 막으려다 보니 꽤나 수선스럽다.

짝짝짝!

두삼은 손바닥을 몇 번 쳐서 이목을 집중시켰다.

"수고들 하십니다. 현재 안정을 요하는 환자들이 많습니다. 그러니 조용해 주시고 요구 사항을 저에게 말해주십시오."

"사망자가 한 명이라고 들었는데 새로운 사망자가 나왔습니까?"

"가해 차량 운전자가 음주 상태였습니까?"

"할머니가 손자를 구하고 죽었다는데 손자의 상태는 어떻습니까?"

"…말씀 좀 해주세요!"

"…어떻게 된 겁니까?"

안 그래도 익숙하지 않은 일을 하려다 보니 긴장되는데 동시

다발적으로 여러 명이 말하니 정신이 없다.

"그렇게 한꺼번에 질문하시면 대답을 어떻게 하겠습니까? 취재할 시간 충분히 드리고, 원장님이 도착하는 대로 상세히 설명할 테니 지금은 기사화할 질문 한 가지씩만 해주시고 조용히 해주십시오."

큰 사고인지라 길지 않은 시간임에도 기자들만 10명이 넘어 보였다.

똑같은 질문은 하지 않을 터, 짧은 인터넷 기사를 쓰는 데는 문제가 없을 것이다.

기자들은 눈치껏 차례를 정했는지 맨 앞에 있는 기자부터 질문을 했다.

"가해자가 음주 운전을 했나요?"

"글쎄요. 아직은 모르겠습니다. 피검사가 나오면 혈중알코올농도 역시 나오지 않을까 생각하는데, 현재 차량운전자가 뇌출혈 상태로 수술을 기다리고 있어 이에 대한 것은 차후에 말씀드려야겠네요. 다음 분."

"새로운 사망자가 있습니까?"

"65세의 이금순 님을 제외하고 아직 없습니다. 중상자 6명의 수술은 순조롭게 진행되고 있으니 좋은 결과가 나오길 함께 빌어주십시오."

"중경상자들은 모두 몇 명입니까?"

같은 기자가 물었지만 맥락이 비슷했기에 그냥 말해주기로 했다.

"사망자 1명, 중상자 6명, 경상자 2명, 사건 현장에서 놀라거나 충격에 병원을 찾은 이들이 7명입니다. 다음."

"이금순 씨의 손자는 어떻습니까?"

"한쪽 신장은 적출을 해야 했습니다. 자세한 건 원장님께서 말해주실 겁니다."

빠르고 짧게 대답을 완료했다. 그리고 목격자와 경상자 중 인터뷰를 허락하는 이들만 병실을 따로 마련해 인터뷰를 할 수 있게 해주라고 간호사에게 지시한 후 황치산에게 갔다.

언제 나온 건지 이상윤이 황치산의 앞에 서서 검사 결과를 보고 있었다.

그는 갑자기 이마를 찌푸리며 거침없이 말했다.

"미친! 혈중알코올농도가 0.118이네. 18! 그리고 뭐야? 항우울제 벤라팍신을 먹었다고? 이건 딱 봐도 법망을 피하기 위한 거네. 훗!"

워낙 당당하게 말해서인지, 아니면 수술을 할 담당 의사라서 그런지 고 변호사는 아무 말도 하지 않았다. 그러나 이상윤은 더러운 기분이 풀리지 않는지 이번에 두삼을 보며 말했다.

"남들 죽이고 다치게 해놓고 이 새… 얜 살리겠다고 수술하는 환자를 닦달해서 나오게 한 거야? 진짜 짜증 나네."

"그 얘긴 나중에 해. 안 할 생각 아니면 빨리 들어가서 고인 피부터 제거해. 이러다 죽어."

이상윤은 뭐라 말하려다가 두삼의 눈빛을 잠시 쳐다보다가 화를 가라앉혔다.

"…알았다. 대신 너도 들어와. 수술실로 옮겨요."

간호사와 인턴이 황치산을 데리고 수술실로 향했고 두삼과 이상윤은 그 뒤를 따랐다. 그리고 수술실 안으로 들어서자 낮게 중얼거렸다.

"무서운 놈."

"뭔 소리야?"

"수술하기 싫다는 나보다 하라고 등 떠미는 네가 더 무서운 놈이라고."

"…말이 어떻게 그렇게 되냐?"

"지금 저 새낀 골든 타임 지났어. 수술하면 목숨은 살리겠지. 하지만 정말 운이 하늘에 닿아도 반신 불구야. 그걸 네가 모른다고?"

"난 또 뭐라고. 내가 신경외과 교수도 아닌데 어떻게 아냐? 나 한의사거든!"

"시치미 떼는 거 보소? 쉽게 죽는 것보다 평생 반신 불구나 전신 불구로 살면서 벌 받길 바라는 거 아냐?"

"…생사람 잡지 마."

"만일 저 환자가 피해자라도 나 나올 때까지 보고만 있었을까? 장담컨대 네 손으로라도 구멍을 뚫었을걸."

"요즘 기사 때문에 몸 사려야 하거든!"

"백번 양보해서 그렇다고 해. 그럼 병원에 도착하자마자 터진 혈관은 왜 안 막은 건데?"

"그건… 아까 만지니까 지랄해서 안 만진 거야."

"말이 궁색하다는 건 알지? 겉으로는 착한 의사인 척하면서 속으로 음흉한단 말이야."

"…다 왔으니까 얼른 수술이나 해!"

활처럼 휘어진 눈을 보니 한동안 이 일로 어지간히 놀릴 것 같았다. 그러나 결코 인정할 생각은 없다.

무슨 좋은 일이라고 떠벌리겠는가.

50. 서울에서

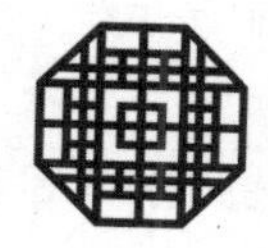

피해자 가족들이 속속 도착하면서 더욱 시끄러워진 응급실. 하지만 그런 소란은 시작에 불과했다.

뉴스가 없는 건지, 덮은 뉴스가 있는 건지 전국의 주요 방송 매체 기자들까지 모두 몰려들었다.

시끄러운 와중에도 두삼은 조용히 수술이 끝난 환자들을 살펴보는 것으로 자신의 근무 시간까지 뜬눈으로 마쳤다.

"…멍하네."

침대에 앉아 정신이 들길 기다려 봤지만 다시 눈이 감긴다. 운동을 쉬고 더 잘까 하다가 어제도 운동을 하지 않았음을 생각해 내곤 일어났다.

앉으면 눕고 싶고 누우면 자고 싶어지는 게 사람이다. 이 핑계 저 핑계를 대다 보면 결국 운동을 그만두게 될 것이다.

비만클리닉을 하면서 운동을 하라고 노래를 불렀던 자신이 살이 찌면 무슨 소리를 들을까.

역시 1시간 정도 빡세게 운동을 하고 나자 그냥 있을 때보다 개운한 느낌이 들었다.

아침을 만들고 있는데 노상철이 하품을 하며 나왔다.

"아함~ 내 것도 있냐?"

"네. 근데 서울 안 가셨어요?"

"분위기도 뒤숭숭한데 어딜 가냐? 이번 비번 턴은 그냥 논산에서 머무르기로 결정했다."

"…저도요? 저 이번에 올라가서 할 일도 있는데……."

"넌… 쩝! 갔다 와라. 이래저래 비번 때도 일한다고 제대로 못 쉬는데. 단! 올라가기 전에 이번과 같은 사고 나면 못 올라간다."

"이런 일이 연속으로 터지겠어요? 아침 드시고 얼른 더 주무세요."

"그래야지. …근데 이 정체불명의 음식은 뭐냐?"

"고기가 세일을 해서 이탈리아식으로 만들어봤어요."

"개밥 같은데? 잘 봐도 스프 같고. 배가 차겠냐?"

"드셔보세요. 고기가 절반 이상이니까요."

떨떠름한 표정으로 고기와 야채가 섞인 붉은 죽을 한입 떠먹은 그의 눈이 커졌다.

"와! 이게 도대체 무슨 맛이냐?"

"다양한 야채와 소고기가 버무려진 맛이죠. 많이 드세요."

"이야! 너 나중에 병원 그만두면 병원 앞에서 식당을 차려라. 내가 매일 먹으러 가마."

"생각해 볼게요. 그럼 많이 드세요. 전 이만 출근하겠습니다."

"더 먹지?"

"아침은 이 정도면 돼요."

"고생해라."

설거지는 이상윤이 할 거라 그릇에 물만 받아놓고 병원으로 향했다. 그리고 병원 입구에서 자판기 커피를 뽑아 응급실로 들어갔다.

"…오셨습니까, 선생님."

연용섭이 꽤나 피곤한 모습으로 인사를 했다.

"많이 피곤한 표정이네. 상윤이는?"

"조금 전에 정형외과 수술 들어갔습니다."

다른 부위가 급해서 응급 조치만 해둔 접합 수술을 하지 못한 환자들의 2차 수술을 하고 있는 모양이다.

"수술 실력이 좋아도 문제네. 일일이 말할 것 없고 주의해야 할 환자만 설명해 주고 그만 가라."

"계곡에서 물놀이하다가 다리가 깊게 베인 환자 말곤 없습니다. 봉합은 해두고 정형외과 레지던트에게 인계만 하시면 됩니다."

"오케이! 졸리다고 그냥 들어가서 자지 말고 아침은 꼭 챙겨먹어라."

"그래야 하는데 먹힐까 걱정이네요. 수고하십시오!"

근무 교대를 한 연용섭이 떠나고 10분 정도 응급실 환자를 둘러보고 있는데 진도훈이 제대로 씻지도 않은 모습으로 헐레벌떡 달려 왔다.

—

연용섭이 아침을 먹지 않고 바로 숙소에 갔다가 자고 있는 진도훈을 깨운 것이 분명했다.

"죄송합니다, 선생님. 알람을 분명 맞춰뒀는데 꺼져 있었습니다. 죄송합니다."

"진짜 죄송하냐?"

"…네? 예! 선생님."

평소 잘해주던 두삼이 화가 난 듯이 묻자 진도훈은 바짝 긴장해서 대답했다. 분명 화를 낼 거라는 예상과 달리 두삼은 카드를 내밀었다.

"그럼, 이거 가지고 가서 맛있는 아침 연용섭이랑 먹고 제대로 씻고 와."

"…네?"

"그 상태로 일을 시작할 만큼 바쁜 일은 없으니까 오늘 근무할 수 있게 제대로 준비하고 오란 말이야. 먹고 싶은 것 마음껏 먹어라. 이제 알아들었으면 가."

"…선생님……."

"얼른! 바쁜 일 생기면 그땐 나도 부를 수밖에 없어."

내쫓듯이 보낸 후에야 두삼은 데스크 앞 모니터에 가서 교통사고가 난 환자들의 진행 상황을 살폈다.

그때 천 간호사가 유산균 음료수를 내밀었다.

"드세요. 근데 선생님은 참 멋지신 것 같아요."

"응?"

"선후배 선생님들 위하는 거요. 다른 선생님이었다면 진 선생님 조인트 까였을 걸요."

"힘들게 일하는 거 빤히 아는데 어떻게 그래. 그리고 나 애인 있다니까."

이주 전쯤인가 친절하게 이것저것 챙겨주는 천 간호사의 모습에 아무래도 이상해서 결혼을 생각하고 만나는 애인이 있음을 밝혔었다.

천 간호사는 잠깐 말이 없다가 말해줘서 고맙다는 말과 함께 좋아했지만 포기하겠다고 말했었다.

한데 아무래도 여전히 마음을 버리지 못하고 있는 것 같다. 어쩌면 애쓰고 있는 건가?

"알거든요! 포기했지만 그래도 멋있어 보이는 걸 어떻게 해요. 걱정 말아요. 이제는 연예인을 좋아하는 그런 감정이니까요."

"내가 연예인을 닮았나?"

"풉! 정 떨어지게 만들기 위한 농담이었다면 성공하셨네요. 근데 뭘 그렇게 유심히 보세요?"

"교통사고 환자들 상태가 어떤지 하고."

"제가 듣기론 수술이 잘됐다고 들었는데 무슨 문제 있어요?"

병원에서 말하는 '수술이 잘됐다'는 얘기는 환자가 다시 일상으로 복귀해도 문제가 없을 거라는 뜻은 아니다. 그저 병원에 왔을 때의 상황에 비해 상태가 좋아졌다는 의미다.

죽을 뻔했던 여고생 환자의 경우 목숨은 건졌지만 하반신 불구로 평생을 살아야 할지도 몰랐고 중년 아주머니는 평생 건강관리에 유의하며 살아야 했다.

"아뇨. 그냥 신경이 좀 쓰이네요."

"너무 마음 쓰지 마세요. 그럼 선생님이 힘드세요."

맞는 얘기다. 하루에 보는 환자만 수십 명인데 그들에게 일일이 감정을 부여하는 것도 우습다.

천 간호사는 뭔가 은밀히 할 얘기가 있는지 주변을 둘러보다가 낮은 목소리로 말했다.

"그런데 선생님, 가해자가 깨어난 거 아세요?"

"어? 그래요?"

"네. 오늘 새벽에 깨어났대요. 이상윤 선생님도 실력이 너무 좋아서 탈이라니까요."

천 간호사는 그가 깨어난 것이 불만인 모양이었다. 그러나 두삼은 그가 깨어난 것이 기뻤다.

코마 상태에 빠져서 자신이 어떤 상태인지 인식을 하지 못한다면 그건 벌이 아니었다.

"몸 상태는 어떻대요?"

"손가락 하나 꼼짝 못 하고 있대요. 담당 간호사 말로는 어눌한 말투로 피해자들이 제대로 피하지 못해 자신이 그렇게 됐다고 욕하다가 울다가 난리도 아니었대요. 깨어난 건 어쩔 수 없지만 그런 인간이라면 차라리 계속 그렇게 낫지 않았으면 좋겠어요."

'아마도 그렇게 될 겁니다.'

뇌의 한쪽 신경 세포가 죽어버렸는데 제대로 움직일 수 있게 된다면 그 또한 기적이 될 것이다.

소고기 국밥집에서 3만 2천원을 썼다는 사용 내역이 찍힌 후 10분 정도 지나자 진도훈이 왔다.

"잘 먹었습니다, 선생님."

"그래. 알레르기 때문에 온 이경수 환자 30분 지나도 이상 없으면 퇴원시켜. 난 병실에 다녀올게."

"다녀오십시오."

응급실을 진도훈에게 맡기고 허 회장에게 갔다.

현재 그는 더 이상 보조 기구의 도움 없이도 걸을 수 있어 퇴원을 해도 됐다. 그런데 휴식을 취한다며 계속 머무르고 있었다.

병실 앞에 앉아 있는 경호원들에게 눈인사를 한 후 병실로 들어갔다.

웬일로 교복을 입은 허세라와 함께 있었다.

"편히 쉬셨습니까, 회장님. 세라는 학교 안 가냐?"

"허허허! 한 선생이 나보다 세라를 더 걱정하는군."

"…그건 아닌데요."

"아빠보다 더 아재 같아서 그래요. 절친 병문안 온 김에 들른 거예요."

허세라는 자신의 옆에 있는 꽃다발을 툭툭 치며 온 이유를 밝혔다.

"친구가 입원했어?"

"네. 뉴스에 떠들썩한 교통사고의 피해자 중 한 명이에요."

"아! 허리를 다친 배수진 학생이 네 친군가 보구나."

"맞아요. 수진인 어때요? 병실에 갔는데 진료 중이라 아직 못 봤어요. 괜찮겠죠?"

"글쎄다. 아마 하반신 불구는……."

"마, 말도 안 돼! 수진이가 하반신을 못 쓴다고요?"

"부딪친 후 떨어질 때 운이 없었어."

"……"

많이 친했는지 허세라는 당장 울 것 같은 표정으로 말을 잇지 못했다. 허진규 회장은 딸이 안쓰러운지 어깨를 토닥이며 말했다.

"너무 걱정 마라. 한 선생이 있잖아. 아빠도 고쳤는데 네 친구도 고쳐줄 게다."

"제 담당이 아닙니다. 그리고 회장님이랑은 증세가 완전히 다른데요."

"허어~ 환자가 우선이어야지 담당이 중요한가? 그리고 불치병에 걸린 이들도 제법 고쳤다며?"

"…그건 어디에서 들었습니까?"

"기부금 전달하면서 자네에 대해 슬쩍 물어봤지."

"…아무튼 병원은 병원 나름대로의 규칙이 있습니다. 제가 그 애를 살펴본다고 낫는다는 보장도 없고, 만일 하게 된다면 수술을 한 선생님이 곤란하게 됩니다."

"그런가? 알았네. 오늘 치료는 세라와 함께 있어야 할 것 같으니 쉬도록 하지."

"알겠습니다."

두삼으로서는 50분을 버는 일인데 마다할 이유가 없었다. 방을 나와 뇌전증 환자가 있는 7층으로 갔다.

돌이켜 생각해 보면 딱히 특별한 일이 없었던 하루가 지났다. 피곤해 보이는 이상윤과 연용섭에게 인수인계를 했다.

"선생님, 퇴근 안 하십니까?"

인수인계를 마친 두삼이 옷을 갈아입지 않자 진도훈이 의아해했다.

"먼저 퇴근해. 난 잠깐 들를 곳이 있어."

"네. 그럼 내일 뵙겠습니다."

진도훈을 보낸 후 병원 앞 빵집에서 이것저것 사서 정형외과 병실로 올라갔다.

허 회장에게 들은 말이 하루 종일 머릿속에 남아 있어 이대로 가면 잠 못 이룰 것 같아 진료라도 해볼 요량이었다.

간호사들과 얘기를 나누고 있던 정형외과 레지던트가 반갑게 인사했다.

"어? 한 선생님 어쩐 일이세요?"

"교수님은?"

"펠로우 선생님이랑 이미 퇴근하셨죠. 충남 병원의 장점이 칼퇴근 아닙니까. 지금쯤 술 한잔하고 계실 텐데 어디 계신지 연락해 볼까요?"

"아니! 배수진 환자 잠깐 보러 왔어."

"아! 걱정돼서 오셨구나. 503호에 있어요. 들어가 보세요."

"고마워. 이거 함께 먹어."

"뭘 이런 걸 다… 맛있게 먹겠습니다!"

"그리고 내가 왔다는 건……."

"비밀로 할게요. 하하!"

두삼이 왜 이 시간에 왔는지 이해한다는 표정이다.

503호에 앞에 서서 잠깐 망설이다가 노크 후 안으로 들어갔다.

입원실은 2인실로 할머니 한 분은 주무시고 계셨고, 배수진은 침대를 세운 채 책을 읽고 있었다.

그녀는 두삼을 흘낏 보더니 말했다.

"사과하러 오신 거면 안 해도 돼요. 어쩔 수 없는 상황이라는 거 알아요."

엥? 허리가 다친 게 아니라 머리를 다친 건가?

두삼이 의아해하는 표정으로 아무 말도 없자 그녀는 책에서 시선을 떼며 말을 이었다.

"진맥할 때 가슴 만진 게 마음에 걸려서 온 건 아니에요?"

난 또 무슨 소리라고.

그녀는 가슴을 만졌다고 느꼈을지 모르지만 두삼은 진맥을 위해 한 일이라 기억에 없었다. 하지만 당사자가 그렇게 느꼈다니 사과를 했다.

"미안해요. 하지만 말 그대로 빠르게 진맥하기 위해 어쩔 수 없었어요. 근데 의식이 있었어요?"

"네. 감각도 있었고요."

"그랬구나. 지금 읽고 있는 책, 의학 서적 아니에요?"

다가가서 보니 그녀가 읽고 있는 것은 척추 관련 의학서였다.

"맞아요. 제가 왜 하반신이 마비가 되었는지 알고 싶어서요."

자신이 하반신 마비가 되었다는 사실을 알고 의학 서적을 본다고?

'믿기지 않는 현실에 스스로 납득하고 싶은 건가?'

특이한 애라는 생각이 들면서도 한편으론 애쓰는 모습이 안쓰러웠다.

"용어 때문에 쉽지 않았을 텐데."

"어릴 때부터 의사가 꿈이라서 의학 서적을 심심할 때 조금씩 봤거든요."

"…심심할 때 볼 만한 책은 아닌데. 그래서 찾았어요?"

"…네. 수술로 완벽한 복구가 힘들다는 것도요."

"담당 선생님은 뭐래요?"

"열심히 하다 보면 기적적으로 미세 신경들이 이어져서 감각을 되찾을 수도 있다고 하더라고요. 하지만 만에 하나에 기대를 건다는 게 얼마나 어리석은 일인지 책을 보니 알겠네요."

"그래서 포기하려고요?"

"…지금은 모르겠어요. 근데 사과하러 온 게 아니라면 무슨 일로 오셨어요?"

"진맥해 보려고요."

"……."

배수진은 손으로 자신의 가슴께를 가렸다.

확실히 특이한 애다.

"…그땐 급해서 손을 올린 거라니까요. 오늘은 손목만 만지면 돼요."

"…뭘 보려고요?"

"한의사가 볼 수 있는 거요."

"선생님 한의사였어요?"

"네. 싫으면 안 해도 돼요."

"혹시… 세라 아버지를 고친 한의사 선생님?"

"세라가 무슨 말을 했는지 모르지만 확신할 수 있는 건 아무것도 없어요."

"더 잃을 것도 없는데요."

배수진은 손을 내밀었다.

왠지 개미지옥이 될 것 같았지만 이미 각오는 하고 온 터였기에 손목을 잡고 수술 부위를 살폈다.

*　　　*　　　*

낮 근무를 마치고 이틀간 쉰 후에 밤 근무를 시작하면 최장 72시간을 쉴 수 있다.

물론 두삼에게는 상관이 없는 일이었다. 그러나 이틀이라도 확실하게 보내기 위해 낮 근무를 마친 후 밤에 환자를 다시 한 번 본 후에 서울로 향했다.

집에 도착하니 11시 50분.

한 달 전부터 근무 시간을 10시까지 하는 마사지 숍은 이미 닫혀 있었기에 곧장 하란의 집으로 갔다.

"어서와, 오빠. 오느라고 힘들었지?"

"힘들긴. 차가 굼벵이 움직이는 것 같아서 힘들었지."

—규정 속도보다 더 빨리 운전을 했습니다만.

"루시, 조급한 마음을 비유한 것에 불과해."

—그런가요? 기억하고 있을게요.

루시가 끼어드는 바람에 대화의 리듬이 깨졌다.

샤워를 하고 거실로 나오자 족발과 치킨에 시원한 맥주가 준비되어 있었다.

"배고프지? 음식을 할까 하다가 이게 나을 것 같아서 이렇게 준비했어."

"잘했어. 그럼 먹어볼까?"

맥주를 유리잔에 따라서 건배를 했다.

"캬! 맛있다. 근데 한다는 일은 잘됐어?"

최근 그녀는 자율 주행 프로그램과 기기에 대한 기술을 팔기 위해 여러 곳과 접촉 중이었다. 그에 오늘 책임자를 만난다고 했었는데 어떻게 됐는지 아직 듣지 못했다.

"아니. 그냥 없던 일로 하기로 했어."

"왜?"

"시연을 보더니 다짜고짜 프로그램을 보자는 거야. 그래서 모듈화시켜 소스 코드를 정확히 알 수 없는 걸 보여줬어. 그랬더니 뭐라고 했는지 알아?"

"…소스 코드를 다 보여 달라고 했겠지."

"맞아. 진짜 미친 거 아냐? 다른 시연을 보여 달라는 것도 아니고 소스를 달라니. 그래놓고 안 사면 그냥 소스를 도둑맞는 건데, 어이가 없어서."

"그렇게 해서 키운 회사니까."

"가급적 조국에 도움이 될까 해서 싸게 팔려고 했더니만. 아무튼 됐다고 하고 보여준 거 특허권 다 받아둔 거니 비슷하게만 만들어도 소송 건다고 말하고 그냥 와버렸어."

"잘했어. 도우려면 도움이 필요한 사람을 직접 돕지 그런 식으로 돕진 마."

"응, 그러려고."

"그나저나 다른 곳에 팔려면 한동안 이리저리 뛰어다녀야겠네?"

"아니. 웃긴 게 뭔지 알아? 그냥 돌아오는데 갑자기 유럽, 미국, 중국, 일본 자동차 업체에서 전화가 왔어. 물론 한국 회사에서도 연락이 왔고."

"진짜? 어떻게 알았대?"

"스파이가 많은 건지, 감시의 눈길이 많은 건지. 아무튼 다음 주에 모두 모였을 때 시연하기로 했어."

"잘됐네. 근데 그 나라들 자율 주행 프로그램 이미 만들지 않았나?"

"만든 곳도 있고 아닌 곳도 있어."

"만든 곳에선 필요 없지 않나?"

"아직 보완해야 할 부분이 있을 수도 있고, 개발하지 못한 기업이 사지 못하게 만들려고 사버리는 경우도 있고. 이유는 다양해."

"헐? 그래? 방해를 위해 한두 푼 하는 것도 아닌 걸 사다니 장난 아니네."

"다른 기업 발을 걸어 넘어뜨리면 그만큼 수익이 극대화되는 시장이니까. 아무튼 웬만하면 미국에 팔고, 가격 차가 많이 나면 많이 부른 쪽에 팔려고."

"근데 팔리기 전까진 조심해야 하는 거 아냐?"

"팔린 후에도 가급적 조심해야지. 걱정 마. 집 주변은 드론 기술을 가져간 곳에서 지켜주고 있으니까."

참으로 감당하기 버거운 여자를 만난 것 같다.

옆에서 지켜줘야 하는 거 아닌가 고민하는데 생각이 표정에 드러났는지 한마디 더했다.

"특허권이 넘어가고 나면 훔쳐가도 소용없으니까 그렇게 고민하지 않아도 돼."

"그렇다면 다행이고. 그럼 성공적으로 팔리길 바라며 건배할까?"

"좋지! 대박나길 바라며, 건배!"

"건배!"

시시콜콜한 얘기를 하며 1시간 정도 술을 더 마셨다. 어느 정도 분위기가 무르익었을 때 두삼은 그녀에게 키스를 했다. 그리고 키스가 도화선이 되어 두 사람은 본격적으로 뜨거운 시간을 가졌다.

*　　　*　　　*

자고 있는 하란을 흐뭇한 표정으로 보던 두삼은 그녀의 이마에 가볍게 뽀뽀를 했다.

한데 선잠이 들어 있었는지 눈을 슬며시 떴다.

"미안. 깨울 생각은 없었는데."

"…그냥 갔으면 서운했을 거야. 몇 시야?"

"8시 반."

"벌써? 오빠만 오면 생활 리듬이 깨진다니까."

"하하! 사흘간은 오늘 리듬으로 지내. 아침은 냉장고에 생태가 있어서 생태탕 해뒀으니까 먹어."

"잘 먹을게. 키스해 줘. 아! 아니다. 양치도 안… 흡!"

길고 긴 모닝 키스.

살짝 몸이 뜨거워졌지만 지금 가지 않으면 늦을 게 분명했기에 아쉽게 입술을 뗐다.

"피곤할 텐데 더 자."

"이제 그만 일어나야지."

하란은 지하 주차장까지 배웅을 해줬다. 거기서 다시 진한 키스를 한 후에야 차에 올랐다.

주차장을 나와 집 쪽을 바라보니 한미령이 옥탑에서 빨래를 너는 모습이 보였다. 차를 세우고 외쳤다.

"미령아!"

"어! 오빠! 언제 왔어요?"

"어젯밤에."

"지금 가는 거예요?"

"아니. 일 보고 다시 올 거야. 밤 9시쯤 약속 없으면 다 함께 식사 겸 술 먹자고 진철이 형에게 말해줄래?"

"그럴게요. 안 그래도 오빠한테 해줄 말이 있었는데."

"뭔데?"

"식사할 때 말해줄게요."

"알았다. 그럼 밤에 보자."

할 말이 뭔지 생각해 보며 향한 곳은 한강대학병원에서 다리 하나만 건너면 있는 '문희 성형외과'였다.

이름에서 알 수 있듯이 잠깐 함께 일했던 서문희 선생이 개업한 병원이다. 큰 도로가 아닌 약간 들어간 골목에 위치해 있는 3층 건물을 통째로 쓰고 있었는데 외관이 병원이라기보단 인사동에 있는 미술관처럼 보였다.

"여기가 맞지?"

—말씀해 주신 주소가 맞아요.

"어떻게 간판도 없냐?"

루시에게 확인까지 하고 나서야 주차를 하고 차에서 내렸다. 2층으로 올라가는 길에 흘려쓰기로 적혀 있는 문희 성형외과라는 간판을 보지 못했다면 전화를 걸어 확인할 뻔했다.

계단을 올라 안으로 들어갔다. 고급스러우면서도 깔끔한 분위기가 고급 카페 같다. 서너 명의 여자들이 편해 보이는 테이블에 앉아 음료를 마시는 걸 보곤 뒤돌아서 유리문에 적힌 '문희 성형외과'라는 글을 다시 확인했다.

"무엇을 도와드릴까요?"

뒤에서 소리가 들려 돌아보니 어느새 독특한 형태의 간호사 복장을 한 여자가 다가와 있었다.

"아! 병원 같지 않아서……."

"고객 분들이 편안한 분위기에서 기다릴 수 있도록 배려를 했어요. 상담 때문에 오셨나요?"

"아뇨. 서 선생님과 약속이 있어서요."

"아! 혹시 한두삼 선생님?"

"네. 그렇습니다."

"원장님께서 기다리고 계세요. 이쪽으로."

안마기가 놓여 있는 방과 상담실을 지나자 원장실이 나왔다. 간호사는 노크를 한 후 두삼이 왔음을 알리고 문을 열어줬다.

"고맙습니다."

인사를 하고 안으로 들어가자 서문희 선생이 웃는 얼굴로 맞이해 준다.

"어서와, 한 선생."

"이건 개업 선물입니다."

오늘 길에 산 대박 나라는 개업 축하 글이 적힌 난이었다.

"한 선생이 온 것으로 충분한데 뭘 이런 걸 사왔어? 아무튼 고마워. 저기로 가서 앉자."

원장실의 크기 때문인지 소파 대신 작은 테이블이 놓여 있었다. 간호사가 갖다준 커피를 마시면서 본격적인 대화가 시작됐다.

"잘되어가세요? 분위기가 나빠 보이지 않네요."

"1년 정도 죽 쑬 생각을 한 것에 비하면 괜찮아. 한강대학병원에 있을 때 강가영 이사랑 친해진 것이 많은 도움이 됐어. 돈 많은 이들이 알음알음 제법 와."

"다행이네요."

"충남 생활은 어때?"

"병원 생활이 지방이라고 다를까요. 제 분야가 아닌 곳에서 일하려니 대학교 때로 다시 돌아간 것 같아요."

"호호! 무슨 말인지 알 것 같아. 하지만 한 선생은 많은 분야를 공부하는 게 좋다고 생각해."

"…문제만 일어나죠."

"이번에 시끄러웠던 일 때문에?"

"예. 선생님도 들으셨어요?"

"한강대학병원 일이라 유심히 봤지. 근데 기사 난 거 한 선생한테는 오히려 좋은 일이야."

"좋은 일이라고요?"

"유명인이 시끄러운 것과 비슷한 거야. 오히려 이번 일로 한 선생에 대해 알게 된 사람들이 많을걸? 요즘 여기 오는 고객들 중에서도 한 선생에 대해 물어보는 사람도 있어."

"에? 진짜요?"

"충남에서 유력 인사 한 명을 고쳤다며?"

"헐~ 여기 앉아서 천 리를 보시는 겁니까?"

허 회장 얘기까지 나올 줄은 정말 생각지도 못했다.

"상류 사회는 생각보다 좁아. 그리고 일반인들이 옆집에 누가 사는지 아는 것과 비슷한 수준으로 그들만의 네트워크가 있거든. 한 선생은 이제 그들의 네트워크에서 이름이 오르내리는 사람이 됐다는 거야."

"달갑지 않네요."

"훗! 달갑지 않다고 해도 이미 들어간 이상 부르는 일이 차츰 많아질 거야. 막말로 복지부장관이 부르거나 부탁하면 못 하겠다고 할 수 있을 것 같아?"

"모르겠어요. 그때 가봐서 생각해 볼래요."

솔직히 부정적으로 말했지만 부른다면 가게 될 가능성이 높았다.

누군가의 농간에 철저하게 망가져 본 경험이 있기에 힘 있는 자들을 알아둬서 나쁠 것은 없다고 생각했다.

만약 똑같은 위기에 처한다면 먼저 민규식을 찾아갈 것이고 그로 힘들다면 고려그룹의 고 회장이라도 찾아갈 생각이다.

바닥으로 다시 떨어지고픈 마음은 없다.

어느 정도 수다를 떨었으니 이제 일할 시간이다. 오후엔 병원에 들러 노대우와 그의 어머니를 봐야 했다.

오늘 볼 사람은 3명.

두 명은 서문희가 요청했고 한 명은 나연섭이다.

이 망할 녀석이 나은 지 얼마나 됐다고 다시 얼굴을 고치겠다고 나선 것이다.

"이제 볼까요?"

"그래. 입원실로 가자."

서문희를 따라 3층으로 향했다.

"너무 놀라진 마."

문을 열기 전에 중얼거리기에 무슨 말인가 싶었는데 환자의 얼굴을 보자마자 알 수 있었다.

얼굴뼈가 함몰이 된 적이 있는지 전체적으로 살짝 들어가 있었는데 그마저도 바르지 않았다. 코는 뭉개지듯 내려앉아 좌측으로 비틀어져 있었고, 눈은 크기가 다르고 한쪽은 당장에라도 빠져나올 듯이 위태롭다.

공포영화 속에서 흉측한 사람으로 표현되는 이들의 얼굴이다.

"……."

만일 서문희가 놀라지 말라는 말을 하지 않았다면 장담하건대 놀랐을 것이다.

"유나 씨, 내가 말했던 한 선생."

"…안녕하세요."

턱도 이상이 있는지 말도 어눌했다.

눈이 마주치자 시선을 피하는 모습에 정신을 차린 두삼은 얼른 인사했다.

"네. 처음 봬요. 선생님, 환자를 잠깐 진맥해 봐도 되겠습니까?"

"그래요. 유나 씨, 손을 내밀어봐요."

두삼은 다가가서 그녀의 팔목을 살며시 잡았다.

두삼이 진맥을 하는 동안 서문희가 태블릿을 보여주며 설명했다.

"유나 씨는 뺑소니 사고 후 2차 피해를 입어 안면 골절이 심하게 일어났었어. 3차에 걸친 수술로 겨우 복원을 했는데 채 자리를 잡기도 전에 지지할 수 있는 뼈가 약해져서 다시 2차에 걸친 수술을 해야 했고. 한데 새로운 뼈를 지지대로 삼은 것까진 좋았는데 균형이 무너져 버렸어."

"…그래도 지금은 다행히 자리를 제대로 잡았네요."

뒤틀어진 채로 굳어져 버렸다는 것만 제외한다면 인간 승리라고 부를 만큼 대단한 수술이었음을 진맥을 통해 알 수 있었다.

"응. 그래서 이제 비틀어진 부분을 바로 잡아볼까 하고. 어느 정도까진 내가 해도 되는데 오랜 기간 힘들게 온 유나 씨에게 좀 더 완벽한 시술을 해주고 싶어서 한 선생에게 부탁하게 된 거야."

서문희는 얼굴보다 마음이 아름다운 사람임을 다시 한번 느낀다.

한강대학병원에서 받아온 자료인지 이유나의 기록 옆에 붉은 점이 찍혀 있었다. 그 말인즉 한강대학병원에서 무료 시술을 받았다는 뜻.

이유나의 가정 형편이 3년 만에 좋아지지 않았다면 오늘 시술 역시 무료 시술일 가능성이 높았다.

'솔직히 연예인이나 부잣집 사람을 시술할 거라 생각했는데…….'

피곤함에도 그녀의 부탁을 들어주길 잘한 것 같았다.

"도울 수 있어서 저도 좋네요. 앞으로 부담 갖지 말고 불러주세요. 시간 나면 올게요."

"고마워. 그럼 시작해 볼까?"

"예! 어떻게 할까요?"

"일단 이 사진을 보고 비슷하게 해볼래? 세밀한 부분은 내가 말해줄게."

서문희는 이유나의 과거의 사진을 보여줬다.

상당한 미인. 사진을 보고나자 갑자기 생각이 많아지면서 어디서부터 시작할지 막막해졌다.

"음……."

고민이 길어지자 서문희가 피식 웃으며 리드하기 시작했다.

"도무지 미적 감각은 늘지가 않나 보네. 일단 전체적인 균형부터 시작하자. 왼쪽을 오른쪽과 비슷하게 만들어볼래?"

역시 성형 시술은 따라하는 게 마음이 편했다.

"아냐! 코를 너무 세웠어. 무조건 높다고 좋은 게 아냐. 지금에서 3㎜만 낮춰봐. …1㎜만 더. 좋아! 거기서 미간 아래 지점까지 쭉 일자로. 그렇지! 그리고 너무 일직선이면 인위적이니까 요 부분을 언덕처럼 1㎜만 자연스럽게."

"…좀 천천히 하세요. 보기엔 쉬워 보여도 생각보다 할 일이 많아요."

"잘 따라오면서 잔소리는……. 이왕 시작한 것 눈초리를 살짝 올리자. 그럼 더 잘 어울릴 거야."

'쩝! 시작이군.'

복원에 집중하다 어느 정도 궤도에 오르자 직업 의식이 발휘되는 모양이다.

아무튼 그녀의 말대로 하다 보니 세계적인 영상업로드 사이트에서 본 화장술처럼, 마법이라 해도 손색이 없는, 이유나의 모습은 서서히 변화해 갔다. 그리고 거의 1시간 반에 걸쳐서 얼굴이 복원(?)되었다.

손을 뗀 두삼은 복원된 이유나를 물끄러미 바라보면서 중얼거렸다.

"…사진과 상당히 차이가 있는데요."

"그래서 사진보다 좋아? 나빠?"

"…좋네요."

사진 속 이유나는 수수한 미인이라면 현재 눈앞에 있는 이유나는 세련된 미인이었다. 여기에 화장까지 한다면 연예인 안 부러운 얼굴이 될 것 같았다.

"그럼 됐어. 넌 미적 감각은 없는데 미인을 보는 눈은 확실히 평균적이야."

"칭찬 같은데 왜 욕처럼 들리죠?"

"좋은 쪽으로 알아서 생각해. 아! 유나 씨, 미안. 우리끼리 얘기하고 있었네."

서문희는 드레싱 카에 실린 네모난 거울을 이유나에게 건넸다.

이유나는 거울을 잡고도 자신의 얼굴을 잠시 동안 제대로 보지 못했다. 서문희가 괜찮으니 보라고 말하자 그제야 거울을 바라봤다.

시간이 멈춘 듯 그녀는 동작이 멈췄다. 그리고 믿지 못하겠다는 표정으로 거울 속 자신을 하염없이 보았다.

주룩!

눈물이 터졌다. 그리고 울면서 웃고 있었다.

그녀와 같은 일을 겪지 못했으니 그녀의 현재 심정을 이해할 순 없었다. 그러나 얼마나 기뻐하고 있는지는 표정에서 느껴졌다.

'다행이다.'

성형과 관련된 일을 겪다 보니 성형외과, 성형수술, 성형이라는 단어를 떠올리면 부정적인 생각부터 들었었다. 그러나 지금은 이 순간은 달랐다.

성형수술이 죽어가는 사람을 살리진 못하지만 죽어가는 정신은 살리는 의술임을 느낀다.

"흑흑! 가, 감사합니다……. 정말…, 정말… 흑!"

"아냐. 진즉에 이렇게 못 해줘서 미안해."

"…서, 선생님."

감동적인 순간이다. 그러나 감동은 이유나가 손을 들어 눈물을 닦으려 할 때 깨졌다.

"유나 씨, 얼굴에 아직 손대면 안 돼! 이제부터 시술을 해야 한단 말이야. 내가 닦아줄게."

시술용 주사를 곳곳에 넣고 나자 얼굴이 팅팅 부은 것처럼 보였다. 하지만 그래도 예뻐 보이는지 이유나는 두삼이 병실을 나올 때까지 거울 보기를 멈추지 않았다.

"고마워. 수고했어. 벌써 점심시간이네. 다음 환자는 식사하고 할까?"

"기다리고 있지 않아요?"

"아니. 근처에 사는 고객이라 전화하면 올 거야."

"그럼 그래요."

점심은 병원 근처에 있는 설렁탕 집에서 수육과 함께 맛있게 먹었다. 그리고 두 번째 환자가 기다리고 있는 병실로 향했다.

"이번 손님은 유나 씨랑 경우가 달라."

"돈이 되는 손님이라는 말이죠?"

"돈을 벌어야 유나 씨 같은 이도 치료할 수 있는 거잖아. 한 선생 페이도 주고."

"이해하니까 설명 안 하셔도 괜찮아요. 영업이 잘돼서 많은 이들에게 혜택이 돌아가길 바랄게요. 그리고 페이는 안 주셔도 돼요."

"그건 안 돼. 정당한 대가를 받아야 관계가 오래가는 법이야."

"그게 편하다면 알아서 하세요. 근데 꽤 중요한 고객인가 봐요?"

"올해 마흔셋의 재벌 3세. 계열사 5개를 이미 소유하고 있어. 아마 뉴스에 가끔 언급되는 사람이라 너도 얼굴 보면 알걸."

"글쎄요. 그쪽으론 관심이 없어서. 재벌이라도 남편에게 잘 보이고 싶은 건 마찬가지인가 봐요?"

"아니. 이혼했어. 지금은 열 살 어린 연예인과 열애 중이야."

"시술을 하려는 이유가 있었네요."

"사랑하는 이에게 예쁘게 보이고 싶은 건 본능이니까. 지금 말한 건 모른 척해."

"당연하죠."

병실 앞에 경호원과 비서로 보이는 이들이 있었기에 조용히 노크를 하고 안으로 들어갔다. 서문희는 아는 얼굴일 거라 말했지만 역시 처음 보는 얼굴이다.

관리를 받는지 피부는 나이에 비해 젊었다. 다만 유전적으로 살짝 노안이다.

"오래 기다리셨죠, 김 사장님?"

"아니에요. 방금 왔어요. 한데 저 젊은 분이 입이 닳도록 말하던 한 선생님인가요?"

"안녕하세요. 한두삼입니다."

"반가워요. 김다은이에요. 한 선생에 대해선 여기저기서 들었어요. 근데 소문엔 삼십 대 중반이라고 들었는데 얼굴은 훨씬 어려 보이네요. 피부도 어린애 같아요. 비결이 뭐예요?"

예상하지 못한 질문이라 잠시 머뭇거리다가 말했다.

"기 운동 때문이 아닐까 싶네요."

"나도 할 수 있는 건가요?"

"어느 정도까진 도와드릴 수 있습니다만 마지막은 많이 위험해서 하지 않는 게 좋습니다."

"쉽게 얻어지는 게 아닌가 보네요. 참! 가영이에게 듣자 하니 한 선생이 안마를 하면 신기한 현상이 일어난다면서요? 다음에 기회가 되면 나도 부탁해요."

강가영 팀장이 무슨 말을 했는지 알 것 같다.

분명 음기를 자극한 일을 말한 것이리라. 음담패설을 남자만 하는 건 아닌가 보다.

"…기회가 되면요."

"훗! 그래요. 아무튼 오늘 잘 부탁해요."

그녀는 부드럽고 예의 바르게 말했지만 눈빛으로 사람을 억누르는 기운을 가지고 있었다. 그렇다고 해서 두삼이 기가 죽을 이유는 없었지만 말이다.

이유나 때완 달리 서문희는 김다은의 얼굴을 고칠 때 굉장히 조심스럽게 바꿔 나갔다. 또한 상당히 괜찮게 바뀌었는데도 오히려 조금 나쁘게 만들기도 했다.

그러면서도 주름은 철저하게 없앴다.

거의 완성이 됐을 때야 비로소 어떤 목적의 시술인지 알 수 있었다.

'티 나지 않게 조금씩 예뻐지게 만들려고 하는구나. 하긴 너무 바뀌어서 직원들이 못 알아보면 곤란하겠지.'

김다은의 시술은 1시간 만에 끝났다.

"6개월마다 조금씩 더 하면 다들 관리 때문에 얼굴이 바뀌는구나 생각할 거예요."

두삼의 예상대로 서서히 고쳐 나갈 요량으로 시술을 한 게 분명했다.

김다은은 만족했고 바로 시술에 들어갔다. 아주 조금씩 시술을 해서인지 기운이 얼굴에 있는데도 약간 부은 것 같다는 느낌이 날 뿐이었다.

"일주일 정도는 너무 세게 얼굴을 문지르진 마세요. 주사 자국이 흉이 질 수도 있으니 가급적 그늘진 곳에서 생활하시고요."

"고생했어요, 서 원장님, 한 선생. 난 잠깐 쉬다가 갈 테니 일들 봐요."

"쉬세요."

밖으로 나오자 나이 지긋한 여비서가 다가와 봉투를 건넸다.

"이건 서 원장님 거, 이건 한 선생님 거예요."

"제 일당은 서 선생님께 받으면 되는데요."

"밥이나 한 끼 하라고 드리는 겁니다."

왠지 미리 던져주는 떡밥 같다는 생각이 드는 건 착각일까. 거절하면 서문희가 곤란할 것 같아서 받고 2층으로 내려왔다.

"밥값치곤 꽤 많네요."

"얼만데?"

"이천이요. 오늘 일당은 이걸로 퉁치는 걸로 해요."

"그건 김 사장이 밥값으로 주는 거고. 나도 밥값 정도는 줄게."

"싫어요. 오늘은 이걸로 충분해요. 대신 연섭이나 잘 봐주세요."

"한 선생이 소개했지만 내 고객인데 당연히 그래야 하는 거고. 그러지 말고 통장 불러."

"자꾸 주시면 부담스러워서 못 와요. 이걸로 두 끼 먹을 거니까 돈 얘기는 여기서 끝! 그나저나 이 녀석은 오는 거야, 마는 거야."

호랑이도 제 말하면 온다더니 막 통화 버튼을 누르려는데 마스크를 쓴 나연섭이 안으로 병원으로 들어왔다.

데뷔를 하더니 이제 제법 연예인 티가 났다.

"연섭아!"

"아! 형! 잘 지냈어요?"

"나야 항상 잘 지내지. 넌."

"1집 활동 기간이 끝나서 이제 여유가 있어요."

"소원하던 데뷔를 한 소감은 어때?"

"좋죠. 근데 막상 하고 나니까. 인기를 더 얻었으면 좋겠다는 욕심이 들더라고요."

"아직 성형을 고민하고 있냐? 솔직히 말해도 돼."

"…네. 몇 곳 가서 상담을 받아보긴 했어요."

조금 더 나아지고 싶다는 욕심은 두삼도 버리지 못하는 것이라 뭐라 하지 못했다. 다만 걱정이 되어서 한마디 했다.

"네 부모님이 걱정 많이 하는 건 알지?"

나경록과 오향희는 결혼식은 하지 않았지만 현재 정식 부부로 함께 살고 있었다.

오향희가 전화를 해서 자꾸 얼굴에 손을 대려고 하는 것 같다고 걱정해서 먼저 부른 것이다.

"…알아요."

"알면 됐다. 데뷔를 했는데 갑자기 얼굴이 바뀌면 오히려 역효과 나는 건 알 거다. 오늘 이곳 원장님 소개시켜 줄 테니까 앞으로 하고 싶으면 이곳에 와서 상담 받고 해."

"진짜요?"

“그럼 진짜지. 내가 괜히 이곳으로 널 불렀겠냐? 혹시나 다른 곳에서 수술을 받으면 그땐 너랑은 모르는 사이다.”

“하하! 걱정 마세요. 솔직히 하려는 마음을 먹었다가도 형 얼굴이 떠올라서 안 했어요.”

“웃기고 있네. 활동 기간이 끝나길 기다린 거겠지.”

“아이~ 진짜라니까요.”

“징그럽게 왜 붙어. 떨어져!”

“에이~ 형이랑 나 사이에 이 정도 스킨십은 애교죠.”

“누가 들으면 오해하겠다.”

“딱 봐도 친형제인데 누가 오해하겠어요? 참! 하란 누나랑은 잘돼가요?”

찰싹 달라붙어 아양 떠는 모습에 결국 웃을 수밖에 없었다.

매일처럼 쫓아다니며 잔소리를 할 수 없다면 감시 하에 안전하게 욕구를 만족시켜 주는 것이 나을 것이다.

서문희에게 소개시켜 주고 온 김에 얼굴을 조금 손보았다.

다행히 무척 만족했고 안전하게 시술을 마쳤다.

나연섭까지 시술을 하고 나니 노대우와 만나기로 한 시간이 지나 버렸다. 전화를 걸어 양해를 구한 후 서둘러 병원으로 향했다.

암센터 로비 휴게실에 노대우가 앉아 있었다.

“대우 형! 미안해요. 서울에 올라오니 할일이 이래저래 많네요.”

“괜찮아. 바쁜데 신경 써줘서 고맙다.”

“고맙다는 말 귀에 못 박히겠어요. 그러니 그만해요. 어머님은요?"

"항암 치료 받고 힘드신지 주무시고 계셔."

"올라가요. 좀 어떠세요?"

"음식을 많이 못 드셔서 걱정이다."

"항암 치료에, 위가 없으니 그럴 수밖에 없어요. 조금씩 자주 꼭꼭 씹어서 드시게 하세요."

"알았다."

병실에 도착해 잠들어 있는 노대우의 어머니를 진맥했다. 다행히 기가 극도로 약해진 걸 제외하곤 출혈도, 기능상의 문제도 없었다.

약해진 기를 보충할 겸 마사지를 해드릴까 하다가 잠에서 깰까 70퍼센트의 기운 중 40퍼센트를 골고루 스며들게 한 후 손을 뗐다.

잠이 어떤 보약보다 좋을 때가 있다.

"내부는 완벽하리만큼 괜찮아요. 항암 치료로 퍼져 있을지 모를 암만 제거되면 문제없겠어요."

"후우~ 담당 선생님도 그러시던데 너한테 들으니 더 안심이 된다."

"원장님께 들으니 담당 선생님도 실력 좋고 환자를 위하는 분이라고 하니 믿으셔도 돼요."

"그래야 하는데 어머니 일이라 그런지 잘 안 되네. 저녁이나 같이하자. 내가 맛있는 거 사줄게."

"다음에 해요. 사실 암센터에서 다음 주에 제가 있는 곳으로 환자를 이관한다고 해서 온 김에 잠깐 보고 가려고요."

"어쩔 수 없지. 다음에 먹자."

"그래요, 형. 다음 비번일 때 술 한잔해요."

노대우와 헤어진 후 간호사 데스크로 갔다. 몰래 보고 갈 수도 있지만 그건 예의가 아닌 것 같았다.

"안녕하세요. 충남 병원에서 온 한두삼입니다. 다음 주에 이관될 하종윤 씨 미리 잠깐 볼 수 있을까 하고 왔습니다."

"하종윤 환자라면… 잠시만요. 아! 네. 월요일 날 충남으로 이송될 예정이네요."

"신해찬 교수님은요?"

하종윤 환자의 담당의가 신해찬이었다.

"음… 지금 수술 중이시네요."

"얼굴이나 뵐까 했는데 다음에 봬야겠네요."

"그러세요. 이쪽으로 오세요. 제가 안내해 드릴게요."

간호사를 따라 하종윤 환자의 병실로 들어갔다.

4인실로 네 명의 환자가 있었는데 새까만 얼굴색만 봐도 누가 하종윤인지 알 수 있었다. 그는 침대에 누워서 멍하니 천정만 보고 있다.

"환자 분, 충남에서 선생님이 오셨는데 잠시 진찰을 하실 거예요."

"……."

간호사의 말에 하종윤은 시선도 돌리지 않고 그저 고개만 까닥했다. 세상사 이미 관심이 없다는 태도다.

간호사는 익숙한 반응이라는 듯이 옆으로 비켜섰고 두삼은 거친 그의 손을 잡고 간 부위를 살폈다.

'수술은 불가능하겠어.'

절반 정도 남은 간의 한쪽에 암 덩어리가 자라고 있었고 그 주변으로 병변이 진행 중이었다. 병변 부위까지 자르면 간이 되살아나지 못할 가능성이 높았다.

자세히 보고 싶다고 생각하자 검게 보이는 암 주변이 확대됐다.

'영양분이 공급되지 못하게 하라고 했지.'

두삼은 일단 암으로 향하는 혈관을 막고 다시 확대를 해서 미세혈관까지 막고 나서야 일어났다.

"다 되셨어요?"

"네. 끝났습니다. 하종윤 님, 다음 주 월요일 날 충남에서 뵙겠습니다."

"……."

하종윤은 병실을 나올 때까지 시선 한 번 돌리지 않았다.

"이해하세요. 색전술마저 소용이 없자 저렇게 모든 걸 포기하셨네요."

"이해합니다. 수고하셨습니다, 이 간호사님. 전 이만 가볼게요."

명찰을 보고 인사를 한 후 주차장으로 향했다.

"하암~ 집에 가서 잠깐 자야겠다."

일이 마치고 나니 피곤함이 느껴졌다. 한데 쉬는 꼴을 보지 못하는 모양이다. 호주머니 속 스마트폰이 갑자기 진동했다.

위이이잉~

"아~ 쫌!"

메시지 같은데 읽지 말까 하다가 혹시 몰라 읽었다.

역시나…….

[병원에 왔나? 아직 병원이면 차 한 잔 하러 오게. 할 말도 있고.]

자신이 여기 있다는 건 어떻게 안 건지. 몸에 GPS라도 숨겨둔 것 아닌지 모르겠다.

그냥 갈까 말까 고민하다가 결국 돌아섰다.

암센터 지하에서 한방센터 지하 주차장으로 가는 중이라 어떻게 가야 하나 잠시 고민하다가 계단으로 3층으로 올라가 통과하기로 했다.

본관과 한방센터를 빨빨거리고 돌아다닌 덕분에 복잡한 병원의 웬만한 길은 다 알았다.

조용한 병원 계단을 올라가기 위해 발을 내디딜 때였다. 위층에서 상당히 격앙된 여자 목소리가 들렸다.

"오빠! 결혼하자고 하는 내가 이상한 거야? 그런 거냐고?"

"지금은 그럴 때가 아니라고 몇 번을 말해!"

"그럼 그때가 언젠데? 오빠가 흉부외과 민청하 그 여자랑 잘 안 됐을 때?"

"……."

"내가 모를 거라 생각했어? 오빠 행동에서 빤히 보이는데 어떻게 몰라!"

목소리로 두 사람이 누구인지 알 수 있었다.

임동환 선배랑 주해인이었다.

"…그만하자. 너 지금 너무 흥분했어. 흥분 가라앉히고 그때 다시 얘기……."

"맞아! 흥분했어. 하지만 정신은 내가 놀랄 만큼 차가운 상태야. 그 여자가 좋아진 거야? 아님 원장 딸이라 좋아진 거야?"

"…무슨 말을 듣고 싶은 거냐?"

"진실! 오빠가 왜 갑자기 내가 아닌 그 여자에게 더 신경 쓰는지 알고 싶어."

"내가 속물이라고 말하고 싶은가 보구나?"

"…정말 그래?"

"후후! 그래, 내가 속물이라고 하자. 그럼 넌?"

전 애인과 전 애인 남자친구의 싸움이 아닌 선배와 동기의 싸움이라 생각했기에 더 이상 듣지 말고 조용히 물러나려 했다.

한데 채 문을 열기도 전에 이어지는 임동환의 말을 들어야 했다.

"두삼이 아버지 사업 실패하고, 유가족에게 보상금으로 있는 돈 다 없어졌다는 말에 나한테 온 거 아냐?"

"…오빠, 어떻게 말을 그렇게 해?"

"그럼 어떻게 말할까? 두삼이가 빈털터리가 되었다는 얘길 들은 다음 날 내 고백을 받아줬다고 말해줘?"

"그건……."

"아니라고 절대 말하지 못할걸? 넌 원래 그런 애잖아! 내가 만약 네 허영심을 맞춰주지 못했어도 과연 내 고백을 받아줬을까?"

"……."

"넌 골라도 되고, 난 그러면 안 돼?"

더 듣고 있는 것이 곤욕이었다. 소리가 나든 말든 문을 열고 안으로 들어갔다.

쿵! 철컥!

문이 닫히자 두 사람의 목소리가 더 이상 들리지 않았다. 잠시 멍하니 서 있던 두삼은 중얼거리며 다른 길로 발걸음을 옮겼다.

"…몰랐으면 좋았을걸."

* * *

"어서 오게. 차는 미리 준비해 뒀는데 다른 걸 마시고 싶으면 말하게."

"더덕 차군요. 그걸로 충분합니다.

"한의사라 그런지 후각이 좋네. 한데 비번인데 쉬지 않고 병원엔 웬일인가?"

휴일인 걸 아는 사람이 왜 불렀냐고 물어보려 했는데 웃는 얼굴에 침 못 뱉는다고 반갑게 웃는 그를 보니 투덜대긴 힘들었다.

"암센터에 볼일이 있어서요. 제가 병원에 왔다는 건 어떻게 아셨어요?"

"허허! 왜? 내가 도청 장치라도 자네에게 달아뒀을까 싶나?"

"정말 달아놓은 거 아닙니까?"

"허허허! 자네의 일거수일투족이 궁금하긴 하지만 그 정도까진 아니네. 다 이거 때문이지."

그는 병원에서 사용하는 태블릿을 손가락으로 톡톡 쳤다.

"그게 제가 왔다고 알려줬다는 겁니까?"

"응. 소수만 쓸 수 있는 기능인데 병원자료 중 자네 이름이 들어간 서류가 시스템에 올라오면 나에게 알려준다네. 즉, 자네가 암센터에서 하종윤 환자를 봤다는 기록이 작성되자마자 알게 된 거지."

"…재미없는 기능이네요."

"나에겐 유익한 기능이지. 그래서 이렇게 자네와 차를 마시게 되지 않았나."

자신을 믿어주고 좋아해 주는 사람이 싫을 리 없었다.

조금 전에 기분을 상하게 만든 사건을 머릿속에서 털어내고 자리에 앉았다.

"생각해 보니 그러네요. 원장님이랑 이렇게 자주 차를 마실 수 있는 사람이 몇 명이나 되겠습니까?"

"청하보다도 많다네."

"영광입니다."

"허허허! 넉살도 많이 늘었군. 부른 이유는 다름이 아니라 내년에 한의학과 개설과 관련해서 얘기할 것이 있어서 말이야."

"저희 과랑은 상관없지 않나요? …혹시 안마 관련 수업을 만드실 생각이세요?"

"맞네. 만들 생각이야. 원래 계획은 내후년부터 만들까 했는데 현재 안마과의 활약을 보면 당장 만들어도 상관없을 것 같아서."

"이방익 선생님이랑 의논하셨어요?"

"이미 했지. 그래서 이방익 선생은 안마과 교수를 하기로 했어. 과마다 일단 2명씩 T.O를 내기로 했는데 자넨 어떤가 하고."

"제가 교수를요?"

한때는 모교에서 교수가 되는 꿈을 꾼 적이 있었다. 그러나 이젠 딱히 생각이 없다.

"어째 심드렁하네?"

"기대를 하고 있지 않은 터라. 그리고 아직 교수를 하기엔 너무 젊은 거 같기도 하고요."

"요즘은 젊은 교수들도 많아."

"젊다고 해도 30대 후반이죠. 특히나 명문대의 경우는 그마저도 드문 케이스고요."

"그래서 싫다고?"

"딱히 안 당기네요. 바쁘기도 하고요. 만일 교수가 된다면 현재 하고 있는 뇌전증 환자들은 어떻게 합니까?"

"병행하면 되지."

"…아직까지 분신술은 못합니다만."

"자네가 간과하고 있는 게 있군. 내년 신입생들이 유일한 학생들이네. 즉, 자네 수업은 일주일에 하루 2시간만 하면 된다는 거지. 그 정도면 딱히 어려울 것도 없지 않나?"

"…확실히 간과했네요. 그런데 수업 2시간 한다고 딱 2시간만 일하는 건 아니잖습니까?"

민규식이 두삼 자신을 위해 신경을 써서 권하고 있다는 건 느껴졌다. 한데 딱히 감흥이 없다.

"허어~ 남들은 못 해서 안달인 자리를……."

"안달 난 사람에게 주십시오. 엘튼 리 선생도 괜찮지 않습니까?"

"그 친군 안 돼! 나중이라면 모를까 이제 개설하는 과에서 추문이라도 나면 골치 아파."
"엘튼 선생이 알면 슬퍼하겠네요."
"이방익 선생이 벌써 얘기했어. 근데 순순히 인정을 했다더군."
잘도 그랬겠다. 아마 풋풋한 남자 신입생들을 만나지 못한다며 몹시 억울해했을 것이다.
"한번 고민해 보겠습니다."
"긍정적으로 생각하게. 자네와 임동환 선생 말고 다른 젊은 선생들에게도 강의를 할 수 있는 자리를 마련할 생각이네. 그러니 젊은 것은 문제가 되지 않아."
"굳이 그렇게까지 할 이유가 있나요?"
"생각해 보게. 내년에 들어오는 신입생들은 선배가 없네. 자네도 겪어봐서 알겠지만 선배의 역할이 얼마나 중요한가."
공부는 혼자 하는 거라 생각할 수 있을 것이다. 하지만 예과, 본과 6년간 어마어마한 분량의 공부를 해야 하는 한의학과생에겐 선배의 도움이 중요했다.
언제 무슨 공부를 하고 다음은 어떤 공부를 하는지 알려주며 자료를 제공하고. 동기끼리 조를 만들어 두꺼운 책을 목차마다 나눠 요약하는 공부보다 이미 수년, 혹은 수십 년 이어져 내려오는 선배들의 족보를 보는 게 빠르고 정확하다.
"젊은 전문의들에게 선배의 역할을 맡기겠다는 생각이시군요?"
"맞네. 신입생을 6년간 이끈다면 이후론 학생들끼리 그들만의 전통을 만들 수 있겠지."

병원장이 내년 신입생을 걱정하다니, 하여간 작은 거 하나 놓치지 않는 양반이다.

한방의학센터에 나이든 이들보다 젊은 전문의를 많이 배치한 것도 이런 일을 미리 예상했을 것이라고 생각이 들었다.

정말 병원장은 아무나 하는 게 아닌가 보다.

"긍정적으로 생각해 보겠습니다."

"고맙네. 그나저나 한방센터 고 센터장이 날 생각해서 갖다준 건데 차 맛은 어떤가?"

"좋네요. 다른 사람 주지 마시고 혼자 꾸준히 드세요. 그럼 늦둥이도 가능할 겁니다."

"예끼! 이 사람아! 내 나이가 몇 인데……. 큼! 요즘 종종 주책없이 굴더니 이 더덕 때문이었나 보군?"

"아주 귀한 더덕을 썼을 겁니다."

자리가 사람을 만든다더니 우직한 고웅섭 센터장이 민규식에게 뇌물을 썼을 줄이야.

아무튼 교수 자리는 긍정적으로 생각해 본다고 답한 후 민규식과의 티타임을 끝냈다.

* * *

음식을 할까 하다가 피곤함에 그냥 주문해서 먹기로 하고 1시간 정도 잠을 잤다.

흔히 말하는 꿀잠을 잤는지 일어나자 피곤함이 싹 가셨다. 오랜만에 집 청소를 하고 시간을 봐서 가게로 내려갔다.

셋 다 일을 하고 있는지 카운터는 비어 있었다. 무얼 먹고 싶은 건지 물어보려 했는데 자신이 그냥 적당히 시키기로 했다.

이것저것 주문하고 카운터에서 기다리는데 하란이 쇼핑백을 들고 왔다.

"뭘 그렇게 들고 와?"

"와인. 이래저래 생겼는데 와인 셀러에 공간이 없어서 가지고 왔어. 다른 사람들은 일하는 중인가 보네?"

"응. 음식은 할까 하다가 주문했어."

"잘했어. 더울 땐 요리도 곤욕이야."

하나씩 도착하는 음식을 들고 위로 올라가서 거실에 상을 차렸다. 발코니에서 먹을까 했지만 저녁이 되었음에도 여전히 더웠기에 그냥 에어컨 빵빵한 실내에서 먹는 게 나을 것 같았다.

"시간 되어가는데도 안 올라오는 거 보면 장사가 잘되는 모양이야."

"그런 것 같아. 볼 때마다 북적북적하더라."

"잘됐네."

이제는 손을 떠난 가게지만 잘된다니 자신이 잘되는 것처럼 기쁘다. 아마 자신이 만들었기 때문이리라.

"늦을 것 같은데 마사지해 줄까?"

"괜찮아. 어제도 해줬잖아."

사랑의 행위가 끝나고 나면 흥분 상태가 잘 가라앉지 않아 곧바로 잠을 자지 못하는 두삼은 하란에게 얼굴마사지와 함께 전신 마사지를 해줬다. 만나지 못하는 동안 쌓인 피로를 풀어주기 위함이

기도 했지만 그녀의 막혀 있는 혈들을 하나씩 뚫어주고 있었다.

"있어 봐."

등으로 가서 하란의 어깨에 손을 올리고 천천히 주물렀다. 그녀는 싫지 않은지 주무르자 몸을 맡긴 채 마사지를 즐겼다.

20분쯤 지났을까 그제야 올라오는 기척이 들렸기에 마사지를 멈추고 일어났다.

이진철이 가장 먼저 신혜경의 딸 혜선과 함께 올라왔다.

"어서 와요, 형. 혜선이도 안녕!"

"…안녕하세요."

놀러갈 때 한 번 보고 간만에 다시 봐서 그런지 혜선은 어색하게 인사했다.

"충남에서도 일을 빡세게 하는 모양이다? 살이 좀 빠졌네. 아니, 서울에 와서 빠진 거냐?"

이진철답게 보자마자 짓궂게 굴었다. 두삼은 피식 웃으며 답례를 했다.

"그러는 형도 많이 빠졌네요. 밤일은 적당히 줄이는 게 좋겠어요."

"…자식이 지는 법이 없어."

"하하! 얼굴 붉히는 거 보니 진짜가 보네요. 두 사람은 왜 안 올라와요?"

"마무리하고 있을 거야."

신혜경과 한미령은 금세 올라왔다.

간만의 만남이었지만 어색함은 없었다. 둘러앉아 와인을 마시면서 웃고 떠들었다.

"네가 만든 화장품이 좋다는 입소문이 나며 얼굴마사지 인원이 더 늘었잖아. 그래서인지 최근 다른 피부마사지 숍에서 화장품 제공받을 수 있느냐고 자꾸 찾아오고 있다."

"그래요? 그래서 어떻게 하기로 했는데요?"

병원에서 현재 테스트하고 있는 화장품은 8종류에서 음과 양, 지성, 건성 4종류로 나눠서 테스트 중이다. 성능도 좋지만 신생 화장품인데 너무 많은 제품 라인이 있으면 좋지 않다는 판단에 서였다.

가게에서 쓰는 화장품과는 다소 차이가 발생해서 별도의 이름을 달고 소규모로 파는 건 큰 문제가 없었다.

"당연히 싫다고 했지. 화장품 팔아서 얼마나 번다고 경쟁업체에다가 그걸 넘기겠어?"

사업가인 하란이 말했다.

"잘하셨네요. 화장품 회사를 차리거나 프랜차이즈를 할 게 아니라면 가게만의 유니크한 화장품으로 남겨두는 게 훨씬 좋죠."

"하란 씨 말이 내 생각이라니까. 요즘은 제법 먼 곳에서도 찾아오는데 굳이 몇 푼 먹자고 손님을 넘겨주는 짓은 못하지. 하하핫! 자자! 마시자."

이진철은 일이 잘 풀려서인지 기분이 무척 업된 상태였다.

두삼 역시 기분이 좋았지만 이진철과 신혜경이 바쁠수록 혜선이 방치될까 걱정스러웠다.

"근데 바쁜 건 좋은데 혜선이에게 신경 쓸 시간이 없어서 어떻게 해요?"

"안 그래도 그것 때문에 저녁 시간에 두어 명 직원을 쓸까 생각 중이야."

"잘 생각하셨네요."

"그리고… 혜경 씨랑 합치기로 했다."

"에? 아! 미령이가 할 말이라는 게. 두 분 결혼하다는 거였군요! 축하해요. 형, 누나."

"축하해요! 진철 씨, 언니."

"고맙다. 고마워요, 하란 씨."

"누나, 결혼식은 언제예요?"

"결혼식은 무슨… 그냥 사진이나 찍고 가까운 곳에 여행이나 다녀오기로 진철 오빠랑 얘기했어."

신혜경은 부끄럽다는 듯 살짝 얼굴을 붉히며 말했다.

"그래도 하는 게 낫지 않아요?"

"됐어. 차라리 그 돈으로 집 구하는 데 쓰려고. 이 주변에 집 구하려는데 전세가 얼마나 비싼지 아슬아슬해."

안 받으려고 할 게 분명하지만 빌려준다고 말할까 고민하는데 하란이 말했다.

"그럼 이 옆집 어때요?"

가게를 기준으로 우측은 하란의 집이었고 좌측은 80, 90년대 유행했던 정원이 있는 2층 양옥집이었다.

"다세대 방 3개짜리 구하기도 벅찬데, 무리야."

"어차피 비워서 놀리느니 그냥 그 돈에 임대 줄게요."

충남으로 내려가기 전까지 살던 이들이 있어서인지 전혀 생각지 못했기에 놀라 물었다.

"에? 이 옆집이 하란이 네 거야?"

"응. 오빠네 집이랑 우리 집 리모델링할 때 하도 시끄럽다고 민원을 넣길래 시세보다 20퍼센트 더 주고 사버렸어."

"얼마 전까지 사람이 있었던 것 같은데?"

"그 사람들이 집 구할 때까지 시간을 준 거야. 지난달에 이사 가서 지금은 빈집이고. 팔까 하다가 나중 쓸모가 있을 거 같아서 놔뒀어."

"그래? 바로 옆집이니 혜선이 걱정도 덜고 출퇴근하기도 편하고 잘됐네. 누나, 어때요?"

두삼은 일부러 좋은 점을 나열했다.

"염치없게 어떻게 그래. 게다가 세 식구가 쓰기엔 너무 크고."

"어차피 비어 있는 집인데 어때요. 그리고 집은 비워두면 망가져요. 그럴 바엔 누군가가 쓰는 게 낫죠. 그리고 정 미안하면 벌어서 전세금 올려주면 되죠. 안 그래, 하란아?"

"오빠 말이 맞아요. 언니가 들어오든 안 들어오든 그냥 내버려 둘 생각이에요. 세 식구가 지내기 크면 2층은 미령이가 지내게 하면 되겠네요. 옥탑이라 여름, 겨울로 버티기 힘들잖아요."

하란의 설득이 먹혔는지 신혜경은 이진철을 보며 물었다.

"오빤 어떻게 생각해요?"

"…그, 글쎄. 두삼이랑 하란 씨에게 자꾸 신세를 지는 기분이긴 한데 은혜는 천천히 갚으면 되지 않겠어? 다른 것보다 혜선이가 뛰어놀 수 있는 정원이 있다는 게 마음이 들기도 하고."

"미령이 넌 2층에서 살래?"

"저야 어디든 상관없는데… 언니랑 형부랑 있으면 덜 무섭긴 할 것 같아요."

추는 급속도로 옆집에 사는 것으로 결정되어 갔다. 그리고 마지막으로 자기 얼굴 크기의 족발을 뜯으며 얌전히 얘기를 듣던 혜선이 방점을 찍었다.

"엄마! 난 정원에서 뛰어 놀래!"

"…그래. 고마워, 하란아."

"살기로 결정했나 보네요. 알았어요. 그럼 계약은 내일 하는 거로 해요. 그리고 한 일주일만 시간을 줘요. 결혼 선물로 신혼집처럼 리모델링해 줄게요."

"아, 아냐! 그러지 마. 그럼 너무 부담스러워. 전세 사는 우리가 할게."

이번엔 두삼이 나섰다.

"하란이가 리모델링을 선물했으니까 전 신혼여행 비용을 선물할게요."

"동생, 그건……."

두삼은 못 들은 척 말을 끊으며 잔을 들었다.

"아! 우리 결혼 축하한다는 건배도 안 했네요. 얼른들 잔들 채우고 들어요! 두 사람, 아니, 혜선이까지 세 사람의 행복을 위하여!"

"위하여!"

쨍!

잔과 잔이 부딪히는 소리처럼 세 사람의 앞날이 쨍! 하고 밝기를 바라며 술을 마셨다.

51. 치료 계획을 말씀드리죠

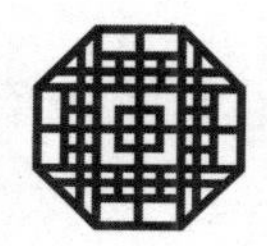

하란과 놀이공원 데이트를 하고 하란은 서울로 두삼은 논산으로 향했다. 내려가는 내내 통화를 하다가 병원에 도착하곤 끊었다.

"다시 시작해 볼까?"

데이트하는 동안 머리 한쪽으로 치워뒀던 환자에 대한 생각을 다시 장착하고 차에서 내렸다. 그리고 곧장 7층으로 올라가서 뇌전증 환자를 치료했다.

어제 입원해야 했을 환자가 오늘 입원을 했기에 쉬지 않고 치료하는데 세 시간이 꼬박 걸렸다.

"수고하셨어요, 전 간호사님. 들어가서 쉬세요."

"전 내일 늦게 나와도 되니 선생님께서나 얼른 들어가셔서 쉬세요. 내일은 또 24시간 근무잖아요. 이건 제가 응급실에 전해

줄게요."

7층 근무자들을 위해 야식을 준비할 때 응급실용도 미리 주문해 뒀다.

"괜찮아요. 내려가는 김에 제가 주고 갈게요. 모두 수고했어요. 내일 봐요."

치킨이 든 봉지와 음료수를 챙겨서 응급실로 내려갔다. 노상철과 연용섭만 있을 줄 알았더니 이상윤까지 가운을 입고 있었다.

"이거 드세요. 바빴나 봐요?"

"아니, 안 바빴어. 이 선생이 있어서 그런가 본데, 이 선생은 심심하다고 나왔어."

논산에서 벗어나지 못하고 휴일 이틀을 보내는 것이 쉽진 않았으리라.

"어지간히 심심했나 보네요. 수고하세요. 전 이만 내일을 위해 가봐야겠네요."

"잠깐! 나랑 같이 가자."

야식을 전달하고 가려는데 이상윤이 가운을 벗더니 따라 나왔다.

"집에서 귀신 나올까 봐 병원에 나와 있었던 거냐?"

"귀신이 왜 무섭냐? 인간이 제일 무섭다."

"근데 왜 같이 가재?"

"혼자 있는 거 딱 질색이거든."

그가 스폰까지 하며 섹스에 매달린 것도 어쩌면 외로움 때문이 아니었을까.

왠지 짠해져서 더 쏘아붙이진 않았다.

말없이 숙소로 향하는데 이상윤이 갑자기 걸음을 멈추더니 우물쭈물한다.

똥 마려운 강아지처럼 뭐 하냐고 물으려는 찰나 그가 입을 열었다.

"…술 한잔 안 할래?"

"……."

저 인간이 제정신인가 싶었다. 시계를 흘깃 보니 11시. 지금 들어가서 씻고 잠들어야 할 시간이다.

그러고 보니 이상윤은 내일 쉰다.

"간단히 한 잔 정돈 괜찮아."

헛소리 말고 들어가자고 말하려 입을 열었는데, 어렵게 꺼낸 말임을 떠올리자 전혀 다른 말이 나왔다.

젠장! 어렵게 꺼낸 말인지 어떻게 아느냐고!

"괜찮은 곳 아는데 가자. 내가 쏠게. 택시!"

야! 간단히 먹자니까! 저기 편의점 앞 테이블에서 먹어도 되고 실내 포장마차도 있는데 어딜 가는 거야!

역시 이번에도 생각과 달리 몸은 어느새 택시에 앉아 있었다.

유흥업소 밀집 지역이 멀지 않았고 늦은 밤이라 차가 막히는 것도 아니었기에 10분도 되지 않아 이상윤이 말한 곳에 들어갔다.

큰길에서 한 블록 들어간 곳에 위치한 수제 맥주 가게였는데 바처럼 되어 있어서 분위기는 나쁘지 않았다.

골목에 있는 것치곤 장사도 제법 되는지 몇 개 되지 않는 테이블은 꽉 차 있었다. 그래서 카운터 테이블에 나란히 앉았다.

"뭐, 마실래? 여기 에일 맥주 다 맛있어."

"알아서 시켜. 근데 네가 술 먹자고 하고 웬일이냐?"

"…그냥. 흠! 밥하는데 고생하는 것 같기도 하고 여길 소개해 주고 싶기도 하고."

"고마워서 사준다는 말이냐?"

"…그 정도는 아니고."

"훗! 아무튼 잘 마실게."

이왕 온 거 기분 나쁘게 해서 좋을 게 없었기에 더 묻지 않았다. 한데 막상 마음을 편하게 먹는 것까진 좋았는데 얘기할 것이 없어 조용히 맥주만 마셨다.

'방송할 땐 잘도 나불대더니. 막상 친해지면 말이 없어지는 타입인가?'

하여간 특이한 애다. 결국 두삼이 대화거리를 생각해서 물었다.

"희정 씨랑은 잘돼가냐?"

"잘되고 말 것도 없어."

"왜? 그날 수술 끝나고 두 사람 한참 얘기하는 것 같더니?"

"날 사귀게 되면 상처 입게 될 거라는 과거의 말의 되풀이였어."

"하긴. 너의 잘난 척은 나니까 버티는 거지 웬만한 내공으론 주화입마에 걸렸을 거야."

"…너도 잘난 척하는 거 만만치 않거든!"

"너의 잘난 척을 버티기 위한 허세랄까. 뭐, 가끔은 허세를 부리고 나면 묘한 즐거움은 있긴 하더라. 물론 침대에 누워서는 이불킥을 하게 되지만."

"난 타고난 거야."

"아닐걸. 타고난 건 너의 손재주지 잘난 척하는 게 아냐. 농담은 그만 두고 왜 너랑 만나면 희정 씨가 불행해지는 건데? 어릴 때 마녀의 저주라도 받았냐?"

"…아니. Anxiety Disorder이야."

"공황장애?"

"그건 Panic Disorder이고. 불안장애."

"후우~ 아무리 외워도 외워야 할 것이 천지구나. 나랑 말할 땐 가급적 한국어로 해줘라. 용어 장애 오겠다."

"그건 머리가 나쁜 거야."

"…올바른 진단 고맙다. 어떤 불안장애가 있는 건데? 혹시 좋아하는 사람한테는 말을 제대로 하지 못하는 그런 거냐?"

"……."

넘겨짚은 건데 맞는 모양인지 대답 없이 앞에 있는 맥주잔만 만지작거렸다.

"맞나 보네. 좋아하는 정도에 따라서 정도가 심해지는 거냐?"

끄덕끄덕!

"그 말인즉, 네가 희정 씨를 좋아한다는 말이네. 근데 아까 나한테 술 먹자고 할 때 우물쭈물하던데 혹시 나도 좋아하냐!"

"…미, 미쳤냐! 너, 넌 그러니까… 아직 승패를 가리지 못한 적이야. 맞아, 적! 적에게 같이 술을 먹자고 하는 게 이상해서 머뭇거린 거야!"

애쓴다, 애써.

잘난 척은 국보급에 자존심은 보물급인 이상윤에게 이렇게 순진한 구석이 있을 줄 누가 알았을까.

스스로 장애라고 말하는 걸 보면 컨트롤이 불가능하다는 말일 터. 어쩌면 그의 성격은 자신의 단점을 가리기 위해 만들어 낸 건지도 모르겠다.

반쯤 남은 맥주를 비우며 말했다.

"날 어떻게 생각하든 상관없어. 다만 희정 씨의 경우 좋아한다면 너의 불안장애에 대해 정확히 말하는 것이 좋을 거라 생각해. 피하면 넌 지금 자리에 머무르게 될 거야."

"…지금도 나쁘지 않아."

"너답지 않아. 나에겐 이기겠다고 말하면서 네 안에 있는 약한 놈에겐 왜 아무 말도 못 하는데? 질까 봐 무서운 거냐?"

"무섭지 않아. 그리고 내 안에 있는 놈은 너보다 훨씬 강해."

"훗! 겁먹었네."

"아니라고!"

"사랑하는 여자에게 장애가 있음을 밝히지도 못하고 헤어지자고 말하는 게 용기 있는 행동이냐?"

"……"

"널 인생의 맞수라고 생각했는데 착각인가 보다. 나에게 덤비기 전에 일단 너 자신이나 이겨."

하아~ 오늘밤도 이불킥 각이다.

이상윤은 분한 표정으로 말없이 맥주만 마셨고 두삼 역시 그에게 생각할 시간을 주려는 듯 내버려 뒀다.

* * *

"저 오늘 서울에 다녀와야겠습니다. 내일 근무 전까진 오겠습니다."

출근길에 따라 나온 이상윤은 노상철에게 통보하듯이 말했다. 노상철은 '이 자식 왜 이래?'라는 표정으로 두삼을 봤다. 그에 두삼은 어깨를 으쓱하는 것으로 대답을 대신했다.

"주말엔 논산에 붙어 있어야 한다는 걸 모르고 하는 말 같진 않고. 가지 말라고 해도 갈 얼굴이네?"

"예. 그럴 겁니다."

"그럼 안 보내줄 수가 없잖아? 쩝! 서두르지 말고 천천히 안전 운행 한다고 약속을 하면 보내주마."

"5분 먼저 가려다 50년 먼저 갈 생각은 없습니다."

"마음 변하기 전에 가."

노상철은 쿨하게 보내주었다. 그러고는 이상윤이 사라지자 두삼에게 낮은 목소리로 물었다.

"이 선생, 여자 있었냐?"

"여자 문제라는 건 어떻게 아셨어요?"

"저런 눈을 할 땐 딱 두 가지 뿐이야. 부모님 일, 아님 여자 문제."

"어제 술 먹으면서 한마디 했더니 저러네요."

"그래? 그럼 네가 야기한 문제라는 소리네? 혹시 이 선생이 내일 늦으면 내일 근무는 네가 서라."

"왜 제가……?"

"네 탓이니까. 아무튼 난 간다. 참! 정형외과의 조 선생님이 너 찾던데 뭐 잘못한 거 있냐?"

"조 선생님요? 아뇨. 처음 인사드릴 때를 제외하곤 스치듯이 본 적밖에 없는데요."

"목소리가 영 안 좋던데. 아무튼 조심해라."

꼼꼼히 생각해 봤지만 허세라의 친구 배수진을 만나고 왔다는 것밖에 접점이 없었다.

고민은 길지 않았다. 데스크의 간호사가 말했다.

"한 선생님, 정형외과의 조 선생님이 얘기하자고 하시는데요."

"올라간다고 말해주세요."

피할 수 있는 일이 아니기에 바로 정형외과로 올라갔다. 노크를 하고 들어가자 조찬규는 살짝 미간을 살짝 찌푸리는 것으로 현재의 감정을 보여줬다.

듣기 전에 무슨 일인지 모르니 모른 척 인사했다.

"선생님 부르셨습니까?"

"이쪽으로 앉게."

그는 앉자마자 불편한 심기를 드러냈다.

"며칠 전 배수진 환자를 진료했다지?"

"진료를 한 게 아니라 그저……."

"무슨 얘기를 한 건가? 도대체 어떻게 얘기를 했기에 내가 수술한 환자가 상처가 제대로 낫기도 전에 한 선생에게 재활 훈련을 받겠다는 소리가 나와!"

역시나 이 문제였다.

의사가 장래희망이고 의학 서적을 심심할 때 본다고 해도 병원 내의 역학 관계를 알기에는 무리인 나이니 배수진을 탓할 순 없었다.

제대로 화가 난 모양인데 좋게 끝내려면 아무래도 누군가의 이름을 팔아야 할 모양이다.

"죄송합니다. 배수진 환자의 친구인 허세라의 아버지가 한번 만나보라고 해서요."

"허세라의 아버지? 그 사람이 누군데 그런 부탁을 들어준 거야? 병원 관계자라도 되나?"

"허진규 회장이라 불리는 이인데… 아무튼 입이 열 개라도 할 말이 없습니다. 죄송합니다!"

"응? 허진규 회장?"

"네. 충남에서 꽤 유명하다는데 그렇지 않나 보네요."

"현재 병원에 입원해 계신?"

"아, 네. 아시는 분입니까?"

"충청도에서 웬만한 사람은 아는 분이지. 한데 어떻게 자네가 허 회장님을? 아! 식물인간으로 누워 있던 허 회장님을 고친 사람이 혹시……?"

식물인간으로 누워 있다던 허진규 회장이 얼마 전 누군가에 의해 깨어났다는 소문을 들었었다.

운인지 실력인지 알 수 없지만 충청도를 좌지우지하던 그를 고친 의사는 노다지를 발견한 것과 진배없다고 지인들과 얼마나 부러워했던가.

한데 허 회장을 고친 이가 눈앞의 두삼일지도 모른다 생각이

퍼뜩 들었다. 그러나 금세 고개를 절레절레 흔들었다.

'내가 지금 무슨 상상을. 충청도는 물론 전국에서 난다 긴다 하던 의사들도 치료를 하지 못했는데.'

부정하고 나자 다시 의문이 들었다. 현재 허진규가 병원에 입원을 해 있는데 담당 의사를 제외하곤 출입 금지였다. 즉, 그가 허진규를 만나고 그 딸과 얘기를 할 정도라면 담당의라는 얘기.

아무리 생각해도 결론이 나지 않았기에 결국 두삼의 입에 집중했다.

"우연찮게 제가 담당했는데 운이 좋았습니다."

"헉! 그, 그래?"

다시 머리가 복잡해졌다.

충남에 잠시 머무는 두삼은 어떨지 모르지만 모든 지지 기반이 충남에 있고 나중에 병원을 그만두고 정치에 뜻이 있는 그로서는 통성명을 할 수 있는 좋은 기회였다.

그가 머릿속으로 이리저리 재고 있을 때 두삼은 고개 숙여 사과했다.

"제 불찰입니다. 배수진 학생에겐 제가 만나서 잘 설득하겠습니다."

"…아니 그럴 필요까지야 없네. 상처가 아물지도 않았는데 그런 애기를 들어서 혹시 내 실력을 의심하나 해서 기분이 나빴던 것뿐이네."

"제가 볼 때 수술은 더할 나위 없었습니다. 소견이지만 그렇게 허리 수술을 할 수 있는 사람은 우리나라에서도 손꼽히는 정도일 겁니다."

"험! 그리 말해주니 고맙군. 배수진 환자의 친구 허세라 양도 그렇게 생각할지 모르겠군?"

"제가 두 사람은 물론 허 회장님께도 잘 설명을 드릴 생각입니다. 아니다. 차라리 선생님께서 직접 보고 설명하는 게 어떠십니까?"

"직접?"

"예. 저의 분야도 아닌데 어설프게 설명하느니 선생님이 하는 게 신뢰성이 있지 않겠습니까?"

"음, 그야 그렇지."

"그럼 그렇게 알고 준비하겠습니다. 다시 한번 사과드립니다."

"사과는 충분하네. 그리고 혹시나 배수진 환자가 자네에게 치료받길 원한다면 자네가 해주게."

"네? 아, 아닙니다. 제가 어떻게……."

"아냐. 오랫동안 치료가 필요한 경우 환자의 의지가 가장 중요하지 않나."

조찬규의 경우 낫지 않거나 낫더라도 적게는 수년, 길게는 수십 년이 걸릴지 모르는 척수 신경 손상 환자를 치료해 봐야 좋은 인상을 주긴 힘들었다.

자신의 영역을 침범당했다는 생각에 화가 난 거지 환자는 누가 봐도 상관없었다.

"그렇긴 합니다만……."

"그럼 그렇게 하는 걸로 하고 이만 나가보게. 참! 허 회장님 만날 시간이 결정되면 알려주게."

"…알겠습니다."

두삼은 인사를 하고 밖으로 나왔다. 그리고 머리를 거칠게 벅벅 긁었다.

'혼나는 걸 피하려다가 환자를 떠맡게 돼버렸네.'

아무래도 일복을 타고난 것 같다.

*　　　*　　　*

말이 나온 김에 조찬규가 허 회장과 점심을 같이할 수 있게 약속을 잡아줬다. 그리고 응급실로 내려왔다.

바쁘지 않을까 해서 급하게 내려왔는데 응급실은 진도훈이 간호사들과 수다를 떨고 있을 만큼 한가했다.

"서훈 선생님은?"

"아! 오셨어요? 휴게실에 계세요. 최근 바빠던 것 때문에 많이 피곤하신 것 같아요."

"환자는?"

"아침에 조깅하다가 다리 삔 사람 말고는 없습니다."

"어제 들어온 환자들은?"

"빤빼 환자랑 격리해 뒀던 독감 환자는 과에 이관했습니다. 그러고는 없습니다."

"오늘 저녁에 도대체 얼마나 오려고 이렇게 한가하냐? 폭풍전야 같지 않아?"

천 간호사가 얘기에 끼어들었다.

"제 생각은 달라요. 오늘은 조용할 것 같아요."

"응? 왜 그렇게 생각해요?"

"솔직히 금요일 밤부터 바쁜 이유의 대부분은 술꾼들 때문이잖아요."

"맞아요! 서울에서도 금, 토 환자의 7, 80퍼센트 술 때문에 일어난 일이에요."

진도훈이 지겹다는 듯이 고개를 절레절레 흔들며 거들었다.

"어제 환자 현황을 봤는데 매번 찾아오던 알코올 중독자들이 확연히 줄었어요. 그래서 한 달치를 살펴봤는데 신기하게 발길을 딱 끊었어요."

"아! 그러고 보니 진짜 그러네요. 요즘 취해서 고래고래 고함치는 인간들이 없었네요."

두삼은 찔리는 것이 있어 상습적인 술꾼들에 대해 성토를 하는 두 사람의 대화에 끼지 않았다.

사실 응급실에서 소란을 피우거나 술을 먹으면 안 되는 인간들을 만날 때마다 예전 자신을 폭행한 사람처럼 술을 먹으면 토하게 만들어버렸다.

욕은 기본에 갖가지 진상을 부리는 꼴을 보고 욱해서 시작한 일인데 이런 결과를 만들게 될 줄은 생각도 못 했다.

두삼이 생각을 하는 동안 두 사람의 수다는 경찰의 수사망처럼 점점 두삼을 조여왔다.

"그리고 찾다 보니 재미있는 게 있었어요. 술꾼들 중에서 술을 마시지 못한다고 정신과 상담을 받은 사람이 몇 명 있어요."

"진짜요? 어디 봐요. …와! 대박 진짜네. 뭣 때문에 이렇게 된 거지? 바이러스인가? 이런 바이러스라면 전국에 퍼져야 하는데."

"술을 즐기는 사람이 걸리면 어떻게 해요?"

"다른 걸 즐기면 되죠. 안 그래, 한 선생님?"

"…뭐 그렇지."

두 사람이 쓸데없이 자료를 찾다가 자신과 관련이 있음을 찾아낼까 두삼은 얼른 얘기의 방향을 돌렸다.

"천 간호사 말대로 오늘 한가하면 저녁은 내가 쏜다."

"오! 진짜요? 소요? 돼지요?"

"두 사람이 한번 생각해 봐."

"고기는 역시 돼지죠."

"이런 말도 못 들어봤어요? 내 돈으론 돼지, 네 돈으론 소. 당연히 소죠."

"제주 흑돼지는 소 못지않죠."

"제주 돼지를 논산에서 찾을 이유가 없죠. 논산 소도 있는데."

두 사람은 이제 소와 돼지를 놓고 첨예하게 논쟁을 했다. 단순해서 다행이라 생각하며 뇌전증 환자를 보러 올라갔다.

*　　　*　　　*

술이 응급실에 미치는 악영향에 대해 생각하게 하는 주말이 지났다.

빌어먹을 이상윤이 일요일 새벽에 연락해서 하루 대신 근무를 서달라는 말만 하지 않았다면 완벽하게 편안한 주말이 될 뻔했다.

어차피 그가 오지 못하면 근무를 서야 할 팔자였기에 울며 겨자 먹기로 설 수박에 없었다.

물론 그 덕에 오늘은 응급실 일이 없었다. 그래서 근무 교대 후 마음 놓고 자고 있는데 전화가 울렸다.

"…아~ 진짜 좀 쉬자!"

오랜만에 정말 짜증을 넘어 분노가 솟았다.

넘치는 기운과는 상관없이 적당한 잠은 생활의 필수 요소가 분명했다.

이상윤이었기에 다짜고짜 신경질을 냈다.

"왜! 왜!"

—…나 두원식일세.

"아! 워, 원장님. 전 이 선생인 줄 알고……."

—이 선생이 나한테 전화하라고 한 이유가 있었군. 잠을 깨운 건 미안한데 환자가 자네를 찾아서 말이야.

영악한 놈! 내가 화를 낼 줄 알고 두원식 원장에게 전화를 걸게 하다니.

"당장 가겠습니다. 근데 어떤 환자가 절 찾는 건지 물어도 되겠습니까?"

—방금 서울에서 내려온 하종윤 환자가 찾네.

하종윤이면 자신이 갔을 때 관심조차 보이지 않던 사람 아닌가.

의문을 뒤로하고 불러주는 병실로 올라갔다.

이상윤은 벌써 튀었는지 없었고 두원식 원장과 하종윤, 그리고 그의 가족들이 기다리고 있었다.

"환자분. 저 사람이 선생님을 담당할 한두삼 선생입니다. 얘기 나누세요. 전 이만."

두원식 원장도 자신의 할 일을 마쳤다는 듯 나가고 나자 병실 사람들의 시선이 일제히 두삼을 향했다.

익숙하다면 익숙한 시선이었기에 살짝 고개를 숙이며 인사한 후에 하종윤에게 다가갔다.

"안녕하세요. 절 보자고 하셨다고요?"

"예, 선생님!"

지난주 힘없이 누워 있던 사람이 맞나 싶을 정도로 그의 대답은 힘찼다. 그리고 덥석 손을 잡으며 말을 이었다.

"지난번 오셨을 때 혹시 저에게 뭔가를 하시지 않았어요?"

"특별한 건 아닙니다. 색전술과 비슷한 시술이라고 생각하면 됩니다. 한데 왜요?"

"뭔지 모르지만 기운이 돌아오는 게 느껴져요. 아침에 일어날 때도 움직일 때도 한결 가볍고요."

"음, 제 전문 분야가 아니라서 제 시술 때문에 그렇게 됐다고 말씀드리기가……."

"전 선생님의 시술 덕분이라고 생각합니다! 아니, 분명 맞습니다."

"믿는 건 좋습니다. 다만 지금까지 한 다른 시술에 영향이 있을 수도 있으니 일단 한번 살펴보겠습니다."

침대 옆에 있는 태블릿을 들어 지문을 인식시키자 병원 관리 프로그램이 떴다.

이미 하종윤에 대한 정보는 넘어와 있었다.

일주일 전 암센터에서 한 색전술의 결과를 살피기 위한 검사가 마지막 자료였다.

"잠깐 살펴보겠습니다."

수치를 머릿속에 넣고 그의 맥을 잡고 내부를 살폈다. 양의학의 검사처럼 정확하게 수치화된 결과를 얻을 순 없었지만 지난번 그의 내부를 살폈을 때의 몸 상태는 기억하고 있었다.

'내가 막아둔 것은 변함이 없고. 몸 상태 역시 딱히 변화가 없는 것 같은데…….'

암이 영양분을 흡수하지 못하면서 면역 체계가 제 기능을 회복하고 있는 건지, 암으로 인해 망가져 가던 간의 회복 능력이 약간 되살아난 건지 도통 모르겠다.

암세포에 영양 공급을 끊었다고 하지만 불과 사흘 만에 호전될 가능성이 보인다?

솔직히 회의적이다.

'본인이 제일 잘 느끼겠지. 그리고 포기한 상태보단 나으려는 의지가 중요하고.'

일단은 그가 긍정적으로 바뀐 것에 만족하기로 했다. 그래서 이왕 적극성을 보일 때 맡기로 할 때부터 계획했던 것을 말하기로 했다.

"사흘 만이라 그런지 미묘하네요. 하지만 환자분께서 몸의 변화를 느낀다니 좀 더 지켜보기로 하죠."

"네, 선생님!"

"그럼 앞으로의 계획을 말씀드리죠. 일단 색전술을 계속 유지하면서 현저히 떨어진 간의 기능을 회복시킬 수 있는 약재를 쓰게 될 겁니다."

"선생님이 하라는 대로 따르겠습니다."

"그와 함께 그 약기운이 간에 무리를 주지 않고 흡수될 수 있게 안마를 하게 될 거고요. 환자분께서 하셔야 할 일도 있습니다. 그건 가벼운 운동입니다. 걷기부터 해서 차츰 운동량을 늘려갈 겁니다."

"당연히 그래야죠."

계획을 짤 때 삶을 포기한 듯한 하종윤을 어떻게 설득하나 했었는데 긍정적으로 바뀌니 설명하기가 너무 쉬웠다.

"내일 아침부터 시술을 시작할 수 있도록 약재를 달여야 하니 이만 가보겠습니다."

"예, 수고해 주십시오."

가족들에게도 가볍게 인사를 하고 나왔다. 그리고 문을 닫으려고 하는데 방에서 목소리가 들렸다.

"아버지, 한약을 쓴다면 비용이 만만치 않을 텐데 그걸 마음대로 받겠다고 하시면 어떻게 해요. 저희랑 의논 후에 말씀하셔야죠."

"맞아요. 게다가 이런 시골에서 무슨 치료를 제대로 하겠어요. 차라리 제가 알아본 민간요법을 써보는 게 낫지 않겠어요?"

"내 돈으로 내가 치료받겠다는데 너희가 무슨 상관이냐! 이제 와서 쓸데없이 위해주는 척하지 말고 그만들 올라가!"

"아버지!"

"아빠! 저희가 간이식 수술을 안 해줘서 이러시는 거예요? 그건 이미 설명했잖아요. 그러니 쓸데없는 고집 피우지 마시고……."

"시끄러워! 이렇게 떠들 시간에 한 푼이라도 더 벌어야지! 꼴도 보기 싫으니 그만 가!”

“아버지, 진짜……! 우리도 이식해 드리고 싶어요. 하지만 수술해서 몇 달간 쉬면 우리 가족은요? 예린이 집은요? 다 굶어죽어도 괜찮다는 말씀이세요?”

또다시 가족 문제인가. 두삼은 더 듣기 싫었기에 문을 닫고 엘리베이터로 걸음을 옮겼다.

사실 알지 못할 뿐이지 문제없는 집이 있을까.

두삼 자신도 불과 1년 전만 하더라도 아버지와 말도 섞지 않았었다.

‘치료에만 전념하자.’

허 회장의 집안 문제의 경우 어쩔 수 없이 끼어들었지만 이번 일은 전적으로 달랐다.

응급실로 내려갔다.

모니터를 보며 환자의 차트를 작성하고 있던 이상윤이 자신을 보고 찔리는지 움찔하며 변명을 했다.

“환자가 꼭 널 보겠다는데 난들 어떻게 하냐?”

“누구 덕분에 이틀을 꼬박 일하고 자고 있어서 오후에 봐야 한다고 말했어야 하는 거 아니냐?”

“내가 그렇게 말했어. 한데 옆에 있던 원장님이 연락하라는데 별수 있냐?”

“후우~ 됐다. 화장실 갈 때와 나올 때가 다르다는 걸 모르는 것도 아닌데 화를 내봐야 내 손해지. 하종윤 환자 치료는 내가 맡겠지만 그 외의 시간은 네가 알아서 케어해.”

“외과랑 간호사들에게 말해뒀어. 물론 나도 틈틈이 가서 볼 거야."

"그럼 됐어."

"…그냥 가냐?"

더 이상 가타부타하지 않고 돌아서자 오히려 불안한 모양이다.

"왜? 희정 씨랑 어떻게 됐는지 물어주랴?"

"…잘됐어."

"말 안 해도 알거든. 잘 안 됐으면 네가 오늘 아침에야 왔을 리가 없잖아. 나 신경 쓰지 말고 일이나 하셔."

다시 돌아서다가 서훈 선생에게 하종윤에 대해 얘기를 해놔야겠다고 생각했다. 아무래도 하종윤의 일까지 더해지면 응급실에 있는 시간이 지금보다 더 줄어들 것이 분명했기 때문이다.

"서훈 선생님은?"

"휴게실에. 몸이 안 좋은지 잠깐 쉬신대."

"그래? 어디 안 좋으신가?"

최근 너무 피곤해하는 것 같다는 생각에 고개를 갸웃거리며 휴게실로 들어갔다.

그는 의자에 몸을 파묻듯이 앉아 졸고 있었다. 그러다 두삼의 인기척을 들었는지 화들짝 깼다.

"…환자야?"

"아닙니다. 간암 환자가 오늘 와서 내일부터 근무 교대 후 바로 병실에 올라가서 치료를 해야 해서요. 죄송합니다."

"아~ 아까 응급차에 실려 온 환자 말이구나. 어쩔 수 없는 일인데 죄송은."

"최대한 응급실 근무에 차질이 없도록 뇌전증 치료를 조절해 보겠습니다."

"됐어. 자네도 쉴 때 쉬어야 해. 젊다고 혹사하다 보면 내 꼴처럼 돼. 하암~"

"명심하겠습니다. 근데 많이 피곤하신가 봐요?"

"그러게 요즘 유독 피곤하네."

"환자도 없는데 위층 휴게실에 가서 편히 주무세요."

"그럴 수야 있나. 커피 한 잔 하고 나면 괜찮을 거야."

"그럼, 제가 간단히 마사지해 드릴게요."

"괜찮아. 근데 용섭이에게 듣자 하니 피로가 한 방에 풀리는 느낌이라면서?"

이건 뭐라고 해도 해달라는 말처럼 들렸다. 그래서 그의 뒤로 가서 섰다.

"머리부터 할 텐데 처음엔 조금 아플 수 있습니다."

"감안해야지."

"시작합니다."

머리의 혈을 가볍게 눌러 두피를 자극했다.

"끄응~ 아프면서도 시원하네."

"그만큼 건강이 좋지 않다는……."

"악! 크으~ 방금 거긴 진짜 아프네."

"여기요?"

"아악! 맞아, 거기. 종기라도 있는 거야?"

"…잠깐만요. 여기는 어때요?"

현재 누르고 있는 머리의 혈은 간과 연결된 곳이었다. 그래서 목에 있는 간 반사구를 눌렀다.

"윽! 거기도 아파."

더 이상 망설이지 않고 기를 그의 내부로 보냈다. 그리고 제일 먼저 간을 살폈다.

"……!"

"아픈 줄 알았으면 안 받는 건데. 근데 한 선생, 이렇게 아픈 게 정상이야?"

"…아뇨……."

"응? 정상이 아니라고? 어디가 이상 있는데?"

두삼은 두 번, 세 번 확인한 다음에 입을 열었다.

"…간암입니다, 선생님."

"허허허! 이 친구 잠 깨게 하려고 농담을 하는 모양이네. 올 초에 정밀 검사 다 받았는데 무슨 간암이……. 진짜가?"

"…죄송합니다."

휴게실엔 한참 동안 적막함이 맴돌았다.

* * *

"원장님, 노상철 선생에게 전화가 왔었습니다."

민규식이 수술을 끝내고 비서실에 들어서자마자 비서실장이 말했다.

"노 선생이? 들어가서 듣지."

집무실에 들어가 더덕 차를 따라 소파에 앉자 비서실장이 기다렸다는 듯 입을 열었다.

"의사협회에서 파견한 서훈 선생이 간암이랍니다."
"서훈 선생이?"
"예. 한 선생이 발견한 모양인데 조금 전에 검사를 마쳤답니다. 2기에 가깝다고 하더군요."
"쯧! 의사라는 친구가 제 몸 하나 간수 못 하다니."
핀잔이 아니라 안타까움에 하는 소리였다.
"수술은 가능하다던가?"
"예. 위치는 나쁘지 않다고 합니다."
"불행 중 다행이군. 의사협회엔 통보했나?"
"경황이 없나 봅니다."
"하긴 날벼락을 받은 기분일 테니. 서훈 선생 소속 병원이 어디지?"
"강서구의 2차 병원입니다."
2차 병원은 의료법에 따라 100개 이상의 병상, 7개 이상의 필수 진료 과목을 갖추고 진료 과목마다 전문의를 갖춘 종합 병원을 말한다.
"그곳에서 수술을 받기엔 무리가 있겠군. 우리 병원에서 근무할 때 발견된 것이니 원한다면 우리 병원에서 수술을 받을 수 있게 조치해 주게."
"알겠습니다."
"참! 추가 인원 요청은 안 하던가?"
"그런 말은 없었습니다. 애초에 서훈 선생은 별도로 추가된 인원이니 문제가 없지 않겠습니까?"
"원래대로라면 문제가 없었겠지. 그러나 서훈 선생 덕분에 생긴 여유 시간을 환자에게 쏟고 있는 한 선생이 있잖은가? 그 때문에 곤란해."

"그러고 보니 이번에 간암 환자 치료도 맡게 되었죠. 거기에 곧 하반신 마비인 환자도 봐야 하고요."

"그렇지. 그동안 고생 많았으니 이제 여유롭게 해줄 때도 됐지. 일도 거의 해결되었고 말이야."

"한 선생은 자발적으로 바쁘게 지내는 스타일이잖습니까."

"그러니 더 편하게 해줘야지. 완편이 될 때까지 기다리려 했는데 어쩔 수 없지."

최근 지방 병원 하나가 문을 닫는다는 발표가 났다. 그에 그 병원 의사들에게 접촉 중이었는데 꽤 긍정적인 얘기가 오가고 있었다.

한두 달 후면 완편이 될 거라고 보고 있었는데 상황이 기다려주지 않았다.

"오동현 선생을 내려보낼까요?"

"실력은 충분히 봤으니 그래주게. 그리고 이번 분기부터 순환근무 하는 외과 레지던트를 두 명 추가해서 4명씩 보내 응급실을 돕도록 하게. 인턴의 경우도 마찬가지고. 마지막으로 한 선생은 응급실에서 빼게."

"이번 주 안에 내려가도록 바로 준비하겠습니다."

어수선한 충남의 분위기와 달리 서울에선 빈자리를 메울 준비가 바로 진행됐다.

* * *

어느 날 몸이 좋지 않아 병원을 찾았는데 뜬금없이 암이라고 한다면 기분이 어떨까.

대체적으로 듣는 순간 머리가 멍해진다. 그다음 정신을 차리면 남게 될 가족들이 생각의 든다고 한다.

암에 대해 공부하고, 수술하고, 암 환자에게 최근 암의 경우 완치율이 높다고 말하는 의사라고 해서 다를 것 없었다.

예전에 비해서 완치율이 높아진 거지 사망 1위가 암일 만큼 여전히 많은 이들이 암으로 목숨을 잃는다.

'괜찮아. 수술하기 좋은 자리고 아직까지 병변 부위도 넓지 않잖아. 아냐! 간암은 재발 확률이 높아. 5년, 10년? 이제 유아원에 다니는 애들인데…….'

의사이기에 멍함에서는 빨리 깨어났다. 그러나 의사이기에 수많은 케이스를 보아온 것이 희망보단 절망 쪽으로 자꾸 내몰았다.

특히 이제 3살, 5살 난 두 아이가 심장을 뜨겁게 만들었다.

'그 애들을 위해서라도 절대 죽을 수 없어!'

얼마나 고민했을까. 가족을 위해서라도 절대 죽을 수 없다고 생각한 그는 자신의 수술을 해줄 사람을 머릿속에 떠올렸다.

'암의 권위자 김 교수님? 아냐. 이젠 연세가 있어서 본인이 집도하는 것보다 제자들이 수술을 해. 아신 종합병원의 천 교수? 아냐! 그 선생은 다 좋은데 손이 느려서 재발 가능성이 높아진다는 얘기가 있어.'

자신이 아는 사람들이 암에 걸렸을 때 소개해 줬던 이들을 하나하나 떠올려 보지만 막상 자신의 수술을 집도할 사람을 찾는 건 쉽지 않았다.

'이상윤 선생은 어떨까?'

그가 생각한 열 명의 의사 중에 낀 이상윤.

최근 그의 수술들을 살펴보면 믿고 맡겨도 될 의사 중 한 명임에도 분명했다. 특히나 어떻게 치료를 하면 최적의 치료가 될지 본능적으로 안다는 소문이 있었다.

서훈은 그와 석 달 가까이 지내본 결과 그 소문이 사실일 가능성이 높다고 판단했다.

'일단 의논이라도 해볼까?'

외과이긴 하지만 솔직히 전문 분야는 아니었다.

자리에서 일어나 밖으로 나가려던 그는 돌연 자리에 앉더니 메시지를 보냈다.

솔직히 지금 밖에 나가서 사람들의 동정 어린 시선을 받고 싶진 않았다.

"선생님, 부르셨습니까?"

이상윤은 1분도 되지 않아 들어왔다.

"…응, 좀 물어보고 싶은 게 있어서."

"말씀하세요."

"혹시 이 선생이 생각하기에 간암 수술은 누가 제일 잘한다고 생각해?"

"저요."

"…자신감이 대단하군. 왜 자네라고 생각해?"

"암의 경우 전이를 생각하지 않을 수 없지 않습니까. 수술 중

전이 가능성이 높아지는 것도 사실이고요. 즉, 전이가 되는 것을 최소화시킬 수 있게 빠른 판단과 수술이 중요하다고 생각합니다."

"그런 면에선 이 선생이 최고라는 거군?"

"솔직히 그렇다고 생각합니다. 그리고 만약 한 선생이 도와준다면 더 완벽하겠죠."

"음, 한 선생은 생각하지 못하고 있었네."

이상윤의 말을 곧이곧대로 믿는 건 아니었다. 그러나 수술할 때 두삼이 피의 흐름만 제대로 막아준다면 전이에 대한 걱정이 조금은 줄어들 것은 분명했다.

머릿속으로 또다시 엄청난 경우의 수를 계산하고 있는데 이상윤이 말했다.

"만약 제가 한 선생님 입장이라면 수술 안 합니다."

"…응? 색전술에 기대하겠다는 건가? 한데 색전술은 우리끼리 하는 얘기지만 한계가 있지 않나."

"한 선생의 색전술은 다르죠. 거기에 항암 치료를 더한다면 수술을 하지 않아도 될 겁니다."

"한 선생이 색전술을 할 수 있나? 내가 알기로 그의 능력은 혈액을… 아!"

"선생님도 알다시피 색전술이 영양 공급을 하는 혈액을 막는 것 아닙니까. 선생님이 2기에서 조금 더 진행됐다면 저도 수술을 권했을 겁니다. 하지만 지금 간의 절반을 잃는 건 너무 아깝습니다."

"……."

옳은 말이다. 그러나 아직 검증되지 않은 시술에 모험을 걸기엔 그의 삶이 너무 무거웠다.

이상윤도 그걸 아는지 또 다른 방도를 꺼냈다.

"이미 간암을 발견한 이상 검사를 통해 변화를 살펴볼 수 있으니 너무 겁내지 않아도 됩니다. 만일 조금이라도 발전할 기미가 보인다면 그때 수술을 해도 늦지 않습니다. 물론 전적으로 저의 의견입니다. 결국 선택은 선생님의 몫이니까요."

"…솔직히 말해줘서 고마워. 좀 더 고민해 보겠네."

해도 해도 끝이 날까 싶은 고민이었다.

* * *

논산에서 동쪽으로 30㎞ 정도 가면 인삼으로 유명한 금산이 있다. 금산엔 제법 큰 약재 시장도 있었기에 약재가 필요할 땐 가끔 들렀다.

서훈 선생이 간암이라는 걸 발견한 후 그가 검사를 받으러 들어간 사이 이곳으로 왔다.

마치 연인(?)처럼 보이는 두 뿌리의 금빛 인삼 동상을 지나 쇼핑센터에 차를 세운 후 센터 외부에 있는 10평 남짓의 가게로 갔다.

"총각 또 왔네?"

인심이 좋아 보이는 아주머니가 지난번에 온 것을 기억하고 반겨줬다.

"기를 보할 약재 좀 보려고요."

"이쪽은 국산이고 이쪽은 중국이나 베트남산. 마음껏 골라 봐."

"음, 일단 베트남산 오가피랑 하수오 주세요."

"오가피는 국산 좋은 거 있는데. 가격이 1.5배지만 약효는 훨씬 좋아. 색깔이 훨씬 좋잖아."

그녀가 권하는 국산 오가피를 봤는데 오히려 베트남산보다 좋지 않았다. 아니, 베트남산을 뭔가로 약물 처리를 한 게 분명했다.

장갑의 능력, 어쩌면 유전적으로 각성된 능력으로 약에 담긴 기를 볼 수 있는 자신에겐 장사꾼의 상술은 필요 없었다. 그저 시장의 평균 가격을 검색해서 눈탱이만 맞지 않으면 됐다.

'약물 처리는 하지 말지.'

씁쓸했지만 말하지 않았다.

약재를 정확히 보지 못한 채 납품받아 장사하는 이들도 제법 많았고, 그나마 이 집이 다른 가게에 비해 좋은 물건이 더 많았다.

"그냥 베트남산으로 주세요. 그리고 뽕나무랑 뽕잎도 주시고요. 음양곽 괜찮네요. 이것도 주세요."

"아이고~ 총각 급하네. 챙길 시간은 줘야지."

아주머니는 너스레를 떨며 두삼이 불러주는 약재를 정신없이 담았다.

그때 편안한 차림의 장년 남자가 투덜대면서 가게로 들어왔다.

"썩을 놈들! 멀쩡한 약재를 왜 국산인 것처럼 꾸미려고 탈색을 하고 지랄이야. 여보, 어제 들어온 국산 오가피 있지? 그거 한쪽으로 빼놔."

"왜요?"

"가짜야. 혹시 손님한테 판 건 없지?"

"없어요. 이 손님한테 권했으면 큰일 날 뻔했네요."

"다행이네."

장년의 남자는 비닐봉지에 싸둔 약재를 뒤적거리며 살펴보다가 살짝 놀란 얼굴로 두삼을 봤다.

"젊은 양반이 약재 보는 눈이 좋네요. 좋은 것만 쏙쏙 잘도 골랐어. 혹시 한의사나 약재상 해요?"

"한의삽니다."

"제대로 된 한의사네. 어디서 일해요?"

"충남 한강대학병원에 있습니다. 오래 있을지는 모르겠네요."

"아프면 그쪽으로 갈 테니 잘 봐줘요."

"하하! 전혀 아플 것 같지 않으신데요?"

"확실히 눈이 좋아. 내가 어릴 때부터 산을 타고 약초를 많이 먹어봐서인지 잔병치레한 적이 없거든요."

"그래 보이십니다. 근데 혹시 퀵이나 택배로 약재를 보내주시나요?"

"물론이지. 가격은 다른 곳보다 조금 비싼 것도 있어. 그리고 가끔 좋지 못한 약재 한두 가지 갈 때도 종종 있고. 염두에 둬야 할 거요."

"그 정도는 감안해야죠. 그럼 오늘은 이것만 가져가겠습니다."

조사해 온 것보다 10퍼센트 비쌌지만 좋은 약재를 샀기에 불만 없이 계산을 하고 병원으로 돌아왔다.

다음 날, 밤새 끓인 한약을 들고 집을 나서는데 하품을 하며 나오는 진도훈과 마주쳤다. 서훈 선생 때문에 하루만 쉬고 내려온 모양이었다.

"하루밖에 쉬지 못해 어쩌냐?"

"뭐, 익숙합니다. 사실 레지던트가 그동안 이틀씩 쉰 게 기적이죠. 근데 혹시 어제 한약 끓이셨어요?"

"냄새 많이 났어?"

"예. 새벽에 들어오는데 빌라 입구부터 확 풍기더라고요. 냄새만 맡아도 힘이 솟던데요. 하하!"

"환자 거야. 조만간 한 첩씩 끓여줄게."

"캬~ 말씀만이라도 감사합니다. 그나저나 서훈 선생님이 빠지시면 근무 조정을 해야 하지 않을까요?"

"아마 조만간 하겠지?"

근무 조정은 예상보다 빨랐다.

병원에 가자마자 바로 휴게실로 모였다.

"서 선생 소식은 모르는 사람이 없을 테니 바로 얘기하마. 서 선생은 오늘부터 근무에서 빠진다. 그리고 한 선생도 오늘부터 급할 때만 도와주고 빠져. 현재 하는 치료에 집중해."

"네? 저까지 빠지면 빡빡할 텐데요?"

"괜찮아, 모레 전문의 한 명, 레지던트 두 명, 인턴 네 명이 내려올 거니까."

그렇다면 이해가 됐기에 두삼은 고개를 끄덕였다.

솔직히 하종윤에 이어 배수진까지 맡으면 응급실 근무를 거의 할 수가 없기에 뇌전증 환자 수를 줄이거나 근무 시간을 조정해 달라고 말하려던 참이었다.

"근무 방식도 조금 바뀔 거야. 그건 전적으로 새로 오는 선생님에게 맡길 테니 결정되면 잘 따라주기 바란다. 그리고 추가 인원이 내려오기 전인 이틀 동안은 나랑 진도훈이 낮 근무, 이 선생과 연용섭이 밤 근무를 맡게 될 거다. 질문 있는 사람?"

연용섭이 손을 들면서 물었다.

"서 선생님 치료는 어떻게 되는 겁니까? 서울로 올라가시나요?"

"그건… 어차피 다 알게 될 테니 말하마. 어제 서 선생이랑 얘기를 나눴었는데 한 선생과 이 선생이 맡아줬으면 하더구나."

"저랑 상윤이가요?"

의외였기에 물었다. 한데 이상윤은 예상을 했는지 팔짱을 낀 채 말이 없었다.

"응. 회의 끝나면 하종윤 환자 옆방에 가봐라. 자세한 건 직접 얘기해. 다른 질문 없으면 이만 끝!"

회의가 끝나고 이상윤에게 물어볼까 하다가 시간 낭비인 것 같아 6층 병실로 올라갔다.

하종윤 옆 병실을 보니 환자명에 '서훈'이라고 적혀 있었다.

어제까지만 하더라도 같이 일하는 동료였는데 하루아침에 환자와 의사로 보게 될 줄이야.

착잡한 심정은 감추고 노크를 한 후 들어갔다. 서훈은 침대를 세우고 앉아 책을 읽고 있다가 두삼을 보곤 환하게 웃었다.

"왔어? 음, 높임말을 써야 하나… 요? 하하하!"

"선생님도 참. 당연히 높임말을 써야죠."

애써 밝은 척하는 걸 알기에 장단을 맞췄다.

"…에? 진짜 해야 하는 거냐?"

"하라 해도 안 하실 거잖아요. 식사는요?"

"이제부터라도 건강에 신경 써야지. 맛은 없었지만 꼭꼭 씹어서 다 먹었다."

"잘하셨네요. 그럼 이거 드세요."

"뭐냐?"

"한약요. 어제 약재 시장에 간 김에 선생님 것도 같이 사와서 끓였어요."

"…고맙다."

"많이 쓸 거예요. 그래도 선생님 체질에 맞춰서 한 거니까 남김없이 드세요. 근데… 왜 저한테 치료받는다고 하셨어요?"

"많은 경우의 수를 두고 깊이 생각해 봤는데 한 선생의 시술대로 해서 효과를 보면 최선일 것 같아서. 가족을 위해서라도 난 오래 살아야 하거든."

담담한 말이었지만 그의 현재 마음과 각오가 고스란히 느껴졌다. 허투루 환자를 본 적은 없지만 이번엔 제대로 해야겠다는 책임감마저 생겼다.

"부담 가지지 않아도 돼. 아니다 싶으면 이 선생에게 수술을 받을 생각이니까. 그런 결정을 내려도 이해해 주기 바랄게."

"…당연히 그래야죠. 그럼 그동안은 제가 맡아 최선을 다하겠습니다."

"부탁해, 한 선생."

"예! 치료 계획에 대해 말씀드릴게요."

"한약도 그렇고 치료 계획이라니, 혹시 내가 한 선생한테 치료받을 걸 알고 있었나?"

"좀 전에 알았습니다. 그저 하종윤 환자에서 했던 말 그대로 할 생각이었습니다. 역시 경험이 중요하네요."

"하하! 마치 노련한 전문의 같군."

기분 좋게 웃던 그는 문득 표정을 굳히며 말했다.

"참! …한 가지 고백할 것이 있어. 말하지 말까 했는데 아무래도 지금 말해야 내 마음이 편할 것 같아. 난 사실 의사협회에서 자네를 평가하기 위해 왔네."

"…그래서 어떤 평가를 내리셨어요?"

"알고 있었나 보군. 노 선생님이 말했나? 아님 민 원장님이?"

"고지식한 분들이 그럴 리가요. 의사협회와 껄끄러울 때 지방 발령을 받았고, 근무지는 제 분야도 아닌 응급실, 거기에 새로운 얼굴. 짐작이 가더라고요."

"근데 왜 모른 척했나?"

"숨길 게 없었으니까요. 제 도움이 필요한 환자가 있어 살리기 위해 노력했고 그래서 운 좋게 살렸다. 그게 끝이잖아요. 무엇보다도 선생님이라면 제대로 평가해 줄 거라고 생각했거든요. 뭐, 약간 박하게 줄 것 같다는 느낌도 있었습니다."

"…본 대로 올렸네."

"그럼 됐어요. 자! 서훈 환자, 치료 계획에 대해 말씀드리죠."

52. 의지의 힘

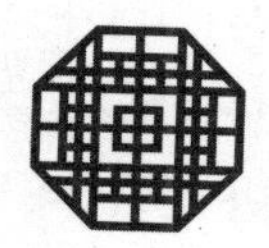

사람의 감정은 시시때때로 변한다. 우울했다가 친구의 농담 한마디에 기분이 좋아지기도 하고, 반대로 좋았던 기분이 거지 같은 손님을 상대하면서 엿같이 되기도 한다.

정도의 차이가 있겠지만 속으로 삭이거나 잊어버리면서 누구나 그렇게 산다.

한데 만약 감정의 기복이 크다면, 가령 방금 전까지 얌전히 있다가 갑자기 쌍욕을 하며 버럭버럭 화를 내거나 세상 서럽도록 펑펑 운다면 그땐 병원을 찾아 상담을 받길 권한다.

'음, 치료보다 정신과 상담을 받아보게 해야 하나?'

두삼은 한약이 몸에 잘 스며들도록 하종윤의 몸을 주무르면서 심각하게 고민했다.

어제까지만 해도 분명 살겠다는 의지를 보이며 시키는 대로 하겠다던 양반이 다시 처음 봤을 때처럼 세상 다 산 사람의 눈빛을 하고 있었다.

어제 자식들하고 싸워서 그런가 싶어 물어볼까 하다가 다시 기분이 좋아질 때까지 기다려보기로 하고 마사지를 마쳤다.

"됐습니다. 하루에 두 번 1시간씩 병원 뒤쪽 공원에서 산책하세요."

"……."

"하종윤 님? 하종윤 님?"

"…그럴게요. 수고했어요."

엎드려 절 받기다.

두삼은 머리를 긁적이며 밖으로 나와 7층으로 올라갔다. 부지런히 데스크를 정리하던 전 간호사가 두삼을 보고 놀란 표정으로 물었다.

"어? 선생님 지금 하시려고요? 아직 환자들 도착 안했는데요?"

"알려 드릴 게 있어서 왔어요."

"왠지 무서운데요. 선생님이 말할 때마다 일거리가 팍팍 늘어나잖아요."

"큭! 제가 간호사 분들을 배려하지 못했다는 얘기처럼 들리네요."

"후후! 다른 배려는 잘하시는데 일에 대한 배려는 못하는 편이죠."

"명심하겠습니다. 다른 건 아니고. 저 응급실 일은 그만두게 됐어요. 그래서 앞으로는 정확한 시간에 환자들을 볼 수 있게 됐어요."

"어머! 정말 다행이네요."

"하하! 그렇게 기뻐하시다니 힘드셨나 보네요."

"아뇨. 제가 아니라 선생님 쉴 시간이 없었잖아요. 근데 혹시 환자 수를 늘일 생각은 아니시죠?"

"네. 현재 수를 유지할 생각이에요."

"제가 조금 전에 한 말 때문에 그러는 건 아니고요?"

"아니에요. 이제 여유가 생기면 그냥 여유롭게 하려고요."

이번에 서훈을 보고 환자를 위해 열심히 하는 것도 중요하지만 자신의 삶 역시 중요하다는 걸 느꼈다.

스스로의 만족 때문에 일을 하기도 하지만, 결국 자신의 물질적으로든 정신적으로든 삶의 질을 높이기 위해 일을 하는데 지금은 일에 매몰되어 있을 뿐이었다.

"잘 생각하셨어요. 선생님이 열심히 하는 모습이 멋있긴 했지만 솔직히 시간에 쫓기는 모습에 안타까울 때가 더 많았어요."

"그런가요?"

"호호! 제가 힘든 것도 있었고요. 이제 저도 마흔 중반이 넘다 보니."

"헐~ 30대 중반인 줄 알았어요."

"피이~ 영혼 없는 거 보이거든요."

"쉬면서 연기력을 늘려야겠네요. 아무튼 오후 1시 30분부터 하는 걸로 할게요."

"네."

"그럼 시간도 남는데 같이 식사하실래요? 만날 야식만 먹었잖아요."

"내일 먹어요. 간호사들 근무 시간 조정해야 해서요."

"제가 말할 때마다 일이 생기네요. 그럼 내일 해요."

7층에서 내려오면서 누구와 먹을까 생각해 봤다. 혹시나 싶어 노상철에게 연락했는데 막 환자가 들어와서 바쁘단다.

"여유가 생겨도 함께 식사할 사람도 없구나. 그럼 혼자서 즐겨 볼까."

병원을 나와 평소엔 먹을 엄두도 못 냈던 줄 서서 먹는 맛집으로 향했다.

* * *

서울에서 새로운 사람들이 내려왔다. 오동현 선생이 앞으로 충남 응급실을 담당할 사람이라 응급실의 책임자가 됐다.

그는 꽤 현실적인 사람이었다.

노상철과 이상윤이 서울로 돌아갈 경우를 생각해서인지 일을 최소화시켜서 배치했다. 그 덕에 서훈을 제외하고 긴급 투입됐던 응급실 사람들끼리 첫 회식을 할 수 있었다.

"어디 불편하세요? 얼굴 표정이 안 좋으세요."

7층으로 올라가자 전 간호사 물었다.

"어제 먹은 술 때문에 속이 불편하네요."

"많이 먹었나 봐요?"

"쯧! 성질을 건드리는 자식이 있어서 본때를 보여주려고 마셨는데 한계를 넘었나 봐요."

"호호! 이상윤 선생님이랑 술 대결하셨군요?"

그랬다. 어쭙잖게 승부를 걸어오기에 받아준 것이 실수였다.

이상윤은 예상보다 훨씬 술을 잘 마셨다. 저녁을 먹으며 시작한 술 먹기가 새벽 2시까지 이어지면서 결국 무리를 해버린 것이다.

무협지에서 나오는 주독을 손으로 빼어내는 재주를 배우고 싶을 만큼 몸이 무거웠다.

"이겼어요?"

"당연하죠! 테이블에 머리 박는 것까지 봤죠."

"훗! 선생님께 그런 치기가 있는 줄 몰랐네요."

"상윤이와 엮이면 그렇게 되네요."

"수액이라도 놔드려요?"

"됐어요. 뼈저리게 느껴봐야 다음엔 미련한 짓을 하지 않죠. 일이나 하죠."

치료 순서는 늦게 입원한 순으로 가장 마지막에 하는 이들은 오늘 퇴원하는 이들이었다.

"다 됐습니다! 퇴원하셔도 됩니다. 혹시 경련이나 발작 증상이 다시 일어나면 바로 방문해 주세요."

"그럴게요. 감사합니다, 선생님. 노아야, 너도 인사드려야지."

"선생님, 고맙습니다."

"하하! 그래. 이제 아프지 마렴. 그럼 안녕."

환하게 웃으며 퇴원을 하는 환자를 보는 건 언제나 즐겁다. 이러한 점 때문에 힘들어도 환자 수를 계속 늘렸는지도 모르겠다.

열 번째 환자의 퇴원을 허락한 후에 다음 병실로 향하며 전 간호사에게 물었다.

"민수가 마지막인가요?"

"네, 선생님."

김기순 기자의 아들 김민수도 어느새 치료 마지막 날이다.

병실로 들어가자 그동안 한 번도 찾아오지 않았던 김기순이 와 있었다.

"안녕하세요, 선생님."

"…아, 네. 안녕하세요."

아무리 김기순이 마음에 들지 않아도 아들인 민수가 보고 있는데 무시하는 건 어른스럽지 못한 것 같아 제대로 인사했다.

물론 바로 민수의 손을 잡으면서 다른 말이 나오는 걸 막았지만 말이다.

민수의 뇌를 살폈다.

사실 민수의 뇌를 살피게 된 건 행운이었다. 빠르게 진행이 되는 만큼 뇌전증이 어떻게 진행이 되는지를 살필 수 있었던 계기가 되었기 때문이다.

치료를 하는 데 아직까지 특별히 도움이 되진 않았지만 뇌전증을 악화시키거나 새로 만드는 건 가능했다.

어찌되었건 진전이라면 진전이었다.

마지막 남은 이상 세포를 죽인 다음 손을 뗐다.

"끝났습니다. 민수의 경우 갑작스럽게 시작된 만큼 다른 곳에서 발생할 가능성이 다른 환자들보다 높다고 봐야 합니다. 발생하지 않으면 최상이겠지만 발생하면 바로 절 찾아주세요."

"감사해요, 선생님!"

"제 일인데요. 오늘 퇴원하셔도 됩니다. 민수야, 이제 아프지 말고 건강하게 지내."

"네~"

다 나았다는 말에 환하게 웃는 민수의 머리를 쓰다듬어 준 후에 병실에서 나왔다. 그때 김기순 기자가 뒤따라 나오며 불렀다.

"한 선생님!"

"네?"

"면목이 없습니다. 믿을지 모르겠지만 두 번 다시 함부로 기사를 쓰지 않겠습니다. 죄송합니다."

"그러시든가요."

"…감사합니다."

고개를 숙이는 그를 일견한 후에 돌아섰다.

그가 보이지 않자 천 간호사가 조심스레 물었다.

"선생님 보기보다 뒤끝이 있으시네요?"

"그가 손해를 보거나 벌을 받은 건 없잖아요."

속이 좁아 보일지 모르지만 아직 그를 용서하지 않았다. 김기순이 돌이킬 수 없는 일을 하고 사과를 하는 것으로 끝났다고 생각하지 않길 바랐다.

"뭐, 언젠가 그가 제대로 살고 있으면 잊을지도 모르겠네요."

"제대로 살겠죠. 아니, 그렇게 믿어야죠."

"간호사님을 보면 제가 참 냉정하게 사는 것 같네요."

"선생님이 냉정하다고요? 절대! 아니에요."

우우우웅~

[연락주세요.]

라는 메시지가 왔다.

"…맞을걸요. 저 통화해야겠어요."

"그러세요. 저도 이제 환자 퇴원시켜야겠네요."

"얼른 끝내고 퇴근하세요."

비상계단으로 나가 아래로 내려가면서 메시지를 보낸 사람에게 연락을 했다.

"예, 이시진 변호사님."

—조해수 건의 진행 사항에 대해서 말씀드리려고요.

"거의 끝났나 보군요?"

—한 선생님의 최종 결정만 남은 상태죠.

"말씀하세요."

—6억은 그대로 돌려받고 그동안 6억에 대한 이자와 위로금으로 1억. 그리고 조해수 씨를 부추겼던 이의 전화번호. 물론 상대 요구는 고소 취하이고요.

"그게 최선입니까?"

—현재 살고 있는 집, 차, 통장, 1억씩 받았던 가족들까지 탈탈 털었습니다.

사실인지 아닌지는 알 수 없다. 그러나 전적으로 맡겨놓고 믿지 않는 것도 우습다.

"전화번호는요?"

—2개였습니다. 과거에 연락했던 전화번호는 대포폰이었는지 추적이 불가능했고 이번에 연락한 번호는 현재 추적 중인데 큰 기대는 안 하시는 게 좋을 겁니다.

두삼은 잠깐 생각하다가 결정을 내렸다.

"그럼 그렇게 합의를 봐주세요. 다만 접근 금지는 계속 유지시켜 주시고요."

—당연히 합의 사항에 넣어둘 겁니다.

"수고하셨습니다."

—허허! 수고는요. 덕분에 추가 수입까지 생겼는걸요. 조만간 서류 들고 찾아가겠습니다.

전화를 끊고 나니 앓던 이가 빠진 것처럼 속이 다 시원해졌다. 결과만 놓고 보자면 자신이 당한 것에 비해 많이 부족했다. 그러나 나머지 복수는 일을 자신을 파멸시키려고 했던 이에게 할 생각이었다.

"아! 이러고 있을 시간 없지."

형식적이긴 하지만 환자를 받아야 했다.

"어서 와, 한 선생."

조찬규는 전과 달리 반갑게 맞이해 줬다.

"그때 점심은 맛있게 하셨습니까?"

"덕분에. 그저 잠깐만 봐도 되는데 웬 식사 약속까지 잡았나. 하하하!"

"허 회장님이 선생님께 부탁한다고 직접 마련한 자리인데요. 그나저나 물리치료 말고는 선생님의 도움이 절실합니다. 잘 부탁드리겠습니다."

치료 시간 외엔 정형외과 의료진이 그녀를 맡아서 케어해야 했다.

"걱정 말게. 레지던트들과 간호사들에겐 말해뒀으니 한 선생은 물리치료만 신경 써."

"감사합니다. 그럼 배수진 환자에게 가보겠습니다."

"그래. 가끔 차 마시러 오고."

"네. 그러겠습니다."

환자를 뺏는 모양새에서 다행히 환자를 넘기는 모양새로 잘 해결되어 다행이었다.

사실 문제가 발생한 후 오늘까지 배수진의 근처에도 가지 않았다. 지금 하는 모습을 보면 굳이 그럴 필요까진 없었지만 자신을 곤란하게 한 괘씸죄도 있었다.

노크 후 안으로 들어갔다.

그녀는 전과 마찬가지로 책을 읽고 있었다. 달라진 건 양의학 서적에서 한의학 서적으로 바뀌었다는 정도.

"한의사 되게?"

"딱히요. 양의학에 비해 경락이니 기(氣)니 뭔가 뜬구름 잡는 느낌이에요."

"왜 그런 한의학을 공부한 나에게 치료를 받겠다고 한 건데?"

"지금은 뜬구름이라도 잡아야 할 타이밍이니까요. 화난 건 좀 풀렸어요?"

"…내가 화가 났다고?"

"절 피했잖아요. 아니에요?"

맞다. 허세라와 함께 휠체어를 타고 내려온 것을 보고 피했다.

"…아닌데?"

"증거가 없으니 할 말은 이것밖에 없네요. 죄송해요."

"뭐가?"

"뜬구름을 잡겠다는 생각만 했지, 병원 내 정치적인 문제를 고려하지 못한 거요."

하반신 마비가 되었다는 걸 알았을 때도 덤덤하더니 사과하는 것도 덤덤하다.

참 특이한 애다. 과연 배수진에게 감정이라는 것이 있을까 의문이다.

이쯤해서 괘씸죄는 머릿속에서 지우기로 했다. 덤덤하게 보여도 그녀가 어떤 생각을 하고 있을지 어느 정도 이해가 됐다.

"나도 미안해."

"피한 거 말씀이죠? 이해해요. 만났으면 더 곤란하게 되었겠죠. 그래서 한 번만 내려갔던 거예요."

"두 번 설명하지 않아서 좋지만 적당히 똑똑했으면 좋겠다."

"왜요?"

"이제부터 하게 될 치료는 머리보다 의지가 더 필요한 영역이거든."

"그거라면 걱정 마세요. 타고난 성격 때문에 이성적으로 보일지 몰라도 사실 당장 걷고 싶어서 미칠 지경이에요."

"그럼 됐어. 나도 최선을 다할게. 그리고……."

"무슨 말 할지 알아요. 최악을 생각하라는 거죠? 선생님이 포기하더라도 전 절대 포기하지 않을 거예요."

각오를 말하는 배수진은 처음으로 덤덤함을 벗어 던지고 열망 어린 목소리로 외쳤다.

* * *

두삼이 배수진을 맡게 되면서 그녀를 1인실로 옮겼다. 이동이 불편한 그녀가 물리치료실을 왔다 갔다 할 수 없음을 배려도 할 겸 침대 주변은 몇 가지 기구를 설치하기 위함이었다.

노크와 함께 새로 옮긴 병실로 들어갔다.

"끄응!"

배수진은 침대 위에 설치된 가정용 턱걸이용 기구와 비슷하게 생긴 기구를 양손으로 잡고 용을 쓰고 있었는데 얼마나 했는지 에어컨이 작동하는 병실임에도 땀을 뻘뻘 흘리고 있었다.

"…너 뭐 하냐?"

"헉헉! 보면 알잖아요. 이렇게 운동을 하면서 하체에 힘을 주는 연습을 하라면서요?"

"후우~ 머리만 좋았지 사람 말을 제대로 듣질 않네. 가볍게! 한 번 할 때 5분씩 하라는 말은 뇌에서 삭제했어?"

"가볍게, 한 번 할 때 5분씩 했어요. 다만… 너무 자주 한 것뿐이죠."

두삼은 고개를 절레절레 흔들었다.

"이 간호사, 땀 닦아주고 옷 갈아 입혀주세요. 상처 부위는 신경 써주고요."

"네, 선생님."

"근데 어차피 물리치료 할 때도 땀을 많이 흘리니 그냥 해도 되지 않아요?"

"내 코는 무슨 죄냐? 나도 좀 살자."

"여고생의 땀 냄새 좋아하지 않아요?"

"…내가 변태냐?"

"그럼 고통스러워하는 걸 즐기시나요?"

두삼은 말을 섞기 싫었기에 대답 없이 밖으로 나왔다. 옷을 갈아입고 나면 들어갈 생각이다.

사실 현재 그녀가 받고 있는 물리치료는 무척 고통스러운 것이었다. 그에 시술이 끝나고 나면 바로 잠들 만큼 진이 빠졌다.

똑똑!

다 되었음을 알리는 노크 소리에 들어갔다. 그리고 손목을 잡고 허리를 살폈다.

무리한 운동에 상처 주변의 미세혈관 몇 곳이 터지고 근육이 손상됐다. 혹시 몰라 상처 주위의 뼈와 척수에 기운을 둘러둔 것이 천운이다.

두삼은 손을 뗀 후에 그녀의 이마에 딱밤을 때렸다.

"아얏! …뭐, 뭐 하는 거예요?"

"전신 마비가 되고 싶지 않으면 두 번 다시 무리하지 마. 내가 특별한 말을 하기 전까진 한 시간에 5분. 그 이상은 절대 안 돼."

"…말로 하면 되지 꼭 때려야 했어요?"

"말로 해선 안 들으니까 그렇지. 다음에 또 이러면 그땐 한 대로 끝나진 않을 거야. 정 억울하면 고소해."

"고소하면 그 핑계로 손 떼려고요?"

"잘 아네. 안 할 거면 마우스피스 물고 누워."

말이 끝나기 무섭게 그녀는 마우스피스를 입에 물고 누웠고 두삼은 그녀의 왼쪽 다리를 천천히 들어 올렸다.

"……!"

순간적으로 일어나는 고통에 배수진의 양손에 힘이 잔뜩 들어갔다.

현재 그녀가 느끼는 고통은 두삼이 일부러 만들어내는 고통이었는데 뇌에 다리와 척추 사이가 연결되어 있다고 각인시키는 것이다.

나연섭의 조임근이 그랬듯이 엉망이 되어버린 신경이 다시 생성되게 하는 과정이랄까.

'용케도 잘 참는단 말이야.'

미리 자신의 몸에 몇 번 테스트를 해봤었는데 거짓말 안 하고 본능적으로 악 하고 소리를 질렀었다. 그에 비하면 배수진은 정말 잘 참고 있었다.

물론 아프다고 비명을 지르지 않는다 뿐이지 표정에는 다 나타났다.

그 모습을 보면 가여웠지만 아직 상처가 완전히 굳지 않은 지금 해야 더 효과를 볼 수 있다는 생각에 모질게 하고 있었다.

물리치료를 할 때 배수진만 땀을 흘리는 건 아니었다. 두삼도 상처가 덧나지 않게 신경을 써야 했기에 이마에 땀이 송골송골 맺혔다.

얼굴에서 난 땀으로 앞섬이 젖었을 때 물리치료가 끝났다.

"휴우~ 오늘은 여기까지 하자."

두삼은 용케 잘 버틴 그녀의 머리를 가볍게 쓰다듬어 주며 머리에 기운을 불어넣어줬다.

"잘 버텼다. 푹 쉬어."

"……."

이미 진이 빠질 대로 빠진 배수진은 몇 번 눈을 끔벅거리더니 잠이 들었다.

*　　　*　　　*

8월 15일이 지나 시원하게 비가 내린 후 더위가 한풀 꺾였다.

한데 두삼은 여름 날 손님이 몰리는 응급실에 있을 때보다 더 답답한 얼굴로 두 개의 모니터에 영상과 사진을 띄워놓고 번갈아가며 보고 있었다.

노크 소리도 없이 문이 벌컥 열리며 이상윤이 두삼의 임시 사무실로 들어왔다.

"바쁜 사람 왜 오라가라야? 주말인데 안 올라가?"

"저녁에 갈 거야. 한가하면서 바쁜 척은. 이거 봐봐."

"뭔데? 음, 간암 사진인데… 하종윤 환자 거네."

"단번에 아네?"

"난 한 번 본 건 잘 안 잊어버려."

"더위도 한풀 꺾였는데 어째 네 잘난 척은 도무지 꺾일 줄을 모르냐?"

"내 잘난 머리가 필요 없다면 이만 가마."

"지금 가면 네 숟가락이 내가 만든 밥상 위에 올라가는 일은 없을 거다."

"치사한 놈, 먹는 걸로 협박을 하다니……. 얼마나 나았는지 봐달라는 거냐?"

그는 좌측 사진과 영상, 우측 사진과 영상을 번갈아가며 보다가 중얼거렸다.

"이쪽이 최근에 찍은 거네. 암이 살짝 줄었어."

"그렇지? 그럼 이건 어때?"

다음 두 장을 화면에 띄웠다.

"서 선생님 사진이네. 가만, 음… 정확하게 측정해 봐야 알겠지만 이것도 살짝 줄어든 기분인데? 너의 색전술에 항암 치료가 효과가 있었나 보군."

"응. 내가 느끼기에도 확실히 작아졌어. 병변 부위의 확장은 당연히 멈췄고."

"잘됐네. 근데 왜 썩은 얼굴을 하고 있어?"

"하종윤 씨의 경우 증상은 호전되고 있는데 몸 상태는 점점 나빠지고 있어. 그래서 혹시 내가 놓치고 있는 게 있나 싶어서."

"그래?"

그는 다시 사진과 영상을 꼼꼼하게 살폈다. 그러나 발견되는 게 없지 고개를 갸웃거렸다.

"안 보이는데? 혹시 일시적인 명현 증상 아냐?"

"명현 현상은 갑작스러운 이상 증상에 의사들이 변명으로 하는 얘기고."

일시적으로 새로운 증상이 나타나거나 악화되는 증상을 통칭하는 명현 현상은 의서에도 없는 단어다.

명현 현상에 대해선 설왕설래가 많지만 증명된 건 아무것도 없다. 즉, 좋아지기 위해서 일시적으로 이상 증상이 일어난다는 말 역시 증명되지 않았다는 것이다.

양의학이라고 다를 바 없다. 의사들은 주로 원인 불명이라는 단어를 쓸 뿐이다.

아무튼 명현 현상을 얘기하는 사람이 있다면 증상의 발생 원인을 모르고 있다고 봐도 무방하다.

"그럼 항암 치료가 힘들어서 그런 거 아냐? 서 선생님은 어때?"

"서 선생님은 컨디션이 좋아."

"그럼 방법은 한 가지 뿐이야. 지켜봐."

"…그게 끝이냐?"

"바라는 것도 많네. 주의 깊게 지켜봐. 간다. 홍섭이 수술 퍼스트 들어가야 해."

"……."

어이가 없었지만 현재로써는 그의 말이 정답이었다. 하지만 가만히 있는 건 성미에 맞지 않았다.

병실로 갔지만 산책을 갔는지 비어 있었다.

'서훈 선생님을 보면 내가 행하는 치료는 잘못된 것이 아니야. 그런데도 몸이 점점 약해진다니… 내가 보지 못한 다른 병이 있을지도 모르겠어.'

병원 뒤엔 공원처럼 꾸며둔 휴식 공간이 있었는데, 이곳에 온 적은 석 달이 넘는 기간 동안 다섯 손가락 안에 들었다.

병원에 오면 점심도 후다닥 먹어야 하는데 언제 느긋하게 산책을 하겠는가.

선선해졌다 하지만 낮엔 아직 더웠는데, 이곳은 나무 그늘이 많아 시원했다. 그래서 많은 환자들이 곳곳에 마련된 의자에 앉아 휴식을 취하고 있다.

"어, 한 선생! 산책하는지 감시하러 왔나?"

서훈이 가족들과 함께 공원을 거닐고 있다가 반갑게 인사했다.

그는 어제 있었던 검사 결과에 무척 만족하는지 표정이 좋았다.

"하하! 비슷합니다."

"이렇게 열심히 하고 있습니다, 선생님. 하하하! 아! 이쪽은 우리 와이프랑 애들."

"안녕하세요, 사모님. 함께 일하는 한두삼입니다."

"안녕하세요. 말씀 많이 들었어요. 잘 부탁드려요."

"최선을 다하겠습니다. 이 애들이 영우와 영현이군요. 안녕, 반가워."

남자애는 꾸벅 인사를 하는데 여자아이는 낯을 가리는지 아빠 뒤에 가서 숨었다.

"이 녀석들, 아빠 동료인데 '안녕하세요' 하고 제대로 인사를 해야지."

"아니에요. 애들이 다 그렇죠. 반가워. 아저씨가 이거 줄 테니까 맛있는 거 사먹어."

두삼은 지갑에서 5만 원 지폐를 꺼내 아이들에게 건넸다. 애들한테 많이 준다고 약간의 실랑이가 있었지만 결국 건넨 후 헤어졌다.

찾고 있던 하종윤은 구석진 의자에 멍하니 하늘을 보고 있었다.

"산책은 하고 앉아 계신 거예요?"

"……."

입에 본드를 붙였는지 요즘 며칠은 대답조차 없다.

속으로 한숨을 내쉰 후 옆에 앉았다.

"무슨 생각을 하는지 모르지만 방해하지 않을게요. 다만 혹시 제가 놓친 게 있나 싶어서 그러니 맥 좀 잡아보겠습니다."

대답은 없었지만 하종윤의 맥을 잡고 내부를 살피기 시작했다. 훑어보는 것이 아니라 확대를 하면서 꼼꼼히 살폈다.

'나이가 들어 약해진 부분이 제법 있긴 한데 이 때문에 생명력이 약해지진 않았을 것 같은데… 더 찾아보자. 분명 생명력이 약해지는 원인이 있을 거야.'

정신없이 보고 있는데 갑자기 그의 내부 장면이 머릿속에서 사라졌다. 뭔가 싶어 봤더니 하종윤이 스스로 팔을 빼버렸다.

왜 그러냐고 묻기 전에 그가 입을 열었다.

"…한 선생, 그만하게."

"점점 약해지고 있어서 혹시 다른 문제가 있나 싶어서 살펴보는 겁니다. 지금 불편하면 다음 주 편해질 때 다시 하도록 하죠."

"괜찮네. 나한테 너무 신경 쓰지 말게나. 난 말일세……."

그는 다시 하늘을 보며 멍하니 있다가 말을 이었다.

"지금 이대로 있다가 저곳으로 갈 생각이네."

"…치료를 포기하시겠다는 말입니까? 그러면 왜 굳이 이곳까지 내려오신 거죠? 그리고 첫날 보였던 그 반응은 뭐고요?"

두삼은 약간 격앙된 목소리로 물었다.

치료를 받고 받지 않고는 환자 마음이지만 갑자기 그만둔다고 하니 왠지 모를 기분에 짜증과 화가 났다.

"그건… 미안하네. 말 못 할 사정이 있네."

"사정이 뭔지 말씀을 하셔야 저도 포기를 하든지 마음을 비우든지 하지 않겠습니까? 혹시 자녀분들이 치료비가 비싸다고 해서 그런 거라면 걱정 마세요. 의료 보험이 되는 항목으로 올릴 생각이고 한약의 경우도 원가만 받을 생각이니까요."

"…들었나 보구려?"

"나가기 전에 얼핏 들었습니다. 죄송합니다."

"아니오. 선생이 어떻게 내 자식들보다 낫구려. 한데 그 애들을 너무 고깝게 보진 말아주시오."

"각자의 사정이 있는 법이죠. 가족분들을 모욕할 뜻은 없습니다. 그저 환자분이 건강해지길 바랍니다."

그는 물끄러미 두삼을 봤다. 그러더니 정말 기분 좋다는 듯 방긋 웃었다.

"선생은 참 좋은 분이군요. 조금 더 일찍 만났으면 좋았을 텐데……."

그는 웃음을 지우고 헛헛한 표정으로 하늘을 보며 말을 이었다.

"죽음 때까지 말하지 않으려 했던 것인데 선생한테 말해야겠구려. 그렇지 않으면 포기하지 않을 테니 말이오. 난 고아 출신이라 그런지 일찍 가정을 꾸리고 싶었소. 아이도 적적하지 않게 넷은 낳고 싶었지요. 가족을 주지 않은 것이 하늘도 불쌍히 여겼을까. 사랑할 수밖에 없는 여인을 만나 소원하던 대로 일찍 결혼을 했고 아이도 낳았소."

처를 생각하고 있을까 그는 아득한 과거를 보며 행복한 표정을 지었다. 그러나 곧 정말 슬픈 표정으로 바뀌었다.

"행복도 잠시, 둘째를 낳다가 애들 엄마가… 죽었소. 더러운 세상 따라 죽을까도 생각했지만 그녀와의 사이에서 태어난 아이들 때문에 그러지 못했다오. 엄마 없이 키운 아이들처럼 보일까 참 많이 노력했는데… 허허! 돈을 벌면서 하려니 쉽지 않더이다. 그래도 지방에 있는 대학일망정 모두 보냈고 결혼까지 시켰소."

서론이 무척 길었다.

자식을 낳아 사회생활을 할 수 있는 성인으로 키운 것만으로 부모의 역할은 끝이다.

한데 부모는 그렇지 않은 모양이다. 결혼을 해도, 그리고 손주를 낳아도, 자식의 귀밑머리에 흰머리가 생겨도 여전히 어린 아이처럼 안쓰럽고 마음이 가나 보다.

자식을 가지지 못한 두삼은 아직까지 이해하지 못하는 영역이다. 그러나 하종윤의 말을 듣자 하니 그와 크게 다르지 않는 부모님이 떠올랐다.

"간암에 걸렸을 때 빈말이라도 자신의 간을 주겠다고 하지 않는 모습에 솔직히 실망이었다오. 물론 이해는 하오. 첫째는 손주들이 이제 돈이 많이 들어가는 나이이고, 둘째는 애들이 아직 어리고… 게다가 나의 불운을 이어받았는지 사는 것도 변변치 않고."

두삼은 아무 말도 하지 않고 그의 말을 경청하려 했지만 이번엔 참을 수가 없었다.

"그건 환자분의 잘못이 아니라 자신이 과거에 했던 행동에 대한 결과일 뿐입니다."

"다른 사람에게 그런 얘기를 들었다면 나 역시 선생처럼 말했을 거요. 근데 애들이 사는 모습을 보니 잘해준 것은 기억나지 않고 못 해준 것만 기억에 납니다. 허허허."

"그렇다면 더욱더 건강해져서 그들을 계속 지켜봐야하지 않겠습니까?"

"이제 돈도 벌지 못하고 쓰기만 하는 내가 무슨 도움이 되겠소. 본래는 집 한 채 남은 것은 날 치료하려는 데 쓰려고 했는데 문득 아등바등 살다가 아무것도 남겨주지 못하고 가는 것이 더 두렵더군요."

"그게 무슨……."

"이곳에 오기 전에 집을 팔았소. 두 자식의 명의로 통장을 만들어뒀소. 그리고 일부는 병원비와 내 장례식 비용으로 놔뒀으니 병원비 걱정은 마시오."

"……!"

두삼은 왜 간암의 상태가 호전되고 있음에도 그가 자꾸 약해져 가는지 알 것 같았다. 하종윤은 자식들에게 몇 푼 남겨주고자 살고자 하는 본능마저 버려 버린 것이다.

백번 양보해서 몸이 약해져서 판단력이 흐려졌다고 생각해도 이해가 되지 않았다.

감동이 아니라 분노가 목구멍으로 올라왔다.

이유는 모르겠다.

그를 포기해 버리고 그 시간에 살고자 아등바등하는 이들을 고치는 것이 훨씬 나을 것이라는 걸 알면서도 참을 수가 없다.

두삼은 자리에서 일어나며 화를 억누르며 말했다.

"…누가 환자분이 병원비 떼어먹을 거라고 말이라도 했습니까?"

"아니오. 그저……."

"환자분이 무슨 말씀인지는 잘 알아들었습니다. 그러나 이해하려 해도 도무지 이해가 되지 않네요. 전 살리기 위해 최선을 다할 겁니다."

"……."

"그리고 꼭! 꼭……. 월요일 치료할 때 뵙죠."

낫게 하겠다는 말은 삼켰다. 다만 결과로 보여주겠다고 다짐했다.

*　　　*　　　*

쏴아아아아아~

태풍이 올라온다더니 어젯밤부터 내리기 시작한 비는 아침이 되어서는 더욱 거세졌다.

"이상윤, 빨리 안 나오냐! 노상철 선생님은 벌써 가셨어. 서둘러."

출근 준비를 마치고 대기하고 있는데 이상윤이 나오질 않자 소리쳤다.

그제야 방문이 열리며 그가 나왔다. 한데 뭣 때문인지 모르지만 그답지 않게 쭈뼛거렸다.

"뭐야? 똥 마렵냐? 그럼 싸고 와. 나 먼저 갈게."

"…아냐."

아니라면서도 표정은 여전히 똥 마려운 표정.

손이 자꾸 머리로 올라가는 걸 보니 가발을 벗은 현재의 머리가 마음에 들지 않는 모양이다.

뇌수술을 할 때 빡빡 민 머리카락이 이제 제법 자라서 가발을 벗은 것이다.

"머리 때문이냐?"

"…바보 같지 않냐?"

"누가 네 머리에 신경 쓴다고 그래? 그전보다 단정해 보이고 훨씬 좋아."

"네 눈이 촌스러운 건 아니고? 패션의 완성은 얼굴이야. 그리고 얼굴 중 가장 중요한 건 머리고."

"쯧! 일단 얼굴이나 완성해."

"…하여간 재수 없다니까."

같이 출근하고 거의 같은 시간에 퇴근하다 보니 이렇게 티격태격하는 시간이 많아졌다.

한바탕 말다툼을 끝내고 병원으로 향하는데 비가 억수같이 쏟아졌다.

우산을 쓰고 있는데도 무릎 아래로는 비에 흠뻑 젖었다. 예상하고 슬리퍼에 반바지를 입어서 다행이지 병원에 가자마자 다시 옷을 갈아입을 뻔했다.

"수고해라."

"너도."

짤막하게 작별을 고한 후 두삼은 정문으로, 이상윤은 응급실로 향했다.

우산을 접고 로비로 들어가는데 좌우로 푯말을 들고 서 있는 이들이 서 있었다.

[해영건설은 피해자 가족에게 제대로 배상하라!]

[음주운전 살인자 황치산을 감옥으로!]

[기억나지 않는다는 말로 피해자를 두 번 울리는 황씨 일가는 각성하라!]

픗말의 붉은 글씨와 피해자 가족들의 심각한 표정에서 황치산이 일으킨 사건이 끝나지 않았음을 느꼈다.

안내 데스크로 가서 물었다.

"무슨 일이래요?"

"오늘 해영건설의 황 회장이 온다는 얘기가 있어서 이쪽으로 왔나 봐요."

"응? 이쪽으로 왔다는 건 오늘이 처음이 아니라는 거네요?"

"음주운전 가해자가 있는 채병원에서 매일처럼 하고 있나 보더라고요."

"피해자들에게 제대로 된 배상을 하지 않은 건가요?"

"글쎄요. 그것까진 모르겠어요."

"그렇군요. 수고하세요."

궁금해서 물어보긴 했지만 생각해 보니 피해자 가족들이 무엇 때문에 저러는지 알았다고 해도 자신이 할 수 있는 일이 없었다.

탈의실에서 옷을 갈아입고 하종윤의 병실이 있는 5층으로 올라갔다. 데스크의 간호사들에게 인사를 하고 막 지나가려고 하는데 간호사가 불렀다.

"한 선생님, 일반외과 과장님이 찾으세요."

"네? 무슨 일로?"

"글쎄요. 선생님이 오면 과장실로 오라는 말만 전하라고만 해서 잘 모르겠어요."

충남 병원에선 암센터가 별도로 없어 하종윤과 서훈의 경우 일반외과 담당이었다.

가타부타 말이 없던 양반이 왜 갑자기 보자고 하는 건지 의문이었지만 일단은 가야 했다.

똑똑!

—들어와요.

안으로 들어가자 먼저 온 손님이 두 명 있었는데, 그중 한 명이 고 변호사였다. 그렇다면 옆에 앉아 있는 반백의 장년인은 황치산의 아버지가 분명하리라.

그들의 시선을 무시하고 과장에게 인사했다.

"안녕하세요, 과장님. 부르셨다고 들었습니다."

"처음 왔을 때 인사하는 자리에서 한 번 보고 이렇게 보는 건 처음이군."

"먼저 인사를 드렸어야 하는데 죄송합니다."

"아냐. 지금이라도 하면 됐지. 다른 게 아니라 한 선생에게 치료받고 싶어 하는 환자가 있어서 말이야."

바로 거절할까 하다가 외과 과장의 체면도 세워줘야 했기에 일단은 한발 물러섰다.

"누군데요?"

"황치산이라고 얼마 전 교통사고로 우리 병원에서 뇌수술을 받았던 환자야."

"…아! 알고 있습니다. 수술 후 신경외과에서 전신 마비 판정을 받고 채병원으로 간 걸로 알고 있는데요."

"맞아. 자세한 건 저기 계신 황 회장님과 얘기해 보게. 우리 병원을 위해서 물심양면으로 도와주는 분이니까 혹여나 실례를 해선 안 되네."

"…그러겠습니다."

"난 잠깐 나가 있지."

과장은 나가면서 격려하듯이 두삼의 어깨를 툭 치고 나갔다. 고생하라는 뜻 같기도 했고 거절하지 말라는 뜻 같기도 했다.

속마음을 읽는 재주는 없었기에 일단은 고민을 접고 소파로 가서 인사를 한 후 앉았다.

"안녕하세요, 한두삼입니다."

"반갑소."

황 회장이라는 사람은 말을 낮추진 않았지만 건방짐이 몸에 배었는지 다리를 꼰 자세에서 살짝 고개를 끄덕였다.

'하~ 누가 갑인지 모르는 건가? 동글동글 살려고 하는데 자꾸 태클을 걸어 모나게 만드네.'

막말로 과장이 소개했다고 하지만 무시해 버리면 그만이다. 그렇게 하더라도 과장이 자신에게 불이익을 줄 수 있는 건 아무것도 없었다.

두삼의 생각이라도 읽었을까, 고 변호사가 나섰다.

"한 선생 또 보는군요."

"그러네요. 황치산 씨 치료를 저에게 맡기고 싶다는 겁니까?"

"그렇습니다."

"제가 한의사라는 건 아시는 거죠?"

"물론입니다."

"제 전문 분야도 아닌데 저에게 맡긴다니 솔직히 좀 당황스럽군요."

"겸손하군요. 허 회장을 고치고, 현재 간암 환자 두 명을 치료 중이고, 척수를 다쳐 하반신이 마비된 여학생도 고치고 있지 않습니까."

"자세히도 알아보셨네요."

"몇 가지 소문도 알고 있지만 그게 중요한 건 아니니까요. 아무튼 맡아주겠습니까?"

"그 전에 알고 싶은 것 한 가지와 알려 드릴 일 한 가지가 있습니다."

"말하세요."

"알고 싶은 거 먼저 하죠. 출근하다 보니 피해자 가족들이 피켓을 들고 있는 걸 봤습니다. 무슨 일이죠?"

"그건 한 선생님이 모르셔도 되는……."

"다친 걸 핑계로 한 푼이라도 더 받고 싶어서 개지랄하는 거지. 치료비에, 일실손해액, 간병인 비용, 향후 치료비까지 다 주겠다는데 얼토당토하지도 않게 위자료를 더 내놓으라고? 거지 같은 놈들!"

갑자기 황 회장이 나섰다. 그러고는 거침없이 뱉었다.

"별것도 아닌 일에 한몫 챙기려고 난리치는 꼴이라니. 정 억울하면 법으로 하면 될 거 아냐! 나라에 망조가 들었는지 툭하면 붉은 띠 두르고 거리를 나서고 지랄들인지. 내 자식도 다쳤어! 이거 왜 이래!"

"……."

"한 선생이라고 했지? 저들이 불쌍한가? 흣! 아들 녀석 이름으로 된 재산은 이미 피해자들이 고용한 변호사가 승냥이처럼 다 뜯어갔어."

그 아버지에 그 아들인 건가.

신체 상해로 받을 수 있는 손해배상 항목을 다 꿰고 있는 건 아니지만 위자료를 청구하는 건 피해자로서 당연한 권리로 알고 있다.

지 자식 귀한 줄 알면 다른 자식 귀한 줄도 알아야 할 텐데, 두삼의 눈엔 최대한 돈을 주지 않기 위해 용쓰는 모습으로 밖에 보이지 않았다.

속은 부글부글 끓었지만 아까도 언급했듯이 자신이 나설 일은 아니었다.

"그런 사연이 있었군요. 그저 시끄러워서 물어본 것뿐입니다. 아무튼 잘 해결되길 바랍니다."

"그래? 세상을 꼬인 시선으로 보나 했더니 꽤 현실적으로 사는 친구군."

"현실적으로 살아야죠. 의문이 풀렸으니 이번엔 알려 드릴 걸 말하죠."

두삼은 잠깐 뜸을 들인 후 말을 이었다.

"황치산 씨가 수술을 할 때 직접 들어가 확인한 사람으로서 정신이 깨어난 것도 기적입니다. 솔직히 고칠 자신이 없습니다."

"해보기 전에는 모르는 일이지. 혹시 마음에 들지 않아서 하기 싫은 건 아니고?"

"치료할 때 환자의 선악은 따지지 않습니다."

따진다. 엄청 따진다.

다만 과장이 실례되는 행동을 하지 말라고 해서 예의상 돌려 말하는 것뿐이다.

"잘됐네. 그럼 맡으면 되겠네."

"맡긴다면 맡겠지만… 제 분야가 아닌 일을 할 땐 별도의 비용을 청구합니다."

"얼마나?"

"원래는 치료할 때 적게 받고 성공했을 때 많이 받습니다만 이번 경우는 제 능력으로도 성공 확률이 거의 없다시피 해서 치료비로 받아야겠네요. 한 번 치료에 천만 원. 한 달에 스무 번 하는 거로 하겠습니다. 물론 선불이고요."

하기 싫은 일을 하는데 돈이나 벌자는 생각에 왕창 불렀다.

"…자신이 없다면서 치료비는 세게 부르는군."

"혹시 제 소문 들을 때 사례금으로 얼마나 받았는지는 못 들었습니까? 생각해서 싸게 해드렸는데… 어쩔 수 없죠. 아까 말했듯이 전 무척 현실적입니다. 딱히 아쉬운 것도 없고요."

"……."

황 회장의 얼굴이 구겨지며 눈 끝이 실룩거리자 고 변호사가 얼른 귓속말을 했다.

"회장님 일단 저 친구 말대로 하시죠."

"확신도 없는데 그 돈을 주란 말이야? 진짜 실력이 있는 거 확실해?"

황 회장은 자신이 쓰는 돈을 아까워하지 않지만 남들에게 돈 주는 건 단 만 원도 아까워하는 사람이었다. 한데 하루에 천만

원이라니.

만약 아들 일만 아니었다면 욕을 퍼부었을 것이다.

"허 회장을 고친 것도 저 친구입니다. 그리고 상당한 돈을 받은 것도 사실일 겁니다. 일단은 준다고 말한 후 시간을 버십시오. 그다음 분위기를 봐서 적당한 선에서 주면 될 겁니다."

"빌어먹을! 못 고치기만 해봐라. 아주 반쯤 죽여줄 테니까."

두삼은 집중을 하면 두 사람의 대화가 들릴 거리였지만 무시했다. 사실 그들이 선택할 수 있는 길은 한 가지밖에 없었다.

대화를 끝낸 황 회장은 탐탁지 않은 표정으로 입을 열었다.

"자네 말대로 해주지."

"알겠습니다. 한데 낫지 못했다고 나중에 다른 소리 하시면 안 됩니다."

"날 어떻게 보고! 고작 그깟 돈에 딴소리할 거라고 생각하는 건가!"

"겪어보니 돈 앞에선 사람들이 참 비겁해지더군요. 물론 교양 있는 회장님께서 그럴 거라곤 생각하지 않습니다. 그러니 깔끔하게 제가 아는 변호사에게 공증을 받으시죠."

"…고 변, 원하는 대로 해줘."

표정을 보니 나중에라도 돈을 돌려받을 자신이 있는 모양이다. 물론 그땐 못 이기는 척 돌려줄 거다. 어차피 치료는 시늉만 할 생각이니 아깝지 않았다.

내일 다시 얘기하기로 하고 과장실에서 나와 허 회장의 병실로 향했다.

"회장님, 한 가지 부탁이 있습니다."

"드디어 세라와 사귀기로 했나?"

"…참 끈질기시네요."

"허허허! 농일세. 자네가 정색하는 표정을 보고 싶어서 한번 해봤지. 어려운 부탁은 아닌 것 같으니 말해보게."

"공증받을 일이 있어 그러는데 변호사 한 사람 소개해 주십시오."

"매일같이 드나드는 친구가 있으니 말해두겠네. 한데 무슨 공증을 받으려고?"

두삼은 황 회장에 대한 얘기를 간단히 해줬다. 한데 황 회장 얘기가 나오자 허진규는 인상을 찌푸렸다.

"쯧! 더러운 인간과 엮였군. 그 인간은 법 따윈 깡그리 무시하는 인간이야. 공증은 아무 소용없을 거야."

"짐작하고 있습니다."

"돌려줄 생각인가?"

"생떼를 부리면 어쩔 수 없지 않겠습니까?"

돌려주게 되면 선물(?)도 함께 줄 거라는 건 말하지 않았다.

"하긴. 그 인간을 상대하느니 그 편이 낫지. 내가 좀 도와줄까?"

"아닙니다. 나중에 도와주십시오."

"그땐 내 마음이 바뀔지 몰라."

"그럼 어쩔 수 없고요."

"쩝! 재미없는 친구야. 안 그래도 조만간 황해영 그 인간 손 좀 볼까 했는데 자네 때문에라도 조금 서둘러야겠군."

"회장님과 사이가 안 좋았습니까?"

"아니. 내가 건강할 땐 살살거리고 있다가 내가 앓아눕자마자 내 것을 넘봤더군. 이제 이자까지 붙여서 찾아와야지."

"선불로 받길 잘했군요. 피해자 가족에게 갈 돈은 남겨두십시오."

"남겨두면 그자가 줄 것 같나? 차라리 내가 챙겨서 주는 게 낫지."

"그러시든가요. 그럼 환자 세 명 보고 오겠습니다."

"그러지 말고 오늘은 나부터 해주게. 퇴원 전에 내 몸 상태도 봐주고."

"퇴원하시게요?"

"그자를 손보려면 내가 직접 움직여야 하거든. 걱정 말게. 종종 오겠네."

걱정 안 한다. 그는 퇴원을 했어도 벌써 했어야 할 만큼 아주 건강했다.

53. 다시 서울로

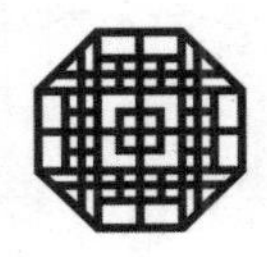

투둑! 투둑! 비가 연신 창을 때린다.

오전에 병원 업무를 다 마시고 집안 대청소를 했음에도 아직 3시다.

TV나 볼까, 아님 병원을 다시 나갈까 고민할 만큼 할 일이 없다.

“지금쯤 한창 비행기를 타고 있겠네.”

두삼은 먹구름으로 가득한 하늘을 보고 중얼거렸다.

하란은 자율 주행 프로그램을 미국의 자동차 회사에 팔았다. 돈은 중국 기업이 더 주기로 했는데 그녀의 국적과 세금 문제로 미국 기업을 선택했다.

그에 오늘 떠나 한 달 가까이 미국에서 머문다고 하니, 병원 일이 줄어 여유가 생겨도 할 일이 없었다.

비 오는 걸 좋아하는데도 하릴없이 마냥 보고 있자니 조금 지겨워졌다.

그래서 소파로 가서 지난주에 가지고 온 할아버지의 진료 기록을 살폈다.

평소 내성적이던 이가 가급씩 급작스럽게 흉폭해지는 병 때문에 내원을 했는데 과일과 평소 먹는 음식으로 병을 고쳤다는 대목을 보던 두삼이 중얼거렸다.

"언제 봐도 새롭단 말이야. 전엔 그냥 그러려니 하고 넘어갔었는데 이건 음식을 통해 호르몬을 조절해서 치료한 게 분명해."

기록을 보면 여전히 평범해 보이는 것이 많은 것을 보면 할아버지의 수준은 아직까지 넘사벽이었다.

언제 심심했나 싶을 정도로 집중하고 있는데 전화벨이 울렸다. 전화한 사람의 이름 때문에 잠깐 망설이다가 통화 버튼을 옆으로 밀었다.

"응, 해인아. 잘 지내지?"

—그럭저럭. 그건 그렇고 논산에 내려갔다고 어떻게 한 번도 연락을 안 해?

"…새로운 일을 맡아서 정신없었어, 미안."

—미안해? 그럼 나 저녁 사줘.

"나 논산에 있어."

—알아. 가게에 전화해 봤어.

"비도 많이 오는데 굳이 오늘 내려오려고 해? 다음에 날 좋을 때 와. 그래야 관광도 하지."

—내려가는 게 아니라 목포에서 올라가는 중이야.

"목포에 일이 있었어?"

—너도 알걸. 우리 2년 후배 중에 미선이라고 작고 까매서 커피 우유라고 불리던 애. 걔 오늘 결혼했거든.

작고 까맣다고 하니 떠오르는 후배가 있었다. 아주 까만 게 아니라 커피 우유처럼 딱 적당한 피부 톤이었고 워낙 얌전해 동기 중에도 좋아하는 애들이 있었다.

"아! 커피 우유! 당연히 알지. 근데 걔 결혼했어?"

—응. 어떤 남자가 걜 데리고 살까 했는데 의외로 괜찮은 남자 만났더라.

얌전한 줄 알았던 그녀의 본모습은 짓궂은 선배 한 명이 커피 맛이 날 것 같다며 그녀의 손등을 핥으면서 드러났다.

찰진 욕에 웬만한 남자들은 그냥 바보로 만들 수 있는 무술 실력까지. 손등을 핥았던 선배는 경해대병원 응급실에 실려 가야 했다.

"성격이 괄괄하긴 한 거지 좋아하는 사람들 꽤 많지 않았나?"

—그건 그렇지. 아! 10분 뒤에 논산 시외버스 터미널이래. 밥 사줄 거지?

"알았어. 나갈게."

일이 있다면 모를까 이미 온 애를 매정하게 보낼 수는 없었다.

코코아 택시를 예약한 후 적당한 옷으로 갈아입고 버스 터미널로 갔다.

80년대 분위기가 물씬 풍기는 대합실로 들어서자 예쁘게 차려입은 주해인을 알아보고 손을 흔들었다.

"민폐 하객이네. 신부가 싫어했겠다."

"풉! 멀리서 온 손님을 맞이하는 자세가 훌륭하네. 나 배고파 일단 밥부터 먹자."

"뭐 먹을래? 너 회 좋아하니까 회 먹을까?"

"목포에서 엄청 먹고 왔어."

"그럼 근처에 소고기 잘하는 데 있어. 약간 걸어야 하는데… 지금 비가 많이 와서 신발이랑 스타킹이랑 다 젖을 것 같은데."

"이미 한 번 젖어서 상관없어."

"…옛날엔 그런 거 질색했잖아? 요즘은 참 많이 털털해진 것 같다?"

"아줌마가 되어가는 거지. 가자!"

터미널에서 나와 조금 걸어 가게로 들어갔다.

"조용한 방으로 주세요. 마른 수건도 주시고요."

방으로 안내를 받은 후 수건을 주해인에게 건넸다.

"젖은 다리로 신발 오래 신고 있으면 안 좋아."

"넌 여전히 친절하구나?"

"이런 건 누구나 하는 기본이야."

"…아닌 사람도 있어. 고기는 내가 구울게. 맛있게 굽는 법을 배웠거든."

순간적으로 우울한 표정을 짓던 그녀는 일부러 활기차게 말하면 집게를 잡았고 두삼은 모른 척했다.

"좋은 고기엔 술이 있어야지. 혹시 들어가 봐야 한다거나 그런 건 아니지?"

"딱히."

"비번일 땐 술을 먹어야 해. 그래야 병원에서 전화가 와도 무사하거든."

"내가 아는 선생님도 그러시더라. 좋은 고기에 소주는 좀 그렇고 와인으로 마시자."

"좋을 대로."

와인과 함께 적당히 익은 고기를 한 점 입에 넣으니 살살 녹았다.

"모든 게 그대로인 줄 알았는데 변한 것도 있네."

"너도 많이 바뀌었어. 근데 뭐가?"

"먹는 거. 예전엔 그냥 배를 채우기 위해 먹었는데 이젠 맛을 음미하면서 먹네."

"어쩌다 보니 그렇게 됐네. 네가 고기를 잘 구운 것도 있고."

"호호! 말이라도 고맙다."

전에 들은 얘기 때문에 심적으로 약간 불편한 걸 제외하곤 마치 대학 때처럼 편하게 술과 고기를 먹었다.

이야기는 누군가가 혈을 잘못 찔러 한쪽 얼굴이 굳어졌다든지, 침으로 어떤 병을 고쳤다든지 하는 주로 병원에서 발생하는 이런저런 사건들이었다.

"참! 한강대학 내년에 한의과 개설한다면서?"

"응, 내후년쯤 한다는 얘기가 있었는데 내년부터 하기로 한 것 같아."

"현재 병원에 있는 한의사들 대부분이 교수로 가게 될 거라는데, 넌 어떻게 됐어?"

"제안이 왔어."

"잘됐다! 축하해! 우리 동기 중에 교수가 되는 사람은 네가 처음일 거야."

"고마워. 사실 할까 말까 고민했었는데 얼마 전에 해보기로 마음을 먹었어."

"왜 고민을 해. 무조건 해야지."

"학생들을 가르칠 자격이 있나 싶어서."

"자격? 누군 날 때부터 교수였대? 하면 되는 거지."

"그건 그렇지. 그나저나 이제 슬슬 일어나 볼까?"

"아직 8시밖에 안 됐는데 벌써 보내려고?"

"서울 도착하면 이래저래 12시 되겠다."

"내일도 비번이야. 그리고 너 웃긴다. 예전엔 늦어서 집에 들어간다고 해도 잡던 애가 초저녁에 사람을 보내려고 하니?"

"……."

'그땐 함께 있고 싶은 연인이었으니까'라는 말이 속에서만 맴돌았다.

"배는 채웠으니 술 먹으러 가자. 이왕이면 조용한 데가 좋겠다. 나이가 드니 시끄러운 건 질색이야."

"…그래."

전에 하란과 함께 갔던 정원식 레스토랑 겸 와인 바로 데리고 갔다.

"어서 오세요! …어느 자리로 안내해 드릴까요?"

종업원이 전에 하란과 왔던 걸 기억하고 있었을까 옆에 있는 주해인을 보고 묘한 표정을 지었다. 짐작컨대 '그런 여자를 두고 바람을?' 정도가 아닐까 싶다.

"와인이랑 치즈, 요리사 추천 안주로 주세요."

반쯤 밀폐된 조용한 자리에 앉아 주문을 하고 나자 주해인이 물었다.

"분위기상 남자끼리 온 건 아닌 것 같고 누구랑 같이 온 거야?"

"애인이랑."

"전에 말한 분?"

"그새 바뀌었을까 봐?"

"남자는 잡은 물고기한텐 먹이를 안 주잖아. 그래서 혹시나 물어보는 거야."

"사람 나름이야. 그리고 어쩌면 물고기가 매일처럼 주니 먹이를 준 걸 까먹는 건지도 모르지."

"헐~ 여자가 붕어 대가리라고 말하는 거야?"

"여자가 아니고 그것도 사람 나름이라는 거야."

"나 찔리는 게 있나 보다. 네 말을 들으니 뜨끔해."

"그런 뜻으로 한 거 아닌데, 미안. 남녀 문제는 그만하고 술이나 마시자."

과거 얘긴 꺼내봐야 좋을 것이 없었다. 때마침 술이 왔기에 얼른 화제를 전환했다. 직업병이란 이런 걸까, 대화의 주제는 다시 병원 얘기였다.

하지만 술이 어느 정도 들어가자 우려했던 대화가 그녀의 입에서 나왔다.

"너 혹시 알고 있었어?"

"밑도 끝도 없이 무슨 소리야?"

"오늘 동환 선배 얘기 한 번도 안 했잖아."

"…꼭 꺼내야 하는 거야?"

"역시 아네. 네가 널 모를까."

표정 관리를 하고 있는데도 어떻게 아는 건지 모르겠다. 오래 사귄 사이라 느낌으로 아는 건가?

물론 시인할 생각은 없다.

"…도통 무슨 얘기하는 건지 모르겠다."

"뭐, 몰랐다고 믿어줄게. 그럼 말할게. 나 동환 선배한테 차였어."

"…어쩌다가?"

"나 말고 결혼하고픈 여자가 생겼나 봐. 헤~"

애써 밝은 척하려 웃는 씁쓸한 웃음.

두삼은 현재 그녀가 어떤 마음일지 어느 정도는 짐작한다. 한데 아무리 친구로 지내기로 했다지만 차버린 남자에게 차였다는 고백을 하고 싶을까?

뭐라고 대답해야 할지 참 애매하다. 그래서 조용히 비워진 그녀의 술잔에 술만 따랐다.

"너 힘들 때 차버린 벌 받나 봐."

'어쩌면.'

"동환 선배가 이렇게 뒤통수를 때릴 줄은 몰랐어."

'내 기분도 그랬어.'

두삼은 그녀의 하소연을 속으로만 답하며 묵묵히 들어줬다.

한참 동안 술을 마시며 쏟아내고 나니 조금 시원해졌는지 피식 웃었다.

"진짜 나 나쁜 년 아니니? 어찌 되었건 나 때문에 상처 입은 너에게 이런 하소연을 하다니."

"괜찮아, 친구잖아."

"고마워. 쏟아내고 나니 좀 낫다."

"술은 적당히 먹어. 술에 취하면 마시는 찰나는 괜찮지만 더 생각나."

"다른 방법은 있고?"

"…훗! 그러고 보니 없네. 그냥 시간이 약이라는 말이 정답인 것 같아."

"넌 얼마나 걸렸는데?"

"1년."

"1년? 어째 빨리 정리한 느낌이다?"

"다른 일과 겹쳐서 잊어야만 했어. 진짜 힘들었거든. 그다음엔 먹고사느라 바빴고."

"그랬구나. 진짜 미안. 힘든지도 모르고 네가 옆에 없다는 허전함에 이별을 고했으니……."

자신이 복도에서 싸우는 소리를 들었다는 걸 알까? 만약 안다면 지금처럼 말할까?

물론 싸움이 격해지면 상대방을 상처 입히려고 어떤 말이라도 일단 내뱉을 수 있기에 가난해져 버린 자신을 버렸다는 말이 사실이 아닐 수도 있었다.

그리고 설령 사실이라고 해도 주해인을 탓할 마음은 없었다.

그녀는 그녀의 길을 선택한 것이다.

"지난 일이야. 미안해하지 않아도 돼."

"사람 참 간사하지? 내가 겪고 나서야 남이 아프다는 걸 알게 되니까 말이야."

"그건 나도 마찬가지야. 그렇게 점점 어른이 되어가는 거겠지. 아무튼 금방 이겨내고 그 자식보다 더 좋은 사람 만나게 될 거야."

"희망사항이지. 이제 서른 중반인데 누가 날 봐주려고 하겠어? 요즘 들어오는 수련의들 보면 나도 이젠 어리지 않다는 걸 실감해."

"아직 충분히 매력 있어."

"진짜?"

두삼은 웃으며 고개를 끄덕였다.

"유명한 교수님이 하는 말이라 그런가? 갑자기 힘이 나는데!"

그녀는 양손을 어깨에 올리며 장난스럽게 힘이 난다는 포즈를 취했다.

이별 얘기를 들어주다 보니 어느새 10시 20분. 서둘러 밖으로 나와 비를 뚫고 고속버스 터미널로 갔다. 한데 막차는 이미 끊겨 있었다.

"버스를 타본 적이 없어서 버스 시간을 간과했네. 내가 택시 불러줄 테니까 타고 가."

"여기서 택시를 타고 가면 호텔비보다 더 나오겠다. 그리고 이런 날씨에 혼자 택시 타는 것도 좀 그래."

생각해 보니 보내놓고도 이래저래 걱정이 될 것 같다.

"그럼 호텔 잡아줄 테니까 쉬고 내일 올라가."

"아무래도 그게 좋을 것 같아. 이왕이면 괜찮은 곳으로 부탁해. 젖은 구두를 하루 종일 신고 다녔더니 많이 피곤하다."

"여긴 병원 근처에 있는 호텔이 제일 좋아. 물론 유명 호텔에 비할 건 아니지만."

"그럼 그리로 가자."

택시를 타고 호텔로 향했다.

"잔돈은 됐습니다. 수고하셨어요."

"허허. 고맙습니다. 좋은 시간 보내세요."

"친구예요."

"허허허! 그렇게 보입니다. 무리하지 마세요."

"……."

뭘 무리하지 건지.

하기는 이 시간에 남녀가 호텔에 왔는데 누가 오해를 하지 않을까.

호텔로 들어가 키를 받아 주해인에게 건넸다.

"여기서 제일 좋은 방으로 잡았어. 계산은 마쳤으니까 푹 쉬어."

"…넌?"

"난 병원 옆이 바로 숙소야. 여기서 10분도 안 걸려. 일어나면 연락해. 아침이든 아점이든 같이하자."

얘기를 마치고 돌아서려 할 때였다.

주해인이 옷깃을 잡았다. 그리고 살짝 시선을 피하며 낮게 중얼거렸다.
"…같이 안 올라갈래?"
"나 애인 있어."
두삼은 인상을 찌푸리며 말했다.
한데 시선을 아래에 두고 있던 주해인은 그 모습을 보지 못했다.
"옛날 생각나지 않아?"
수없이 숙박 시설을 드나들 때를 말하는 것이리라.
적게 잡아도 100번은 될 터, 단순히 그 숫자에 1이 더해진다고 여길지 모르지만 두삼은 아니었다.
두삼은 손을 들어 옷깃을 잡은 주해인의 손을 가볍게 떼어냈다. 그리고 말했다.
"해인아, 넌 나에게 친구지 더 이상 여자가 아냐. 만일 여자로 느껴졌다면 절대로 만나지 않았을 거야. 왜냐하면 일방적으로 이별을 통보한 여자인 넌 싫거든."
"……."
"잘 자."
고개를 들지 못한 채 얼어붙은 듯 서 있는 주해인을 두고 돌아섰다.
두삼이 지웠던 기억 중엔 그녀에 대한 미움도 있었다.

* * *

다음 날, 주해인은 11시가 넘도록 연락이 없었다. 혹시나 싶어 호텔로 갔더니 아침 일찍 체크아웃을 했다고 직원이 말했다.
연락을 해볼까도 생각했다. 그러나 정리할 시간이 필요할 거라 생각하고 내버려 뒀다.
월요일, 다시 시작된 한 주.
병원에 오자마자 컴퓨터를 열어 서훈과 하종윤의 지난 토요일 결과를 확인했다.
이미 내부를 살펴 짐작은 하고 있지만 두삼이 탐색하지 못하는 백혈구 수치, 혈당치 등 세세한 부분을 수치로 보여줬기에 검사는 꼭꼭 했다.
"서 선생님에겐 내 색전술이 확실히 효과를 보이고 있어. 1기에서 2기 정도의 전이되지 않은 암의 경우 이런 식으로 치료해도 괜찮겠어."
좀 더 지켜봐야겠지만 이미 암이 눈에 띄게 줄어들고 있었기에 상당히 고무적이었다.
"음, 암 주변의 막힌 혈과 맥을 뚫지 않았어도 이렇게 빠를까?"
하란의 엄마인 배영옥을 치료할 때 막힌 경락을 뚫었던 것처럼 두 암 환자의 막힌 경락도 마사지를 하면서 뚫어가고 있는데 자신이 행한 색전술, 항암 치료, 한약과 마사지를 통한 경락 뚫기가 각각 어느 정도 효율을 보이는지 궁금했다.
곧 고개를 저었다. 피치 못한 상황이 아니라면 환자를 두고 테스트를 하는 건 꺼려졌다.
서훈의 검사 결과를 다 본 후 하종윤의 검사 결과를 보던 두삼은 긴 한숨을 내뱉었다.

"후우~ 정신이 몸을 지배한다는 건가?"

뱉은 말이 있어 서훈보다 더 신경을 썼었다. 한데 딱 첫 주에만 좋아지고 그다음부터는 내리막이다. 지금까지 대부분 승산이 없는 이상한 병들을 치료했지만 이번 경우처럼 대책이 없긴 처음이다.

환자의 의지가 이토록 영향을 미칠 줄은 정말 상상도 못 했다.

"손을 놔야 하는 거야? 아님 의미 없이 이대로 계속 치료를 해야 하는 거야?"

어릴 때 멋 때문에 피웠던 담배가 간절히 생각날 만큼 마음이 싱숭생숭했다.

하종윤은 급격하게 죽어가고 있었다. 치료는 이미 의미 없는 행위였다.

한참을 고민해도 결론을 내리지 못한 두삼은 조언을 듣기 위해 응급실로 내려갔다.

"노 선생님, 시간되시면 커피 한잔하실래요?"

"그럴까?"

노상철은 이유도 묻지 않고 대번에 승낙을 했다. 이상윤이 자신은 아메리카 샷 추가해서, 라는 소리를 했지만 무시하고 휴게실로 갔다.

자판기에서 캔 커피를 뽑아 따서 건네자 노상철은 한 모금 마신 후 입을 열었다.

"무슨 고민이야? 말해봐."

"조언 구하러 온 건 어떻게 아셨어요?"

"갑자기 커피 마시자고 찾아온 녀석들의 95퍼센트는 고민 상담이야. 특히 내가 인상이 좋다 보니까 아무래도 더 많이 찾아오지."

"인상이 좋아서는 아닌 것 같은데……. 나머지 5퍼센트는 뭡니까."

"경조사. 결혼식, 돌잔치 아주 지긋지긋하다. 받아먹은 게 있으니 가긴 간다만… 아무튼 나중에 너도 결혼하면 돌잔치는 한 번만 해라."

"…그러겠습니다. 다름이 아니라 서울에서 내려온 하종윤 환자 때문입니다."

"암으로 죽어간다는 환자 말이지?"

"네."

두삼은 하종윤에 대해 대략적인 설명을 했다. 그리고 말끝에 고민하는 바를 털어놨다.

"치료를 멈추고 보내는 게 나을까요, 아님 끝까지 치료를 해야 할까요?"

"음~ 살기를 포기했고, 치료도 불가능할 지경까지 왔다는 거잖아?"

"네. 제가 볼 때 시간이 얼마 남지 않았습니다."

"비슷한 고민으로 온 애들이 제법 있었어. 그때마다 내가 해준 조언은 한 가지야."

두삼은 그가 무슨 말을 할지 귀를 기울였다.

"네 입장에서 생각하니 고민이 되는 거야. 환자를 생각한다면서 네 고민 중에 환자는 어디 있는 거야?"

"……!"

"아픈 환자를 낫게 해주는 것이 의사의 본분이야. 한데 과연 그게 끝일까?"

두삼은 그의 말에 할아버지에게 귀에 딱지가 앉도록 들었던 말을 잊고 있었음을 깨달았다.

'치료 대상이 아니라 치료받아야 하는 사람임을 항상 잊지 마라.'

어릴 땐 무슨 말인지 헷갈렸다.

그러나 커가면서, 한의학을 배우면서 환자를 먼저 생각하라는 뜻으로 이해하게 됐다.

1학년 여름 방학에 고향집으로 내려가 할아버지께 자신의 생각이 맞느냐고 여쭈었을 때 할아버지는 흐뭇하게 미소 지으며 머리를 쓰다듬어 주셨다.

한데 아무리 치료하느라 정신이 없었다고 그걸 잊고 있었다니…….

"정답은 없어. 사실 마지막 물음에 대해선 나도 아직 고민 중이고. 이해한 것 같으니 여기까지."

"…감사합니다."

"감사하면 오늘 저녁은 고기로 먹자."

"하하! 네."

그가 떠난 후 휴게실에서 생각을 마저 정리했다. 그러고는 하종윤의 병실로 갔다.

충남으로 내려올 때보다 더 검어진 피부, 영양을 맞추고 있음에도 말라가는 몸, 기운이 사라져 가면서 이젠 거동도 하긴 힘든지 주말 동안 산책도 하지 않았다.

인기척에 감겨진 눈이 떠지며 자신에게로 향했다.

그만의 인사법이랄까. 병원 후원에서 얘기를 나눈 후 긍정적으로 바뀐 유일한 것이었다.

"드릴 말씀이 있어요. 그리고 여쭙고픈 것도 있고요."

"……."

물론 여전히 말은 하지 않았다.

개의치 않고 말을 이었다.

"드릴 말씀은 결국 아저씨 말처럼 됐다는 거예요. 물론 아저씨도 생명이 끝날 때가 되었다는 걸 느끼고 계실 테죠? 솔직히 조금 전까지 치료를 멈춰야 할지, 알면서도 계속해야 될지 고민했어요. 한데 다른 방법도 있더라고요."

"……."

"아저씨, 마지막으로 뭐 하고 싶으세요?"

의외라는 듯 그의 눈빛이 살짝 변했다. 그리고 마지막으로 하고 싶은 걸 상상하는지 아련해졌다.

하지만 자신의 처지를 아는지 금세 다시 원래대로 돌아온다.

"오랜 시간은 힘들어요. 하루, 잘하면 이틀 정도는 아프지 않게 보낼 수 있을 거예요. 물론 그에 대한 대가로 생명력이 빠르게 소진되겠지만요."

"…그, 크흠! 그게 가능합니까?"

관심이 생겼는지 그는 오랜만에 입을 열었다.

"제 재주가 좀 특이하거든요."

"…가능하다면 하고 싶소. 어차피 병원에 누워서 죽을 거라면 하루라도 움직이고 싶구려."

"뭘 하실 건데요?"

"…마지막 정리를 내 손으로 하고 싶소."

"언제 시작할까요?"

"시술하는 데 얼마나 걸립니까?"

"10분 정도요. 하지만 퇴원 수속도 해야 하니 1시간은 족히 걸리겠네요. 그리고 혼자 다니시면 안 됩니다. 언제 쓰러질지 모르거든요. 어차피 퇴원 수속을 하려면 가족분들에게 연락을 해야 하는데 오라고 할까요?"

"아니요. 택시를 대여해서 다니면 됩니다. 전해줄 것도 있으니 아이들은 제가 직접 보러 가야죠. 말이 나온 김에 바로 시작합시다."

"그럼 1분이라도 아끼기 위해 모든 준비를 마친 후에 시술을 하죠. 참! 옷도 준비해야겠네요. 어떤 게 좋으시겠어요?"

"간단한 체육복이면 됩니다. 집에 가서 입을 옷이 있거든요."

"알겠습니다. 그럼 좀 이따 뵙죠."

두삼은 인사를 하고 병실에서 나왔다. 그러고는 손을 들어 이마를 짚었다.

'잘하고 있는 건가?'

모르겠다. 선택권을 줬고 선택을 한 건 하종윤이지만 결과만 놓고 보자면 일주일 남은 생명을 하루나 이틀로 줄이는 일 아닌가.

'두고 보면 알겠지.'

일단 평가는 나중으로 미뤘다. 이상윤과 퇴원에 대해 얘기도 해야 했고 보고도 해야 했고, 옷이랑 택시도 대기시켜 둬야 했기에 바빴다.

*　　　*　　　*

두삼에게서 시술을 받은 후 바로 퇴원을 한 하종윤은 병원 문을 나서면서 오른손에 힘을 꽉 쥐어보았다. 신기하게도 잠깐 마사지를 한 것뿐인데 간암 판정을 받기 전처럼 몸에 활력이 돌았다.

몸 상태에 대한 신기함도 잠시, 마지막 남은 원기를 촉발시켜서 언제 꺼질지 모르는 촛불과 같다는 말을 들었기에 1분 1초를 아껴야 할 때였다.

계단을 내려가자 검은색 모범택시 옆에서 서성이던 반백의 기사가 물었다.

"하종윤 사장님?"

"네, 제가 하종윤입니다."

"선생님을 모시게 된 이행운입니다. 타시죠."

택시에 오르자 이행운은 목적지를 물었고 하종윤은 그의 유언과 자식들이 해야 할 일을 정리해 둔 종이를 꺼내 주소를 불러줬다.

한데 내비게이션의 목적지가 이상했을까, 기사가 물었다.

"형제 컨테이너가 맞습니까?"

“네, 맞습니다.”

“그럼 출발하겠습니다.”

차는 빠르게 경기도 외곽에 있는 형제 컨테이너로 달리기 시작했다.

창밖으로 깊어가는 가을 산을 구경하던 그는 문득 떠오르는 것이 있어 말했다.

“참! 거기에 가기 전에 은행에 들러주세요. 대여 비용도 지불해야 하고요.”

“알겠습니다. 한데 비용은 이미 전화한 분이 다 지불했습니다. 그리고 혹시나 사장님이 주신다고 절대 받지 말라고 하더군요.”

“…조의금인가?”

“네?”

“아닙니다.”

아직 사회물이 들지 않은 건지 몰라도 아무리 생각해도 참 특이한 한의사다.

‘미안하고 고맙소, 의사 양반. 죽어가는 내가 뭘 해줄 수 있겠느냐마는 죽어서나마 당신이 행복하길 빌겠소.’

조금만 더 일찍 만났더라면 삶을 포기하지 않았을지 모르겠다는 생각을 잠시 해보지만, 곧 그마저도 의미가 없었다.

은행에 들러 돈을 찾아 첫 번째 목적지에 도착했다.

형제 컨테이너는 집을 팔면서 집에 있던 물건들을 맡겨둔 곳으로 다소 황량한 곳에 위치해 있었다.

낡은 사무실로 들어가자 두 명의 중년 사내가 커피를 마시며 담배를 피우고 있었다.

"실례합니다. 짐 찾으러 왔습니다."

"아! 어서 오십쇼. 전화라도 주시고 오시지. 도형아, 커피 한 잔 타라. 이쪽으로 앉으세요."

덩치가 큰 사내 얼른 담배를 끄곤 자리를 권했다. 그러고는 두툼한 서류철을 꺼내 온 후에 물었다.

"맡기신 분 성함이?"

"하종윤입니다. 7월 초쯤 맡겼을 겁니다."

"하종윤 씨라… 아! 여기 있네요. 7월 10일 날 맡기셨군요. 안 그래도 계약 기간이 지나서 연락을 드리려고 하던 참이었는데. 추가 비용이 조금 있습니다."

"당연히 드려야죠."

"자! 그럼 물건을 보러 갈까요? 참! 이삿짐 차량을 부르지 않았으면 불러드릴 수도 있습니다."

"일단 보고 결정하겠습니다."

"그럼 따라 오시죠."

하종윤에겐 대충 나열되어 있는 컨테이너처럼 보였지만 그들에겐 제대로 정리가 되어있는지 단번에 그의 짐이 든 컨테이너로 안내했다.

덜컹! 문이 열리자 텁텁하면서도 익숙한 냄새가 그를 반겼다.

"짐이 많이 없으셨네. 1톤 트럭 한 대면 되겠군요."

병원에 있으면서 사람을 써서 꼭 필요한 것만 싹 정리한다고 정리한 짐이었다. 한데 하종윤이 보기엔 너무 많았다.

“잠깐 살펴봐도 되겠습니까?”

“마음대로 하십쇼.”

컨테이너 안으로 들어간 그는 한참을 뒤적거린 후에 오래된 양복 한 벌과 가족들 사진이 든 상자 하나만 챙겨서 나왔다.

“혹시 나머지 짐은 처리도 해줍니까?”

“나머진 버리시게요?”

그러겠노라 말하려다가 두 자녀가 필요로 하는 것들이 있을 것 같아서 말을 바꿨다.

“일단 한두 달만 더 보관해도 되겠습니까? 물론 비용은 미리 선불로 지급해 드리죠.”

“저희야 임대를 하면 좋죠. 편한 대로 하십쇼.”

“그리고 옷 좀 갈아입어도 되겠습니까?”

“사무실에서 갈아입으세요. 남자들끼린데 어떻습니까, 껄껄껄!”

양복은 수십 년 전 그의 처가 결혼할 때 사준 옷으로 추억 때문에 버리지 못한 옷이었다. 나이가 들면서 입지 못하고 보관만 해뒀는데, 아이러니하게 암에 걸려 살이 빠지고 나니 딱 맞았다.

“경기 추모 공원으로 가주세요.”

돈을 계산하고 택시로 돌아온 그는 아내를 보러 납골당으로 갔다.

묘지를 썼었는데 10년 전 납골당으로 옮긴 것이다.

납골함과 오래된 아내의 사진, 아이들이 어릴 때 얼굴도 제대로 보지 못한 그녀를 위해 준비한 편지와 글들이 단에 가지런히 놓여 있었다.

그리고 그 옆자리는 비어 있었는데, 바로 그가 들어갈 자리였다.

사무실에 들러 기간을 연장시킨 다음 조화를 사서 납골당으로 올라갔다. 조화를 단에 넣어준 후 사진 속 그녀를 보며 말했다.

오랜 세월이 지나서인지 그는 담담했다.

"이제야 당신을 만나러 가네. 초라한 모습이라 실망하지 않을까 걱정이야. 그래도 최선을 다해 살았으니 따뜻하게 맞이해 줄 거지?"

마치 대화를 주고받듯이 얘기하는 그. 아침까지 죽음만 기다리던 모습과 달리 무척 행복해 보였다.

한참을 대화하듯이 얘기를 한 그는 곧 다시 만날 수 있을 거라는 생각에 웃는 얼굴로 돌아섰다.

이젠 자녀와 손주들을 마지막으로 눈에 담을 시간이었다.

* * *

—하종윤 씨 돌아가셨어요.

그를 퇴원시키고 이틀 후, 모범택시 기사에게서 연락이 왔다.

"…혹시 힘들어하진 않았습니까?"

—그런 기색은 없었습니다. 자다가 숨이 멎은 것 같은데 제가 처음 발견했을 때 웃고 있었습니다. 돌아가신 것도 모르고 한참

을 불렀습니다.

혹시나 다른 부작용이 있을까 걱정했는데 이상 증상은 없었나 보다.

"장례식장은요?"

—자녀들 집이 한강대학병원 근처라 그곳에서 모시기로 했습니다.

"수고하셨습니다. 나머지 돈은 바로 입금하겠습니다."

—참! 하종윤 씨가 선생님께 뜻깊은 마지막을 보내게 해줘서 고맙다고 꼭 전해달라고 했습니다.

"…그렇군요."

만족했다는 얘길까?

두삼의 물음에 답해줄 사람은 이제 없다. 다만 그랬을 거라고 믿을 수밖에.

하종윤에 대한 기억을 정리해 머릿속 책장에 넣었다. 이제 그에게 쏟던 정성을 다른 사람에게 쏟아야 할 때였다.

배수민을 치료하기 위해 병실로 들어갔다. 한데 허세라가 와 있었다.

"네가 왜 여기 있어? 학교 안 가?"

"수능 관련 책 갖다주러 온 거거든요!"

"엥? 웬 수능? 너희 2학년이잖아?"

"저희 과학고라 조기 졸업이 가능해요."

"배수민은 이해가 되는데, 네가 과학고라니 상상이 안 가는데?"

"이 선생님이 진짜… 나도 나름 한 머리 하거든요!"

"…그렇구나."

"뭐예요! 그 영혼 없는 대답은!"

"영혼은 아직 이해를 못 했거든. 근데 수시 전형에 넣었으면 배수진 정도면 분명 될 테고. 그럼 최저 점수만 맞으면 되는 거 아냐?"

"수시로 의대에 지원했는데 아무래도 …현재 상태론 의대에 가봐야 제대로 배우지도 못하게 될 거라고 정시로 원하는 대학에 갈 거래요."

"그건 그렇겠다. 차라리 내후년에 갈 생각을 해보는 건 어때?"

배수진에게 물었다.

한데 돌아오는 답이 그녀답게 직설적이다.

"그때까진 나을 수 있나요?"

"…미안, 확신은 못 해."

"그럴 것 같아서 올해 가려고요. 학교 애들에게 이런 모습 보여주기 싫기도 하고요."

"그럼 어딜 가려고?"

"한강대학교 한의과요."

"…한의과가 의대보다 누가 쉽대?"

"어려워요? 음, 그럼 곤란한데……."

왠지 한의사는 쉽게 되는 것처럼 말해서 딴죽을 걸었지만 솔직히 수술을 할 필요가 없기에 육체적으로는 의대보다 쉽긴 하다.

아픈 애를 고민하게 만든 것 같아 얼른 사과했다.

"미안. 확실히 너의 경우는 한의과가 나을 거야."

"괜찮아요. 한의학을 쉽게 봐서 한 애긴 아니었어요."

배수진은 자신의 생각을 읽고 말하는데 허세라는 머리가 나쁜 건지 생각 없이 말했다.

"뭐예요, 진짜! 내가 볼 때 선생님이 주무르는 것밖에 안 해서 추천한 거고만."

"크으~ 마사지에 한의학적 정수가 있음을 모르다니, 역시 미스터리야."

"음흉한 뭔가가 있는 건 아니고요?"

"…너 학교 안 가냐?"

"선생님이 수진이에게 음흉한 뭔가를 하는지 지켜보고 갈 거거든요."

하여간 밉살스러운 고딩이다.

말은 그렇게 했지만 막상 치료를 시작하려고 하니 조용히 인사를 하고 갔지만 말이다.

배수진의 치료 방법은 변함이 없다.

하체가 굳지 않게 움직여 주면서 다친 척추 위쪽과 아래쪽을 계속 해서 자극하는 것이다.

아직까지 전혀 변화의 움직이지 보이지 않아 강제적으로 연결선을 만들어볼까 생각하다가도 육체의 자기 회복 능력으로 복구되는 편이 나았기에 일단 지켜보고 있는 중이다.

"끄응! 서, 선생님."

고통을 잊으려는 건지 그녀는 말을 걸었다.

"응?"

"간호사 언니에게 들었는데 서울에서 긴급 투입 됐던 선생님들 서울로 올라갈 거라는 얘기가 있던데 사실인가요?"

맞다. 어제 10월 말에 새로운 응급 팀원이 충원되니 울며 겨자 먹기로 내려왔던 이들은 서울로 올라오라는 명령이 내려왔다.

"응. 10월 말에. 근데 왜? 서울로 올라가도 달라지는 거 없어. 내가 널 담당할 거야."

"전 못 올라가요."

"응?"

"수업 일수를 채워야 해요. 오늘 세라가 온 것도 사실 언제부터 등교가 가능한지 물어보기 위해 온 거예요."

"학교가 참 매정하네. 방법이 있을 것 같은데 한번 알아볼까?"

"아니에요. 그것 말고도 다른 문제도 있고요."

"치료보다 더 중요한 문제가 어디 있다고?"

현재 하고 있는 치료를 잠시 멈춘다? 그렇게 되면 정말 하반신 마비로 평생 살아야 할지도 모른다.

"있더라고요. 아무튼 전 한동안 못 가요. 큭!"

"아! 미안!"

어이가 없어서 힘이 살짝 더 들어갔다.

"이유가 뭔데 들어보자."

"개인적인 가정사예요."

"……."

결정된 사항이면 말을 말든가. 아님 말을 꺼냈으면 올라가지 못하도록 자신을 설득시키든가. 이도 저도 아닌 태도는 도대체 뭘 바라는 건가.

한 명이 끝나니 한 명이 또 골치다.

물론 그녀의 행동이 싫은 건 아니다. 그저 배려심이 과한 듯 보인달까.

치료를 받고 낫고는 싶은데 가족도 생각하고, 두삼 자신의 입장도 고려하다 보니 어정쩡한 질문을 하게 된 것이다.

두삼은 치료하던 손을 멈춘 후 그녀를 바라보며 조곤조곤 말했다.

"개인적인 가정사라니 더 묻지 않으마. 다만 가끔 범법 행위가 아니라면 이기적이라고 할 만큼 자신을 위할 때도 있어야 해. 그리고 넌 아직 미성년자니 그렇게 해도 괜찮고."

"……."

"치료에 성공하든 못 하든. 결정이 날 때까진 난 네 옆에 있을 거야. 그러니 생각 많이 하지 말고 재활 훈련 열심히 할 수 있도록 해. 알았지?"

"…네."

항상 담담하던 배수진의 표정이 대답을 하며 묘하게 변했다. 얼핏 화가 난 것 같기도 하고, 좋아하는 것 같기도 하고 참 미묘하다.

"얼굴에 감정을 담는 연습도 좀 하고. 좋아하는 건지 싫어하는 건지 도통 모르겠다."

"…배우 할 것도 아닌데요, 뭐."

다시 원래의 담담한 표정으로 돌아온 그녀.

두삼은 피식 웃어주곤 다시 치료를 시작했다.

*　　　*　　　*

때론 느리게, 때론 빠르게 가는 시간.

일에 치이다 보니 빠르게 흘러 10월 말이 금방 다가왔다.

"그래서 머문다고?"

논산에서의 시간이 끝났음을 알리는 큰 캐리어를 든 노상철이 물었다.

"몇 번이나 물어봐요."

"이제 누가 아침을 챙겨주나 서운해서 그렇지."

"…제가 서울 간다고 아침을 챙겨줍니까?"

"아! 그런가? 병원 근처에 월세라도 구해서 같이 살까? 우리 와이프 음식 솜씨가 영~"

"그만 올라가시죠. 상윤이랑 용섭이, 도훈이도 서울에서 보자."

"여기서 못 다한 승부는 서울에서!"

"선생님 얼른 끝내고 올라오세요."

"서울에서 뵙겠습니다."

"그래, 올라가면 술 한잔 거하게 하자."

작별은 시끌벅적했다. 그리고 그들이 떠나자 숙소는 적막할 정도로 조용했다.

"있다 없으니 무지 허전하네. 뭐 그래도 서훈 선생님이랑 신경외과 간호사들은 남았으니."

일이 있는 사람은 올라가도 된다고 선택권을 줬는데 2명을 제외하고 뇌전증 치료를 위해 내려온 간호사들은 함께 남게 됐다.

고맙기도 하고 미안하기도 하고 복잡한 마음에 7층으로 올라갔다.

서울로 올라가는 이들이 있어서 그런지 분위기가 조금 가라앉은 느낌이다.

여느 때와 다르지 않게 전 간호사가 다가왔다.

"다른 선생님들은 잘 가셨어요?"

"네. 두 분 간호사는요?"

"선생님들이랑 차 타고 간다고 내려갔어요."

"수고했다는 말은 다음에 올라가서 해야겠네요. 근데 분위기가 조금 가라앉은 것 같은데, 괜찮아요?"

"에이~ 선생님 생각이 그래서 그런 거예요. 남는 간호사들은 충분히 심사숙고해서 남은 거예요."

"그래요? 그럼 다행이고요."

"근데 선생님은 괜찮으세요? 여자 친구가 안 올라온다고 뭐라 하지 않아요?"

"다행히 여자 친구가 미국에 갔는데 조금 늦어진대요. 아마 올 연말에나 올 것 같아요."

"초장거리 연애네요."

"그렇죠."

"불안하지 않으세요?"

"서로 믿으니까요. 장거리 연애에 변할 마음이라면 언제고 변하지 않겠어요?"

"그럼 다행인데 그러다가 꼭 헤어지던데……."

"그러고 보니 이미 한 번 경험했네요."

"아! 그냥 노파심에서 한 말이에요. 죄송해요."

"하하! 알고 있습니다. 근데 전 간호사님 혹시……."

"앗! 환자 늘리자는 말씀은 마세요. 간호사 충원 안 된다고 했어요."

"헐! 저의 신뢰도가 바닥이군요. 환자를 더 받자는 말이 아니라 혹시 먼저 하고 싶어 하는 이들이 있는지 묻는 거예요."

"솔직히 요즘도 많아요. 특히 외국인들이 유독 많고요. 어떻게 알았는지 제 메일로도 연락이 와요. 근데 왜요? 돈 필요하세요?"

"아뇨. 간호사들 챙겨주려고요. 예약 순서를 함부로 바꾸면 안 되니 가급적 외국인이었으면 좋겠네요."

"그러지 마세요. 지난번으로도 충분해요. 자꾸 주면 버릇 나빠져요."

"마지막으로 딱 한 번만 하죠. 최소 석 달 이상은 여기 머물러야 하는데 챙겨주고 싶네요."

"나중에라도 높은 분들이 알면 어쩌려고요."

"원장님께 허락 맡았어요. 대신 가급적 외국인으로 하라고 하더라고요."

"…그래요?"

"곤란하면 안 하셔도 돼요. 제가 알아서 챙길게요."

"개인 돈으로 주시려는 거죠. 좋아요. 마지막으로 딱 한 번 만이에요."

"물론이죠. 이왕이면 많이 준다는 사람으로 뽑아요. 그리고 다음부턴 급한 환자들 위주로 뽑아서 치료하는 걸로 해요."

"…뭐예요. 결국 늘리겠다는 소리잖아요?"

"한 명만, 아니 두 명씩만요. 서울에 올라가면 그때부터 지금처럼 못 하잖아요."

"진짜 두 명, 그 이상은 절대 안 돼요!"

"약속할게요. 하하!"

"하여간 선생님도 못 말려요."

두삼도 전경희도 자신들이 조금만 더 수고를 하면 누군가의 인생이 바뀐다는 걸 알기에 지금 한 약속이 얼마나 쉽게 깨질지 잘 알고 있었다.

"참! 근데 지난번 교통사고 가해자 말이에요. 주말에 병원을 옮겼는데 무슨 일 있었어요?"

"아~ 황치산 씨 말이군요."

"네. 출근하다가 봤는데 치료비 문제로 옥신각신 하고 있더라고요. 웬 젊은 여자가 데리고 나가면서 병원비는 한 선생님한테 받으라고 소리치던데요."

"황치산의 아버지, 해영건설의 황 회장이 현재 회사 자금 탈루와 해외 은닉 재산 문제로 검찰 조사를 받고 있어서 그럴 겁니다."

"그래도 병원비 낼 돈이 없다고 선생님한테 받으라고 하다니 너무하네요."

"글쎄요. 정말 없을지도 모르죠."

허진규가 손을 제대로 보고 있음이 분명했다.

병원에 있을 땐 그냥 마음씨 좋은 동네 아저씨처럼 보였는데 떵떵거리는 집안을 한 달도 되지 않아 풍비박살을 내버릴 줄이야.

다음에 보면 절대 까불지 말아야겠다는 생각이 절로 들었다.

물론 황해영과 황치산 부자가 그렇게 된 건 자업자득이니 한치의 측은함도 느껴지지 않았다.

*　　*　　*

새로운 한 해가 밝았다.

올해 유독 추운 날씨는 한강대학교 한의학과 면접 날이라고 다르지 않았다.

한의학과 면접이 이루어지고 있는 건물 앞으로 하얀색 승용차가 섰다.

그리고 그곳에서 두꺼운 겨울옷으로 무장한 여학생이 목발을 짚고 내렸다.

여학생이 막 걸음을 내디디려 할 때 운전석에 있던 그녀의 아빠가 말했다.

"아빠가 도와준다니까."

"됐어요. 이것도 운동이에요."

여학생은 담담히 말한 후 목발을 이용해 천천히 걸음을 옮겼다.

면접을 잘 보라는 아빠의 말에 살짝 손을 들어주는 걸로 대답을 대신하고 걸음에 집중했다.

로비 안으로 들어서자 안내원인 듯한 남자가 얼른 다가왔다.

"면접 보러 오셨어요? 제가 도와드릴까요?"

"면접실이 어딘지만 알려주시면 돼요."

"여기 노란색 화살표만 따라가면 대기실이 나올 거예요. 면접 잘 보세요."

"고마워요."

남자의 말대로 바닥의 노란 화살표를 따라가자 대기실이 나왔다. 대기실 안으로 들어가자 많은 이들이 대기하고 있었는데 그녀가 들어서자 일제히 쳐다본다.

익숙한 시선. 전엔 참 힘들었는데 이젠 아무렇지도 않았다.

적당한 곳에 자리를 잡고 책을 읽었다. 빌린 책이라 깨알 같은 글씨가 설명처럼 적혀 있었는데 그래서인지 페이지 넘어가는 게 무척 더뎠다.

네 페이지를 넘겼을 때 진행 요원이 들어와서 면접의 시작을 알렸다.

"다섯 개의 면접실로 들어가서 한 명씩 면접을 받게 될 겁니다. 1번부터 10번까지 나오세요."

그녀의 번호는 17번. 4번째 면접이었다.

다섯 명씩 진행되는 면접이었음에도 심층 면접을 하는지 제법 시간이 걸렸다.

면접실 앞 대기석으로 옮겨서 10분쯤 기다리다가 2번째 면접실로 들어갔다.

면접관은 두 명의 중년 남녀였다. 그래도 많은 환자들을 상대하는 의사라 그런지 목발을 짚고 들어오는 그녀를 보고 증상을 살폈지 이상하게 보진 않았다.

"허리 쪽을 다쳤나 보군요?"

중년 남자가 자리에 앉는 것을 보고 물었다.

"네. 교통사고로 다쳤어요. 근데 어떻게 보는 것만으로 다쳤다고 생각하신 건가요?"

"하하하! 개인적인 걸 물었으니 답을 해야겠죠? 목발도 새 것, 신발의 경우는 신던 건데 밑창이 닳은 곳이 일정해서요. 물론 걸음걸이에서 허리가 이상이 있다는 걸 알게 된 거고요. 내 전공이거든요. 아무튼 교통사고인데 그만하기 천만다행이군요."

"하반신 마비 판정을 받았어요. 한데 어느 한의사 선생님께 치료를 받고 한 달 전에야 겨우 감각을 느끼게 되었고요."

"어? 혹시 한두삼 선생에게 치료받은 학생?"

"…아세요?"

두삼은 면접 볼 때 자신의 이름을 말하지 말라고 했었다. 한데 면접관이 먼저 이름을 말했다.

"우리 과 선생인데 모를 리가 없죠. 서울은 바빠 죽겠는데 여고생을 치료해야 한다고 충남 병원에서 머문 괘씸한 녀석이죠."

"충남에서도 일만 하셨어요."

"헐! 그 녀석 편들어주는 거예요?"

"편이 아니라 사실을 말씀드리는 겁니다."

이방익이 다시 장난스럽게 말하려 하는데 옆에 있던 중년의 여성, 성지숙의 그의 옆구리를 찌른 후 얼른 입을 열었다.

"사담은 그만하고 면접을 시작하죠. 배수진 양, 내신과 수능은 흠잡을 것이 없네요. 어느 대학도 갈 수 있는 성적인데 우리 학교를 지원한 이유가 뭐죠?"

“제 병을 치료한 한의학에 대해서 궁금해서요. 그리고 한두삼 선생님께 가르침을 받고 싶어서요.”

배수진은 잠시도 망설이지 않고 말했다.

『주무르면 다 고침!』 8권에 계속…

이제부터 전자책은

이젠북

www.ezenbook.co.kr

새로운 세계가 열린다!

김재한『성운을 먹는 자』 철백『대무사』
니콜로『마왕의 게임』 가프『궁극의 쉐프』
이경영『그라니트:용들의 땅』 문용신『절대호위』
탁목조『일곱 번째 달의 무르무르』 천지무천『변혁 1990』
강성곤『메이저리거』 SOKIN『코더 이용호』

이름만 들어도 황홀할 정도의 별들의 향연!

이들의 "유료연재"가 시작됩니다!

검색창에 **이젠북**을 쳐보세요! ▼

초대형 24시 만화방

신간 100%, 샤워실, 흡연실, 수면실(침대석), 커플석, 세탁기 완비

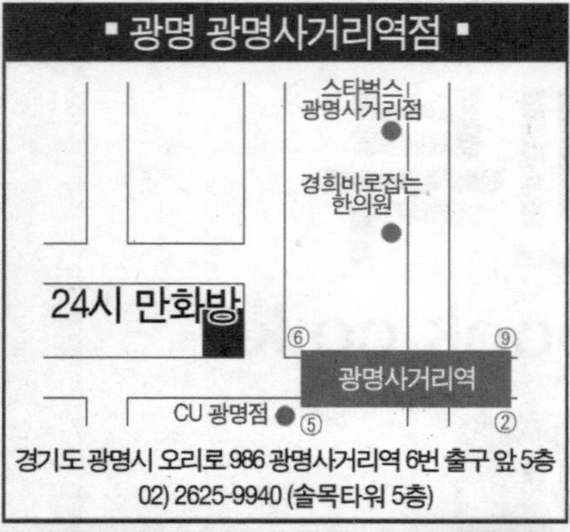

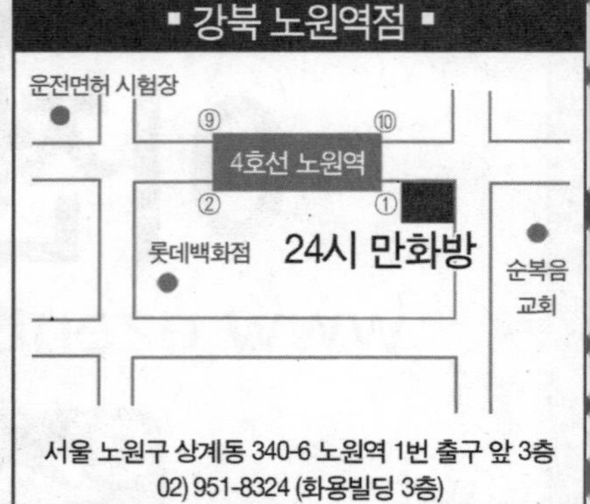

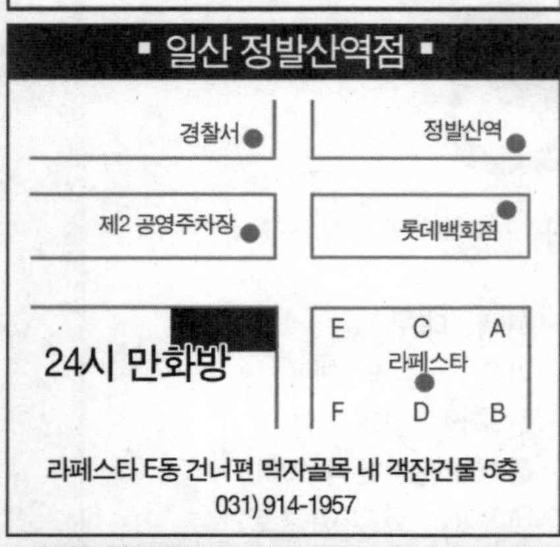

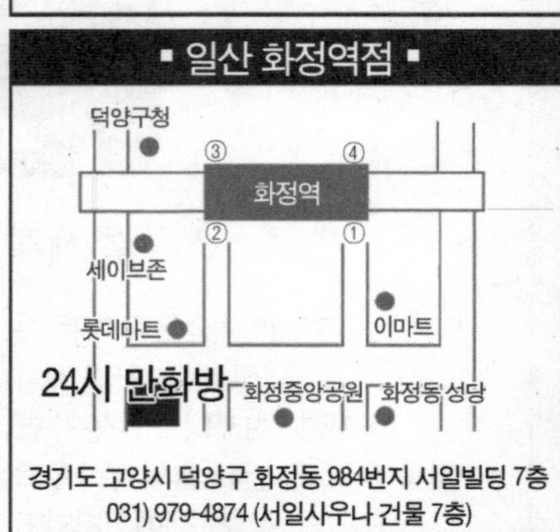

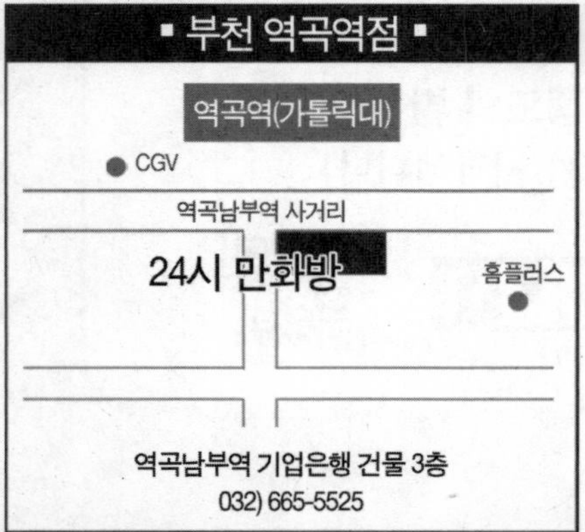

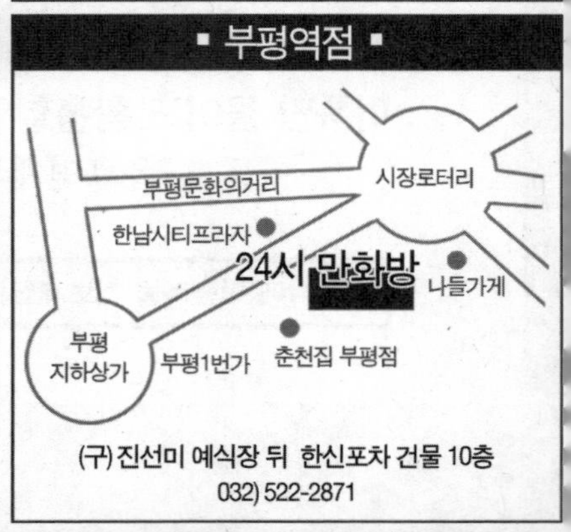